Re:제로

Re: Life in a different world from zero

부터 시작하는 이세계 생활

주위의 하얀 공간이 사라진 대신 나타난 것은
천장까지 들어찬 무수한 서가.
스바루는 별생각 없이 손에 책을 집고 펼쳤다.

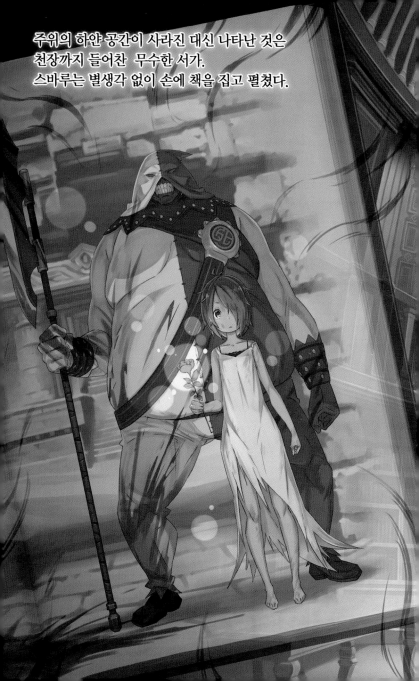

그리고 지인의 이름이 있는
책의 내용물을 보고── 곧이어 그것이 왔다.

──의식이, 검게 물든다

"자, 잠깐!"

강렬한 이변의 낌새에 스바루는
멀어지는 새를 허겁지겁 뒤쫓기 시작했다.

"나츠키?"

힘없는 스바루의 말을 듣고
바람에 머리카락을 나부끼는 인영이 뒤돌아보았다.

Characters

Re: Life in a different world
from zero
The only ability I got in a different world "Returns by Death"
I die again and again to save her.

스바루
Subaru

사막형 주인공.
오렌지 스카프와 검정 망토가
왠지 모르게 추리닝을 연상케 한다.

샤울라
Shaula

플레아데스 감시탑의 별지기.
스바루를 스승님이라고 부른다.

레이드 아스트레아
Reid Astrea

최초의 『검성』이자 세계를
구원한 삼영걸 중 한 명.
『검성』의 계보 아스트레아 가문은
이 남자에서 시작됐다고 할 수 있다.

Re: Life in a different world from zero

The only ability I got in a different world "Returns by Death"
I die again and again to save her.

CONTENTS

Re:제로

Re: Life in a different world from zero

부터 시작하는 이세계 생활

22

나가츠키 탓페이 지음

오츠카 신이치로 일러스트

표지 · 본문 일러스트
오츠카 신이치로

제1장 『대도서관 플레이아데스』

1

──수문도시(水門都市) 프리스텔라에서 발생한 마녀교와의 일대 결전.

승리와 맞바꾸어 많은 상처를 남긴 싸움을 마치고 나츠키 스바루 일행이 출발한 곳은 루그니카 왕국의 동쪽 끝이자 사연이 얽힌 땅, 아우그리아 사구(砂丘)였다.

마수가 수없이 사는 곳이자 그 『검성(劍聖)』 라인하르트의 도전마저도 물리친 난공불락의 모래바다. 앞길을 막는 모래바람과 흉포한 마수와의 공방, 동료와 분단되고 맞이한 절체절명의 궁지. 이처럼 수많은 고난을 극복하고 스바루 일행은 마침내 당도한다.

전지(全知)하다는 『현자』 샤울라, 그 현인이 산다는 플레이아데스 감시탑.

모든 것은 수문도시에서 지금도 구원받을 순간을 기다리는 사람들을 위해서. 그 '기억'을, '이름'을, 자신의 모습마저도 상실한 그들을 구할 방법을 구하기 위해서──.

"그렇건만, 그 눈은 대체 뭐야! 내가, 내가 죄인이란 거냐?! 난 죄 없어! 나는 무고해――!"

"스바루, 너무 실망시키지 말아 다오."

"조금은 좋은 점도 있는 줄 알았는데, 결국 바루스는 바루스구나."

중대한 사명을 가지고 마침내 당도한 탑 내부에 스바루의 절규가 울려 퍼졌다.

그러나 필사적인 호소도 헛되이, 스바루에게 쏠린 동료들의 눈초리는 싸늘하고 코멘트는 매섭다. ――그럴 만도 하다. 동료들과 분단되었다가 나중에 합류한 스바루는 한 번도 눈을 뜨지 않은 채 이틀 밤이나 자고 있었다.

당연히 동료들은 스바루의 안부를 생각해 가슴을 졸였을 터. 그런 스바루가 깨어난 줄 알았더니, 반라의 여성과 엎치락뒤치락하고 있던 것이다. 안도를 넘어서서 낙담, 낙담을 넘어서 경멸했다고 해도 이상하지는 않다.

율리우스와 람, 두 사람의 차가운 눈총도 당연했다.

"너, 그만 떨어져……! 뭔 힘이 이렇게 세?!"

"싫――습――다――!"

그런 멸시를 받으면서 스바루 본인은 팔에 엉겨 붙은 반라의 여성―― 추정, 샤울라를 열심히 떼어놓으려 했다. 만나고 싶던 『현자』인데 대응이 거칠지만 상대가 예의를 짓밟았으니 스바루도 사정을 봐주지는 않는다.

"근데, 못 떼어내겠어……! 야, 보고만 있지 말고 누가 힘 좀 보태 봐!"

"침이나 질질 흘리긴, 바루색마."

"침 안 흘렸고, 단어 합치지 마! 응용하지 마라! 아파, 에밀리아땅! 머리털 잡아당겨도 별로 도움 안 되거든?!"

"아, 미안해. 하나도 도우려던 거 아냐."

"그쪽에 사과했다?!"

샤울라는 고집부리며 스바루의 팔을 놓지 않고, 에밀리아는 유독 무표정하게 스바루의 머리털을 잡아당기고 있다. 그리고 베아트리스는 스바루와 함께 샤울라 등쌀에 말려들어 찌부러져서는 벌게진 얼굴로 "뀨우~." 하고정신을 못 차리는 상태였다.

"아, 무, 튼! 다들 진정해! 나도 진정하자! ──대화를, 하자고!"

2

자다 깬 목으로 사태 수습을 꾀한 스바루의 말에, 일단은 모두가 따랐다.

그 자리에 빙 둘러앉아서 지금부터 대화를 시작하자는 자세다. 그래 봤자 샤울라는 스바루의 팔을 놔주지 않고 지금도 옆에서 볼을 문지르고 있었지만.

"응~, 스승님 스승님~."

"엉큼해."

"너, 아까 벌어지던 참상 못 봤냐? 내 오른팔, 내가 원해서 이러는 것처럼 보여? 뼈가 엄청 소리 질렀다고. 이대로 두다간 괴사할걸."

멸시하는 눈으로 보는 람에게 한숨을 지은 스바루가 제물로 바친 오른팔을 보았다.

반라의 미녀에게 안겨 있다고 글로 표현하면 땡 잡은 것 같지만, 실상을 보면 미녀의 부드러운 감촉을 체감하는 것에 앞서 관절은 꺾이고 살은 죄여서 아프다. 팔이 빠질 지경이다.

"그래서, 팔이 빠지기 전에 얘기를 진행하고 싶다만…… 우선은, 다들 무사해서 다행이야. 아나스타시아 씨랑 메일리도 얼굴을 볼 수 있어서 안심했어."

"나츠키 니야말로 일어나 줘서 다행이다 안 카나. 그대로 눈을 안 뜨믄 우짜나 쪼매 책임 느끼고 있었데이."

"불길한 소리지만 장담할 수 없는 얘기니……. 메일리, 너도 걱정해 줬어?"

뒤늦게 합류한 두 사람, 아나스타시아와 메일리에게 화제를 돌리자 아나스타시아는 부드럽게 안도를 드러냈지만 메일리는 대조적으로 고개를 홱 돌렸다.

"내가? 오빠를? 그러지 마아. 그런 짓 했다가 페트라나 베아트리스한테 눈총 사고 싶지 않은걸."

"뭔 소리야?! 베아코도 페트라도 그렇게 속 좁지 않거든?! 그렇지?"

스바루는 찌그러진 상태에서 벗어나 자기 무릎 위에 있는 베아트리스의 볼을 찔렀다. 여아 특유의 벌건 얼굴을 찔린 베아트리스는 뾰로통한 볼의 힘을 빼면서 대꾸했다.

"당연한 것이야. 그 정도로 베티는 꿈하지 않아. 순서만 지키면 메일리도 실컷 스바루 걱정을 해도 돼."

"베아코께서도 이렇게 말씀하신다. 자, 실컷 나를 걱정해도 된다!"

"오빠랑 베아트리스, 따로 떨어졌던 바람에 머리가 나빠진 거야아?"

"이게 웬 폭언인 것이야!"

따스함하고는 정반대인 메일리의 말에 베아트리스가 얼굴을 붉히며 반론했다.

스바루는 아웅다웅하는 소녀들의 흐뭇한 모습을 개의치 않으며, 빙 둘러앉아 있는 이들의 얼굴을 둘러보았다. 전원, 무사히 있다.

단──.

"걱정하지 않아도 전원 모여 있어. 하지만 그 불안도 당연하긴 하군. 나중에 안내할 테니 그녀와 애룡하고도 제대로 이야기해 보도록."

"너, 내 마음을 읽고…… 아니, 미안하다. 걱정해 줘서 고마워."

스바루의 시선에 어린 의도를 알아차린 율리우스가 선수 쳐서 입을 열었다. 스바루는 율리우스의 말에 끄덕이고 등 뒤에 자리 잡은 용차와 지룡(地竜)── 모래바다의 모험을 넘어선 동무를 턱짓했다.

"저기 있으니 요제프가 무사한 건 알겠어. 근데 파트라슈가 눈에 띄지 않고…… 렘도 용차 안에는 없었지. 그 둘은?"

"위에 있다. 자세한 설명은 나중에 하겠지만 치료 중……이라고 말해두지."

"치료…… 어, 설마!"

율리우스의 입에서 생각지도 못한 한마디를 들은 스바루는 무심결에 달려들었다.

"렘을 치료하고 있는 거냐?! 고칠 수…… 깨울 수 있단 거야?!"

"──진정해, 바루스. 그건 지레짐작이야."

"……아."

몸이 앞으로 쏠린 스바루에게 람의 말이 찬물을 끼얹었다. 람의 날카로운 눈초리에 스바루는 숨을 집어삼키고 올라가려던 엉덩이를 내렸다.

"……미안하다. 나도 말을 정확하게 고르지 못했어."

"저기 있지, 스바루. 우리랑 스바루 쪽이 합류했을 때, 파트라슈는 크게 다쳐 있어서 지금은 탑 위에서 치료 중이야. 그리고 렘도 같은 방에 있으니까……."

"──아아, 응. 알았어. 괜찮아, 에밀리아땅. 고마워. 율리우스도 그렇게 풀 죽지 마라. 내가 지레짐작했을 뿐이잖아."

스바루는 심호흡하고 자신의 설레발을 반성한 뒤, 슬며시 무거워진 공기를 손으로 휘휘 젓고 위를 쳐다보았다.

무시무시하게 광대한 원통형 공간은 마치 끝이 없는 것처럼 위로, 더 위로 이어져 있다. 상층과 왕래할 때는 원시적인 방법, 즉 탑 안쪽 벽을 따라 나선형으로 설치된 계단을 이용하는 모양이다. 몇천 미터나 되는 거대한 나선 계단, 그것을 이용해야만 상층에 갈 수 있는 구조다.

"렘과 파트라슈는 위에 있다. ……일단, 그건 확실한 거지?"

"……나중에 아가씨들이 있는 곳으로 안내하마. 제대로 얼굴을 보고 안심하는 편이 나을 테지. 이번 일에는 역시 다들 간이 철렁했어."

"저격당해 허우적대던 중에 하늘이 쫘악 찢어져서 그 지경이니……."

모래바다에서 분단된 직후의 사건을 돌아본 스바루와 율리우스가 씁쓸한 표정을 교환했다. 스바루의 왼쪽 옆에 앉아 있는 에밀리아도 "누가 아니라니." 하고 끄덕였다.

"우리도 찢어진 하늘에 삼켜져서 놀랐지만…… 그래도 스바루랑 람, 아나스타시아 씨처럼 싸울 수 없는 사람끼리만 떨어진 게 엄—청 걱정되더라."

"언니도 어엄청 평정을 잃어서 큰일이었다니까아. 베아트리스도 엉엉 울지, 나도 허둥지둥거렸다고요."

"아, 메일리는 또 거짓말만 하네. 내가 쩔쩔매던 건 사실이지만 베아트리스가 엉엉 울지는 않았어. 흑흑 정도야. 그치?"

"배려할 거면 끝까지 배려하는 것이야, 이 푼수……!"

"──응?"

흑흑 울었던 사실을 폭로당한 베아트리스가 토라지지만 에밀리아는 눈치채지 못했다. 그런 흐뭇한 대화에 미소를 띤 스바루가 율리우스에게 어깨를 으쓱였다.

"그럼 너도 상당히 식겁했겠어. 그 얼굴을 못 본 건 아쉽군."

"물론, 크게 동요했지. 너는 몰라도 아나스타시아 님과 람 여사는 가냘픈 여성이야. 해쓱해진 얼굴로 우왕좌왕하는 모습을 들키지 않은 덕에, 지금은 조그만 간이 한숨 돌리고 있는 셈이지."

"식겁해서 쩔쩔맸을 뿐인데 왜 그렇게 표현이 우아해?"

앞머리를 만지는 버릇을 내비치는 율리우스의 답변에 스바루는 대차게 입술을 뒤틀었다. 어쨌든 다들 제 모습을 찾은 것 같아서 바람직하다.

남은 건──.

"──그 눈은 뭐야? 불쾌한 눈으로 보지 마."

바로 정면에 있는, 평소처럼 무표정한 람이 스바루의 눈길에 날 선 말을 던졌다.

하얀 살결에 연홍빛 눈동자. 말할 필요 없이 단정한 이목구비와 시원한 미모. 가련과 우아의 틈바구니에 있는 고혹적인 과일 같은 아리따운 용모. 아무리 봐도 여느 때와 다름없는 람이다.

"이건 더는 못쓰겠네."

"아무 말도 안 했잖아?! 아니, 서로 무사해서 다행이구나 싶었거든. 지하에서 그 모양이지 않았어? ……마지막에, 네가 감싸 준 것도 기억하고 있고."

"……시간 낭비였구나."

"고맙다는 소리거든?!"

뇌리에 스친 것은 지하에서 의식을 잃기 직전의 사건—— 괴이한 형상의 괴물, 켄타우로스 앞을 막아서며 엉망인 몸으로 스바루를 감싸던 람이다.

　이곳저곳 다친 채 승산도 없이 강적과 맞서는 가녀린 뒷모습. 늠름한 그녀의 자세는 존귀했지만, 상실의 공포를 맛본 것은 잊기 어렵다.

　"그렇건만, 감사하다고 할 보람이 없는 언니분이네……."

　"괜찮아, 스바루. 람은 좀 쑥스러워하고 있을 뿐이니까. 아마 깨어났을 때 스바루에게 껴안겨서 멋쩍을 거야. 귀엽지?"

　"에밀리아 님!"

　소리 없이 웃은 에밀리아의 말에 람이 맹렬하게 반응했다. 그러나 그걸로 직전의 발언이 사라지는 것은 아니다. 그 의미를 깊게 헤아려 본다.

　"그러고 보니 용차에서 일어났을 때, 누워 있던 공간에 묘한 공백이……. 철석같이 베아코인 줄로 알았는데, 그거 설마……."

　"——잊어버려."

　직전의 기억을 회상하는 스바루에게 평소 이상으로 꽝꽝 얼어붙은 람의 말이 꽂혔다.

　"아니 그래도……."

　"잊, 어."

　"이, 잊었어, 잊었어. 넵. 잊었습니다."

　"그러면 돼. 밥통……이 아니라 에밀리아 님도 주의해 주십시오."

"밥통…… 그거, 어떻게 잘못 말한 거야? 하나도 안 비슷한데…….."

에밀리아가 갸우뚱했지만 람은 시치미 뚝 뗀 표정으로 묵살했다.

아무래도 람은 지하에서 있었던 사건을 말하기 싫은 눈치다. 그러므로 그 화제를 꺼낼 쪽은 자연히 지하 팀 마지막 한 명으로 추려졌다.

"람이 이 상태인데, 아나스타시아 씨는 무슨 일이 있었는지 기억해?"

"아, 내도 야기해도 되나? 꼼짝없이 잊힌 줄로 알았다카이."

"같은 집안 우선이라 미안하네. 그래서, 어떤 건데? 일단 그 마수가 흔적도 없이 날아갔을 즈음까지는 의식이 있었는데……."

"하모, 컴컴한 와중에 무서웠다 안 카나. 나츠키도 람 씨도 코 자고 있으니께 『현자』님과 교섭할 수 있는 사람도 내뿐이었고."

"『현자』랑 교섭이라니…… 요거랑?"

아나스타시아의 말에 스바루는 지금까지 의식적으로 무시하던 오른팔—— 아직껏 거기서 볼을 비비고 있는 샤울라를 손가락으로 가리켰다.

"도저히 교섭 같은 고상한 행동을 할 수 있다는 상상이 가지 않는데."

"재치 있는 표현이구마이. 근디 우리도 곤혹스러운 와중이데이. 방금까지 용을 써도 거의 말도 안 하던 사람이 나츠키한티

요로코롬 헤롱헤롱대니께."

"과묵? 요게?"

"아이 참 내! 아까부터…… 요거가 아니라 샤울라라구요, 스승님~."

쓴웃음 지은 아나스타시아의 답변에 이어 뾰로통해진 샤울라가 스바루를 물끄러미 밑에서 째려 보았다.

긴 속눈썹, 단정한 이목구비, 나올 데 나오고 들어갈 데 들어간 나이스 바디다. 틀림없이 미녀의 조건은 충족해서 본래라면 몸을 부대끼면 땡 잡았다는 말밖에 못 하겠지만.

"상대가 미인이라도 대뜸 호감도 MAX로 들이밀면, 호감도가 빵이었던 이쪽은 엄청 당황스럽단 말이지……."

"──아! 방금, 저더러 미인이라고 그랬어요?!"

"자기 편한 소리만 듣는 귀구만, 거!"

샤울라가 눈을 빛내며 더욱 바싹 다가붙자 스바루는 왼손으로 떼어 내려 했다. 그러나 아무리 힘을 주어도 샤울라의 괴력에서 벗어날 수 없었다.

결국 스바루는 오른팔의 지배권을 빼앗긴 채로 "하는 수 없지." 하고 한숨을 쉬었다.

"오른팔은 제물로 바치기로 하고, 이 자리는 대화를 우선하자. 너, 제대로 이야기해."

"네네─! 스승님이 하는 말씀이라면 얼쑤 환영입니다~."

"그렇군. 협력적이라 아주 달가워. 그럼 여쭙고 싶습니다. 당신은 이 플레아데스 감시탑에 은둔한 『현자』……라고 인식해도 되겠습니까?"

"고개 홱~ 할래요."

"대답해 줘라! 이야기한다던 직후잖아!"

실실 웃으며 쾌히 승낙한 줄 알았더니 율리우스의 질문을 노골적으로 무시하는 샤울라. 스바루가 그 태도를 꼬집자 샤울라는 "우~." 하고 볼을 부풀렸다.

"뭡니까―. 애초에 스승님이 말했다구요. 누가 뭘 물어도 쓸데없는 말은 하지 마라 이야기하지 마라 가르쳐 주지 마라 아예 찔러 버리라고. 전 그 말을 지키고 있을 뿐이에요!"

"그 스승님 꽤 너무하네."

"진짜요. 스승님 엄청 너무한 사람이에요. 깊은 반성과 사죄를 요구하는 바입니다."

샤울라가 그렇게 말하면서 머리를 꾹꾹 머리를 스바루의 목에 문질렀다. 그 멍멍이 같은 붙임성에 스바루는 한쪽 눈을 감고 그 이마에 딱밤을 때렸다.

"아프……지는 않지만, 학대?! 학대다! 스승님이 저한테 폭력 휘둘렀어요! 법정에서 봅시다!"

"어디서 배운 거야, 그 표현. ……아무튼, 나 말고 다른 녀석하고도 똑바로 대화해. 나를 스승님 대접할 거라면 하는 말 들어."

"……그래도 돼요?"

"―응? 되지. 오히려 추천한다. 슬슬 진지하게 이야기 진행하고 싶으니까."

스바루의 대답에 샤울라는 얼떨떨한 듯 놀란 표정을 지었다.

그리고 그 표정을 서서히 놀람-이해-수긍-감격 순으로 바꾸
다가 소리쳤다.

"우햐―! 됐다~! 스승님 허가가 떨어졌다~! 이로써 더는 의
미심장한 미스터리어스 미녀 노선으로 캐릭터 꾸밀 필요 없어
졌어요~! 만세―!"

"그딴 요소, 요만큼도 없거든!"

함박웃음과 함께 호들갑 떠는 샤울라. 그 과한 반응에 포니테
일이 이리저리 흔들리며 스바루의 얼굴과 머리를 찰싹찰싹 때
렸다.

스바루는 그 머리채를 왼손으로 막으면서 "아무튼." 하고 입
을 열었다.

"그래서, 네가 말로 듣던 『현자』라고 보면 되는 거지?"

그리고 플레아데스 감시탑에 방문한 이유, 그 핵심 목적으로
치고 들어갔다.

그 물음에 샤울라는 신 매실장아찌를 먹은 듯한 표정을 지었다.

"응~, 그 질문의 답변은 어려워요."

"어려워? 그건 또 왜?"

"스승님이 찾는 게 샤울라라면 저 맞아요. 이심전심, 서로 좋
아하는 사이 맞아요. 하지만 찾는 게 『현자』 샤울라라면 저도
잘 모르겠어요."

입술을 시옷자로 구부린 샤울라가 비로소 정상적으로 대화에
응하기 시작했다. 그렇지만 첫 질문에 대한 답변은 불길한 내용
이었다.

샤울라는, 『현자』의 호칭에 자각이 없다. 그 사실이 의미하는 건――.

"괜찮을까요, 샤울라 님."

똑같은 불길함을 느꼈는지 율리우스가 거수하고 샤울라의 이름을 불렀다.

"님자 붙이다니 쑥스러워요. 어색하니까 그냥 편하게 불러도 돼요. 샤울라 님이라니 무슨…… 에헤헤."

"그럼, 호의를 받아들여 샤울라 여사라고 하지. ――오늘까지 『현자』 샤울라의 공적은 오래도록 사람들 사이에 회자되었어. 그건 당신이라고 여겨도 될까?"

"글쎄, 어떨까요? 저, 내내 탑에서 안 나갔는걸요. 의외로 이상하게 퍼졌나 보죠? 제가 『현자』라고 불릴 정도라면."

샤울라가 입술에 손가락을 짚고 갸웃하면서 대답했다.

"아, 물론, 스승님이 저 말고 딴 여자한테 샤울라라고 이름 붙이고 그 샤울라가 『현자』스러운 짓을 했다면 또 다르죠. ……어때요?"

"나를 보고 말하지 마. 어느 쪽 의미로든 누명이야."

"스승님은 짚이는 곳이 없는 걸 보면 역시 샤울라는 저만의 이름이에요. 스승님이 주신, 저만의 이름…… 다른 샤울라 따위 필요 없어요."

"그렇군. ――죄 많은 인물이 다 있는걸."

"나를, 보고, 말하지 마! 누명이다! 무죄추정의 원칙이다!"

틈새에 끼어 엉뚱한 소리를 하는 거야 어쨌든 샤울라의 언동에 거짓말 같은 낌새는 없다. 그렇다면 최악의 경우, 전해지는 말 쪽이 틀렸을 가능성이 부상한다. 그때, 그 대화를 듣던 아나스타시아가 주섬주섬 커다란 지갑에서 뭔가 경화를 꺼냈다.

"갑자기 돈 계산……하는 건 아니지?"

"내 취미는 맞고, 잔돈 짤랑대다 보믄 머리도 잘 굴러가는디…… 그거하곤 다른 목적이래이. 자, 왕국의 주화를 똑바로 보믄 알 끼다."

아나스타시아가 손바닥의 주화를 스바루에게 던졌다. 허둥지둥 받아 보니 건넨 것은 동화, 은화, 금화, 성금화(聖金貨)의 네 닢이었다.

"설마, 샤울라에게 뇌물 주라는 건 아니겠지만……."

"그기 통한다믄 좋긋지만도. 본나, 주화에 새겨진 그림이 있제? 화폐하고 나라의 역사는 뗄래야 뗄 수 없다카이. 그러니께 주화에는 그 나라의 역사가 새겨지는 기다."

아나스타시아의 설명을 들으면서 스바루는 화폐의 각인에 주목했다. 여태까지 찬찬히 화폐를 볼 기회는 그다지 없었지만 듣고 보니 저마다 새겨진 그림이 다르다.

"성금화가 『신룡(神龍)』, 금화가 『초대 검성』, 은화가 『현자』고 동화가 『루그니카 왕성』이야. 몰랐어?"

"엇, 에밀리아땅이 척척박사 같은 말을 꺼냈다……!"

"이런 건 아는 게 당연해. 스바루는 뭐 살 때 무의식적으로 사고 그래?"

에밀리아의 따가운 추궁에 스바루는 휘파람을 불며 얼버무렸다. 확실히, 화폐의 각인된 모양은 설명한 바와 같다. 성금화에는 용, 금화에는 눈매가 날카로운 남자, 동화에는 왕성이 새겨져 있다. 그리고 은화에 새겨진 것은——.

"젊고 잘생긴 형씨로군. 샤울라와는 하나도 안 닮았어."

"하지만 시중에서 샤울라라고 여기는 건 이 그림에 있는 녀석인 것이야."

새겨진 것은 장발의, 다부진 이목구비의 미장부였다. 각도를 바꿔서 봐도 당연히 반라의 미녀로 보일 여지가 없다.

"헤—, 잘 새겨 놨네요. 스승님이랑 판박이야."

"어디가?! 어, 아니, 거기에 새겨져 있는 『현자』란 게 네 스승님이라면 기억 속의 스승님과는 닮았다는 뜻이냐?"

"아유—, 무슨 말을 하세요. 제 스승님은 여기에 있는 스승님뿐이에요."

"그럼 다시 고쳐 말할게. 어디가?!"

옆에서 은화를 빤히 들여다보던 샤울라가 악의 없는 얼굴로 폭언을 날렸다. 스바루가 거기에 반응하자 "어어?" 하고 불만스러운 눈빛을 띠었다.

"제가 보기로 특징은 꽤 잘 잡았어요. 머리털 있지, 눈이랑 귀는 두 개 달려 있지, 코랑 입도 있잖아요."

"그런 수준에서 하는 말이냐?! 작대기 죽죽 긋기만 해도 그 정도는 다 달린다!"

"나도, 이 은화의 사람이랑 스바루는 닮지 않은 것 같아…."

특징 잡는 게 유치원생 수준이었다. 스바루는 물론, 에밀리아의 판정도 아웃. 아니 샤울라 외에는 전원이 쓴웃음 짓는 판정이었다.

"뿌— 할래요. 그치만 전 사람 얼굴 비교하는 게 쥐약이란 말이에요. 남자인지 여자인지만 다른 정도지 나머지는 거의 그게 그거잖아요. ……아, 그리고 크기도 있지."

"이 녀석, 방금 베티를 보고 덧붙었어."

"베아코가 조그맣고 귀여운 건 온리원이니까 괜찮아. 그보다 너 그 느슨한 심미안 가지고 잘도 내가 스승님이라고 할 수 있구나! 사람 잘못 봤어, 완전히!"

샤울라의 변명에 편승해 스바루는 지금까지 나온 불명예스러운 누명을 반려하려 들었다. 이로써 접점이 없음을 이해하고 안심……하는 전개로 넘어가지는 않았다.

"아. 제가 스승님을 발견한 건 외모 이야기가 아니니 노 프러블럼이에요."

"외모가 아니라니, 그럼 무슨 수로 알아보는 건데. 오러냐?"

"냄새요. 이렇게 코가 삐뚤어질 만큼 거무칙칙하고 아릿한 냄새 풀풀 풍기면서 아무렇지도 않은 사람은 스승님 말고 짐작도 안 간단 말이에요."

"그렇게까지 상처 주는 말은 처음 경험한다! 뭐야, 나 그렇게 심해?!"

냄새라는 키워드가 나온 시점에서 한순간 스바루는 각오했다. 하지만 곧바로 나온 샤울라의 말이 하도 신랄해서 각오가 단박에 깨졌다.

"왜 화내세요? 아, 아릿하다고 해서요? 괜찮아요! 스승님 냄새는 진짜 지독하지만 토 나오는 게 아니라 또 맡고 싶어지는 중독성 있는 쪽이거든요!"

"여자애가 토 같은 말 쓰지 마! 그리고 감싸 주지도 못하고 있어!"

스바루는 손바닥으로 얼굴을 가리고 그 자리에 흐느끼며 허물어졌다.

"대체 뭐니……. 이제 슬슬 욕먹는 데에도 이골이 난 줄 알았는데, 이런 식으로 능욕당하다니 너무하기 그지없어. 내가 뭘 했다고……."

"괘, 괜찮아, 스바루. 내가 알아주고 있으니까. 나중에 깨끗하게 씻자."

"안 알아주고 있어!"

구슬피 울면서 낙담하는 스바루. 에밀리아가 위로할 태세에 들어가자 그 상황에 애를 태우던 람이 "아무튼." 하고 끼어들었다.

"바루스의 허가로 충분하다면 이쪽 질문에 대답해. ──당신은 샤울라지만, 『현자』가 아니다. 그렇다면 『검성』이랑 『신룡』에 짚이는 데는 있어?"

"검성이랑 신룡?"

"이름은 레이드와 볼카니카야."

"으히익."

람의 질문에 샤울라가 소태를 씹은 표정으로 혀를 내밀었다.

"아는 거구나?"

"그야 알죠. 『작대기꾼』레이드랑 삐딱이 볼카니카는 옛날부터 아는 사이인걸요. 헤어진 뒤로 한 번도 못 만났는데 건강하게 지내고 있는 거 아녜요?"

"레이드는 죽었어. 진즉에."

"진짜요?! 죽여도 죽지 않을 놈이었는데 죽었다구요?! 왜 죽었어요?! 이상한 거 주워 먹은 거예요?!"

"수명이야. 천명에는 아무도 거스르지 못해."

"수명…… 아아, 그렇구나. 그렇죠. 레이드, 일단 인간이었으니까요."

지기의 죽음을 알자 샤울라가 숙연한 태도로 눈을 내리깔았다. 기분 탓인지 포니테일까지 기운을 잃고 어깨가 축 늘어져서 쓸쓸해 보였다.

"그럼, 볼카니카는 건강한 겁니까."

"그쪽은 드래곤이니까."

"그래요. 레이드보다 볼카니카 쪽이 죽는 게 좋았는데요~."

"말 한 번 엄청나네, 어이."

다만 그 쓸쓸한 모습도 한순간일 뿐, 샤울라는 곧장 의식을 바꾸더니 또 다른 지기를 숨기지도 않고 호되게 헐뜯었다.

그러고 나서 개운해진 표정의 샤울라에게, 람은 고심하듯 한쪽 눈을 감고 물었다.

"다시 물을게. ──있어야 할 『현자』, 당신의 스승님은 대체 정체가 뭐야?"

"──응? 이상한 질문이네요. 본인이랑 같이 있는데 동행인 당신들이 모르는 거예요?"

"안타깝게도 당신의 스승님은 화장실 변기에 머리를 박아서
이것저것 다 날아갔거든."

"화장실로 한정할 의미가 있어?"

"스승님, 또 저지른 겁니까……."

"또?!"

샤울라의 동정 어린 눈길에 스바루는 맛볼 필요 없는 굴욕을
맛보았다. 하지만 그 답변에 수긍했는지 샤울라는 폴짝 뛰듯이
일어섰다.

"그럼 제 입으로 대발표가 있겠습니다. 스승님의 이름……
그래요, 그 이름도 드높은 대현인! 이 세상에 『현자』라고 불린
다면, 어울릴 사람은 스승님뿐!"

"서두는 접고!"

"쫀쫀하네요~. 하지만 그 또한 스승님이죠."

화려한 몸짓을 넣으며 샤울라가 변죽을 울리지만, 스바루의
요청에 장난스럽게 혀를 내밀었다. 그리고 샤울라는 자신의 볼
에 손가락을 짚고, 유난히 앳된 몸짓으로 말을 이었다.

그 이름은——.

"——플뤼겔."

"……아?"

"스승님의 이름은 플뤼겔입니다. 대현인 플뤼겔, 샤울라의

스승님이에요."

샤울라는 풍만한 가슴을 펴고 진심에서 우러나온 친애를 담아 그 이름을 말했다.

그 말에는 순수한 존경과 감사의 마음이 어려 있어서, 샤울라가 거짓말한다는 생각은 도저히 들지 않았다. 들지 않았기에, 스바루 일행의 반응은 각기 달라졌다.

여하튼 그 이름은 들어본 적이 있었다. 그야 당연히——.

"……나무 심은 사람 이름이잖아."

꽤 오래전에, 딱 한 번 운명이 교차했던 위인의 이름이었으니까.

3

"으와, 무셔! 높아! 난간 없는 불안정감이 미쳤어!"

"잠깐, 안 돼, 스바루! 그렇게 끝에 붙으면 위험한 것이야!"

당황하는 베아트리스의 만류를 받으면서 스바루는 나선 계단 끝자락에서 아래를 내려다보았다.

눈 아래, 탑 최하층에 대기하는 요제프와 용차가 콩알처럼 작게 보였다. 탑의 안쪽 둘레를 시계 방향으로 올라가는 나선 계단, 아직 그 중간이지만 벌써 간이 서늘하고도 남을 높이였다.

"아래층에서 위층까지 수십 미터…… 대형 나선 계단 탓에 거리만 치면 수천 미터라니 너무 불편하잖아. 탑의 건축가는 뭘 생각이었던 거야?"

"하지만 그 사람, 아까 나온 얘기라면 플뤼겔 씨인 거잖아? 400년이나 전 사람이고 지금과는 이것저것 사고방식이 달랐을지도 몰라."

"세대 차이에도 한도가 있잖아. 게다가 애초에……."

손을 잡은 스바루와 베아트리스, 그 바로 뒤를 에밀리아가 걷고 있다. 에밀리아의 말에 대꾸한 스바루는 시선을 에밀리아보다 더 뒤쪽, 일행 최후미로 돌렸다.

"하지 마아. 발가벗은 언니, 너무 흔들지 말아 줘."

"어어—, 남의 등에 올라탄 주제에 건방진 꼬맹이네요."

"그치만, 이렇게 몇백 단이나 있는 계단 오르락내리락하는 건 지친단 말야아."

"그렇다고 등짝에서 빽빽거리면 근질근질…… 아! 머리 잡아당기지 마요!"

샤울라가 등에 업고 있는 메일리에게 입술을 삐죽였다. 단, 그 대화에 가시는 없고 두 사람의 호흡이 묘하게 맞는 낌새다.

──현재, 스바루 일행은 나선 계단을 이용해 최하층에서 상층으로 가고 있다.

율리우스와 아나스타시아가 선두, 그 뒤로 람, 스바루와 베아트리스, 그리고 에밀리아로 이어지며 최후미가 앞서 말한 메일리&샤울라 팀으로 된 편성이었다.

최후미가 그런 조합이 된 것은 지쳐서 계단을 오르기 싫다고 떼쓰는 메일리를 샤울라가 업어 줄 수 있다고 자발적으로 제의했기 때문이지만──.

"설마, 어린애를 더없이 좋아하는 것도 아닐 듯한데……."

"스바루도 만약 지치면 언제든 말해 줘. 나도 여차하면 스바루를 어부바해 주는 것쯤은 가능하니까."

"그럼 여차해선 안 되겠네. 남자니까."

에밀리아의 고마운 제의지만 남자 입장에서 정중히 거절했다. 그런 끝장나게 꼴불견인 모습으로 기댈 바에는 율리우스에게 빚을 지는 편이 낫다.

어쨌든──.

"어라? 뭐예요, 스승님. 그렇게 뜨거운 눈으로 저를 보고…… 혹시 제 매력을 400년 넘어서 깨달은 건가요?!"

"참 느긋한 얘기네! 아, 네가 메일리하고 포니테일로 노는 중에 미안한데……."

"포니테일이 아닌데. 스콜피온테일인데."

"응?"

"스콜피온테일인데."

"엉. 알았다, 알았어. 그래서……."

"스콜피온테일……."

"알았다니깐! 왜 그렇게 집착해! 스콜피온테일이지, 스콜피온테일! 스콜피온테일스콜피온테일…… 뭐 이리 길어!"

유난히 고집을 세게 부리기에 스바루는 그 뜻을 존중하면서 이야기를 진행했다. 의제는 당연히 에밀리아와의 대화 중에도 슬쩍 나온 이름이었다.

"밑에서 한 얘기를 되풀이하는 꼴이지만, 네 스승님은 플뤼겔이 확실한 거지?"

"당빠죠. 스승님, 자기 이름인데 슬슬 적당히 하죠? ……아! 혹시 몇 번씩 같은 말하게 해서 제 관심을 끌고 있는 거예요?"

눈을 빛내며 샤울라가 꿈지럭대면서 스바루를 물끄러미 쳐다보았다.

"그런 짓 안 해도 제 마음은 언제나 스승님 것이에요. 저의 이 일편단심, 받아주시라 포 유!"

"휙."

"내버렸어요?!"

제스처로 건넨 마음을 계단 밑으로 내버린 스바루가 "어흠." 하고 헛기침했다. 이런 식으로 샤울라의 페이스에 맞추다 보면 대화가 영원히 끝나지 않는다.

"아무튼 플뤼겔 씨라면, 『플뤼겔의 거목』의 그 사람이잖아?"

"뭐어야, 그거? 거목이라면, 커다란 나무 말야?"

마음을 버림받아 시무룩해진 샤울라의 등에서 메일리가 갸웃했다. 소녀의 의문에 스바루는 "맞아, 맞아." 하고 끄덕였다.

"리파우스 평원이란 곳에 아주 그냥 구름에 닿겠다 싶도록 커다란 나무가 있는데, 그게 플뤼겔의 거목이라고 불렸었어. 그건 남자의 심금을 울리는 멋이 있었지."

"흐음, 그렇구나아. 그렇게 굉장하다면 나도 보고 싶은데에."

"미안. 그건 내가 베었다."

"오빠는 심술쟁이!"

제꺽 메일리의 희망째로 베어 넘기는 바람에 말종 취급받아서 쓴웃음 짓는 스바루.

──플뤼겔의 거목.

그것은 약 1년 전, 스바루도 참전한 『백경 토벌전』에서 비장의 수가 된 한 그루의 나무다.

3대 마수 중 한 축이던 백경(白鯨)과의 전투에서 그 거대한 짐승을 마무리하고자 베어 넘긴 거목. 구름을 뚫는 거목은 『안개』의 마수를 깔아뭉개 움직임을 막았으며, 14년의 세월을 걸고 마수를 끝내 몰아넣은 『검귀(劍鬼)』의 검이 그 생명에 닿게 했다.

"그걸 심은 플뤼겔 씨랑 설마 이런 곳에서 재회하게 될 줄이야……. 그러고 보니 『현자』라고 불린다는 말은 들었지만."

"하지만 뭘 했는지 도통 알 수 없는 『현자』지. ……그런데 『현자』 취급받던 것이 애초부터 이상하다면 이상한 것이야."

"그냥 공적만 따지면 『현자』라는 호칭 값을 못하는 건 사실이야. 자신의 공적을 퍼뜨리는 재주가 어지간히 좋았는지…… 바루스 같은 녀석이구나."

"내가 언제 자신의 공적을 과장했답니까!"

섭섭한 평가에 심히 언짢아지는 스바루. 하지만 람 본인은 태연자약한 표정이다.

그 대화에 전방에서 걷던 아나스타시아가 "오호라." 하고 끄덕였다. 그녀는 율리우스의 손을 잡고 따라가던 중에 고개만 돌려 뒤를 보았다.

"이 느낌으로 보건디, 그거데이. 샤울라 씨캉 플뤼겔 씨, 두 사람의 공적이 후세에선 뒤집혔다…… 말을 더 보태자믄 덮어 씌운 기 아이가?"

"플뤼겔 씨가, 자신이 한 일을 샤울라가 한 것처럼 퍼뜨렸다는 뜻이야?"

아나스타시아의 추측에 에밀리아가 눈을 크게 뜨며 놀랐다. 그 반응에 아나스타시아는 고개를 까닥이고 재차 샤울라에게로 눈을 돌렸다.

"내는 고로코롬 짐작하는디, 스승님은 그런 짓 할 만한 사람이었는교?"

"응～, 저도 솔직히 스승님의 생각은 모를 때가 많아요. 하지만 스승님은 눈에 띄는 걸 별로 좋아하지 않았으니 귀찮겠다 싶은 소문의 방향을 저한테 돌리고 도망친다는 건, 스승님답긴 하네～ 싶어요."

미묘하게 추측도 섞여 있지만 샤울라는 아나스타시아의 추론을 긍정하는 눈치다. 다만 그렇게 들으니 스바루 쪽에선 갸우뚱하고 싶어지는 점도 있었다.

"진심으로 숨기고 싶다면 후세에 『현자』라고 전해진 건 대체 어째서야?"

"으응, 저기, 전에 읽은 책에선…… 플뤼겔 씨의 이름이 퍼진 이유는, 거목 위쪽에 '플뤼겔 등장' 이라고 새겨져 있었기 때문이라던데."

"무슨 에피소드가 그래?! 수학여행 간 학생이냐!"

숨기기는커녕 자기 어필이 폭발하는 에피소드에 스바루는 기겁했다.

"확실히, 나도 비슷한 짓을 하려다가 렘이 말렸지만…… 실제로 실행한 거라면 플뤼겔 씨도 꽤 바보로군."

"그 이름이 홀로 떠돌며『현자』플뤼겔은 의문의 위인으로서 구전되었다는 말이군. 하지만 그게 시간이 지나서 이렇게 다른『현자』의 입으로 진짜 위인이었다고 듣다니…… 흠. 역사의 틈새를 메꾸는 자리에 있어서 조금 가슴이 설레는데."

"역사 오타쿠 같은 소리 하지 마라……."

수백 년 전 역사의 숨겨진 부분을 배운 율리우스는 왠지 감개무량한 눈치다.

율리우스는 마법에 관해서 견식이 깊다……기보다, 설명할 때 말수가 많아지는 경향이 있던데, 어쩌면 지식 오타쿠적인 측면이 있는 걸지도 모르겠다.

"학자는 괴짜가 많다고들 그러고, 학자 기질인 이 녀석도 그럴 가능성이……."

"생각하는 중에 미안하지만, 발밑을 조심하도록. ──상층이다."

"오?"

그 목소리에 고개를 들자 마침 나선 계단의 끝이 눈앞에 와 있었다.

한발 먼저 상층에 도달한 율리우스와 아나스타시아, 두 사람에 이어 다른 일행도 계단을 다 오르자 최하층과는 또 다른 개방된 공간의 마중을 받았다.

거기서 처음에 눈에 띈 것은――.

"와우, 어마어마하게 큰 문……."

눈앞에 우뚝 선, 세로로든 가로로든 거뜬히 10미터 이상은 될 거대한 문에 얼떨떨하게 감탄했다. 재질은 돌 같이 보이기도 하는 신기한 물질. 탑의 벽과 동일한 재질일까.

"이게 탑에 드나드는 정식 문이래. 쓸데없이 크지만 베티 쪽이 들어올 때는 열리고 닫혔던 것이야."

"그렇군. 베아코 쪽은 이리로 드나든 건가. ……응, 가만?"

탑 출입에 이용한다는 말이 이상해서 스바루는 주위를 둘러보았다. 휑뎅그렁한 공간에는 스바루 일행이 올라온 나선 계단 말고 아래층과 연결되는 길이 보이지 않는다.

"그럼, 최하층의 요제프와 용차는 무슨 수로 거기까지 간 거야? 이 나선 계단의 너비라도 용차까지는 못 지나갈 텐데……."

"아, 용차와 지룡은 샤울라가 날라 주었어. 휙 들어다가 아래까지."

"……왓 더?"

뭔가 잘못 들었나 싶어 되물었지만 귀여운 제스처와 함께 대답해 준 에밀리아의 태도는 태연했다. 다른 동료들도 그 발언을 정정하지 않았다.

샤울라는 그 모습을 보고 으스대듯 풍만한 가슴을 펴고 콧방울을 실룩거렸다.

"들으신 대로 제가 날랐습니다. 이야아, 그쯤이야 가뿐하죠."

"감사의 마음보다 식겁하는 기분이 앞선다. 라인하르트라도 무리일 것 같다고."

스바루 안에서 으뜸가는 깜짝 상자 인간은 군말 없이 라인하르트지만, 그런 라인하르트라도 용차를 획 들어 메진 못할 것이다. 검압(劍壓)으로 세계를 가르거나, 물 위를 걷거나, 한 번 되살아나는 것쯤은 가능해도 그만한 괴력을 발휘할 수는——.

"어라, 가능한가? 살짝 불안해지네. 걔가 인간인지 아닌지."

친구에 대한 그런 잡상이야 어쨌든, 용차가 최하층에 있던 경위는 이해했다. 그렇다면 눈앞에 있는 거대한 문도 설마 샤울라의 괴력에 기대어 인력으로 여닫는 것일까.

"적어도 내가 밀어 봤자 꿈쩍도 하지 않는 건 틀림없어. 덕분에 분단되고 탑 안에 들어온 뒤, 아나스타시아 님과 너를 찾는 것도 뜻대로 되지 않았지."

"그렇군. 겉보기와 같은 중량감이란 말이지. 그런 점에서 엄청 역사 있는 고대 유적 같아서 가슴 설레지 않는 것도 아니지만……."

이렇게 판타지 느낌이 충실한 건조물은 스바루도 싫어하지 않는다. 하지만 공교롭게도 지금은 거기에 일일이 발을 멈추며 감개무량하게 품평할 시간도 아까운 입장이다.

문을 바라보고 있으려니 희미하게 모래알 같은 감촉이 혀 위에 섞였다. 바깥과 직접 연결되어 있는 층이기 때문일 것이다. 잘 보니 주위에 노란 모래가 휘날리고 있다.

"모래바람이 강한 것도 있지만도 바람을 타고 모래가 섞여 들어오니 주의해야긋네. 깜빡 하고 여기 모래를 지나치게 먹었다간 몸속부터 상할지도 모르니."

"사구의 모래는 독기를 품고 있지. 미량이라고 쉽게 보지 않는 편이 현명할 거다."

"그렇지. 나도 동감해. 그건 그렇고——."

스바루는 아나스타시아와 율리우스의 말에 끄덕인 다음 천장을 쳐다보았다.

최하층부터 긴 나선 계단을 올라와 겨우 도착한 이 층계 위에도 플레아데스 감시탑의 높디높은 벽은 여전히 이어지고 있다.

적어도 한 층 위의 층계는 또 나선 계단을 올라가야 하는 구조다.

"또 계단이라서 의욕 꺾이지만…… 이제야 실감이 나는걸."

"실감?"

"그래. ——여기가, 우리가 목표로 삼던 플레아데스 감시탑이란 실감이."

스바루의 차분한 한마디에 옆에 있던 에밀리아를 비롯해 동료들이 저마다 끄덕였다.

그렇다. 그런 것이다. 아직 목적을 달성한 것도, 스바루 일행의 귀환을 기다리는 사람들을 구할 방도를 발견한 것도 아니다. 하지만 제1관문은 돌파했다.

전인미답의 땅, 아우그리아 사구 끝에 있는 플레아데스 감시탑에 다다른 것이다.

"쯔쯔쯔, 정정할게요. 스승님."

그러나 그런 스바루의 감상에 샤울라가 손가락을 세우고 좌우로 흔들며 제동을 걸었다. 스바루가 돌아보자 샤울라는 히죽 사악한 웃음을 띠고 말했다.

"그런 이해도로는 기껏해야 100점 만점 중 99점이에요."

"거의 만점이잖아!"

"중요한 부분을 못 채웠다구요! 그리고 채점에는 제 스승님에 대한 애정만큼 덤의 덤의 덤의 덤이 붙었어요!"

샤울라가 자기 이마를 찰싹 때리고 물러터진 판정을 반성했다. 그러더니 메일리를 업은 채로 일행 앞으로 달려 나가 호들갑스럽게 뒤돌아보았다.

그리고 두 팔을 벌리고 거대한 문을 등진 채로 선언했다.

"플레아데스 감시탑이란 건 임시적인 이름, 임시적인 역할입니다. 이렇게 스승님이 돌아오셨다면 여기는 원래 역할로 돌아가요."

"원래 역할……?"

"네입. ——알고 싶은 것, 깨닫고 싶은 것, 무엇이든 찾을 수 있는 대도서관."

"음——!"

샤울라가 읊는 설명에 스바루의 표정에 격진이 퍼졌다.

왜냐하면 그 말은, 스바루 일행이—— 아니, 스바루가 바라 마지않던 답 그 자체. 무지한 자를 구원하는 전지(全知)의 수단, 그것을 원해 여기까지 온 것이다.

그, 갈구하는 답의 이름이 바로——.

"——대도서관 플레이아데스는, 스승님의 귀환을 대대대대, 대환영합니다!"

──목적하던 방에 당도하니, 그 문은 녹색의 넝쿨로 빼곡하게 덮여 있었다.

"이건……."

참으로 섬뜩한 외관 앞에서 스바루는 무심코 말을 잃었다.

아우그리아 사구에 들어온 이후로 정상적인 식물 같은 것을 보는 것은 이게 처음이다. 독기를 품었다는 모래바람은 식생에도 악영향인 모양이라 광대한 모래바다에는 자연이라고 부를 만한 것은 모래 말고는 하나도 눈에 띄지 않았다.

"유일한 예외는 꽃으로 둔갑했던 고어한 마수 정도인가……."

본래라면 숲에 서식한다는 꽃단장곰. 모래바다에서 부자연스러운 꽃밭을 연출하던 그 마수 무리만이 요 며칠 중에 목격한 소수의 색깔 있는 자연물이었다고 할 수 있다. 하기야 그 이물감이 너무 엄청난 탓에 의태의 역할은 전혀 달성하지 못했지만──.

"＿＿＿＿＿＿．"

생각하느라 발길을 멈춘 스바루 옆을 슥 지나간 인영이 넝쿨로 덮인 문을 만졌다. 주저 없이. 그 즉시, 넝쿨 속에 있던 문이 미끄러지듯 열렸다.

"안 올 거야? 바루스."

"……갈 거야, 나도."

문을 연 람이 떠보듯 묻자 스바루는 불안을 걷어차고 앞으로 나섰다. 앞에 가는 가녀린 등을 뒤따라 당당히 넝쿨을 밟고 넘어서 실내로 들어간다.

밖에서도 상상이 가던 대로 문에 엉켜 있던 넝쿨은 실내에도 침식하고 있었다. 원래는 평범하게 돌로 만들어졌으리라 짐작되는 방은 바닥도 벽도 천장도, 옛 자취를 알아볼 수 없게 녹색에 정복되었다. 몇백 년이나 방치되던 비경의 유적 같은 풍경이다.

"정글 같은 느낌이 엄청나군. 샤울라는 『녹색 방』이라고 부르던데……."

직설적이기 그지없는 작명이다. 스바루는 그런 감상을 품었다. 그리고 왠지 모르게 뒤돌아봤다가, "으엑?!" 하고 놀랐다.

──입구가, 넝쿨로 막혀 있었던 것이다.

"어이, 람! 분단당했다고?!"

"너무 겁이 많아. ──이 방, 들어올 수 있는 인원이 한정된다나 봐. 방 주인의 의향으로."

"방 주인……이라면."

"──정령이야."

경계하는 스바루에게 짤막하게 대꾸한 람이 냉큼 방 안쪽으로 진행했다. 순간, 스바루는 닫힌 문 쪽을 쳐다보았지만 곧 머리를 긁고 람의 등을 쫓았다.

실내를 종횡무진 누비는 넝쿨을 밟고 헤치며 녹색이 지배하는 지역을 성큼성큼 나아간다. 그리하여 다소 후미진 공간에 당도하니──.

"렘…… 하고, 파트라슈."

녹색 방 가장 깊은 곳에, 입구에서 이곳까지의 어수선한 분위기와는 다른 공간이 보였다. 그곳에는 푸른 풀이 우거지고 포개졌으며 곳곳에 작은 꽃이 핀 침대가 있었다.

그 풀과 꽃으로 꾸며진 침대 위에 변함없이 잠든 렘이 누워 있었다.

"―――."

하얀 뺨에 색은 없고, 잠든 얼굴에는 아무런 변화도 없다. 희미한 호흡으로 가슴이 오르락내리락하지만, 살아 있다는 증거는 전해지는 열기와 그 생명 활동뿐이었다.

『잠자는 공주』의 증상을 보이는 모습이지만 무릎의 힘이 풀릴 만치 안도했다.

"진짜로, 무사하게 있었나……."

"그러니까 말했잖아. 아니면 람이 렘에 대해 거짓말이라도 할 줄 알았어?"

"그런 말은 안 하겠지만 실제로 내 눈으로 볼 때까지 안심할 수 없었으니까 별수 없잖아. ……파트라슈, 너도 무사해서 천만다행이다."

람의 말에 스바루가 슬쩍 쓴웃음 짓다가 풀 침대에 자고 있는 렘 옆, 거기서 사지를 바닥에 대고 앉아 있는 파트라슈에게 걸어갔다. 이쪽도 녹색의 수풀을 거체 아래에 깔고 있어 축사에서 지낼 때처럼 예의 바르게 스바루를 응시하고 있었다.

"지하에서는 또 나를 감싸고 무리했으니까. 진짜로, 란 녀석은."

스바루가 손바닥으로 목덜미를 어루만지자 파트라슈가 그 코끝을 가슴에 문질렀다. 그 애정 표현에 안도했지만, 스바루는 마음을 독하게 먹었다.

"네가 지켜지기보다 지키는 계열의 히로인이란 건 알고 있었지만, 너무 걱정 끼치지 말아 주라. 이번에는 진심으로 위험하다 싶었…… 아파파파!"

"크르르——."

지하에서 보여 주던 용감한 파트라슈의 자세를 나무라자마자 목이 비늘에 호쾌하게 긁혔다.

"어, 어, 어, 어째서……."

"오토가 없으니까 대신에 람이 번역해 줄게. —— '바루스가 할 소리냐.' 라네. 람도 완전히 똑같은 의견이야."

자기 팔꿈치를 안은 람이 스바루와 파트라슈의 대화에 기탄없는 의견을 날렸다.

실제로 파트라슈의 눈매로 보건대 람의 번역은 거의 정확하게 느껴졌다.

"제길, 너는 무리하면서 내가 무리하는 건 안 된다는 거냐……."

"살아남을 가능성의 문제겠지. 아무리 생각해도 바루스보다 거기 지룡 쪽이 살아남을 가망이 더 있어. 바루스는 꺼져가는 촛불이잖니."

"촛불은 꺼지는 순간이 가장 환하게 빛난……다니 쓸데없는 소리네."

람과 애룡에게 매서운 눈총을 받은 스바루의 어깨가 축 처졌다. 그리고 파트라슈의 몸을 확인하자 비늘이 벗겨진 상처 주위를 희미하고 따스한 빛이 감싸고 있는 게 보였다.

"정령의 힘으로 치유가 빨라지는 효능이 있다고 해."

"방 주인이 정령이라고 그랬지. ……정작 그 정령은 어디에 있는 거야?"

"정령술사면서 몰라? 이 방이 그 정령 자체야."

다시금 파트라슈를 어루만지던 스바루가 람의 말에 숨을 집어삼켰다.

듣고 나서 의식해 보니 방 안에 차 있는 농밀한 마나—— 그것이 이 녹색에 물든 방의 식생에 크나큰 영향을 주고 있음을 깨달았다.

마치 고밀도의 산소 속에 있는 것처럼 몸의 내부부터 치유되는 듯한 감각.

"왠지 모르게, 알겠어. 확실히 이건 정령이네. ……대화는 못할까?"

"이곳의 정령은 별종……이라고 해도, 별종이 아닌 정령은 없지. 에밀리아 님의 대정령님도 그렇고, 베아트리스 님도 그렇고…… 이곳의 정령에게는 유달리 의사다운 의사가 없다더라. 단지 들어온 생물의 상처와 병을 치유하려고 할 뿐이지."

람이 그렇게 말하면서 렘 바로 옆으로 갔다. 그러자 여동생을 지켜보는 언니를 염려하듯이 람 뒤에서 넝쿨이 꿈틀거리기 시작하더니 복잡하게 뒤얽혀 녹색 의자를 만들었다.

그 의자에 람이 앉자 입원 환자를 가족이 병문안하는 광경이

완성되었다.

"뭔가 굉장한데."

"적어도 지금까지 보고 들은 정령 중에서 가장 신사적인 건 확실해. 바루스도 조금은 본받는 편이 좋아. 이 정령과 기사 율리우스의 처신을."

"어느 쪽이든 석연치 않구만."

본받으라고 들은 두 존재를 머리에서 쫓아낸 스바루가 파트라슈의 목을 간질이며 "편히 쉬어." 하고 말을 건네 쳐든 머리를 부드럽게 내리도록 했다.

"파트라슈의 상처를 고쳐주고 있는 건 알겠어. 근데 렘에게 효력은 없다……는 건, 밑에서 말한 거랑 같아?"

"상처도 병도 아닌 것은 고칠 수 없어. 정령은 그렇게 판단한 모양이야."

"……그러냐."

아래층에서 맛본 낙담, 그 감정을 한 번 더 맛보면서 스바루는 숨을 내뱉었다.

그러나 치료 대상은 아니라고 해도 이 방의 정령은 잠자는 렘을 돌보는 데에 인색하지 않은 모양이다. 앞서 람에게 보인 대응이 그 증거라고 할 수 있으리라.

"결국, 이대로는 아무것도 달라질 게 없단 말이군."

"……바꾸고 싶으면 탑에 온 목적을 이루어야 하겠지."

"대도서관 플레이아데스라."

람 옆에 붙어 렘의 얼굴을 내려다보면서 스바루는 중얼거렸다.

──대도서관 플레이아데스.

그것이 이 플레이아데스 감시탑의 본래 이름이며, 본래 기능. 샤울라의 이야기를 믿는다면 그야말로 스바루 일행이 바라마지 않는 '답'이 여기에 있다.

"그 답을 구해서 렘을 되찾는다. ──그 목적은 확고해."

"……그래. 그럼 됐어."

람은 잠자고 있는 렘의 손을 잡고, 결의를 표명하는 스바루를 쳐다보지도 않았다. 매정한 태도지만 렘을 맡길 수 있다는 의미로는 실로 믿음직하다.

"그런데, 람에게는 내놓은 풀 의자가 나에게는 없네. 이거 노골적으로 남녀 차별 아냐?"

"동물은 자연스럽게 머릿속에서 상대의 계급을 매긴다더라. 정령도 그런가 보지."

"그거, 전에 렘에게도 비슷한 말 들었다고."

아직 친해지기 전의 렘이 아람 마을의 아이들과의 관계를 그렇게 평했다. 이제 와서는 그리운 기억이다. 아람 마을에도 벌써 얼굴을 내민 지 꽤 되었다.

"과거를 그리워하기 전에 할 일이 있지."

스바루는 치솟는 쓸쓸함을 날숨 한 번으로 내쫓고 자기 뺨을 때렸다.

"좋아! ……나는 다른 사람들 있는 데로 돌아갈 거야. 너는?"

"누군가 렘을 안 보면 불안하잖아? 그렇다면 람이 그 역할을 맡을게. 애초에 그러려고 여기까지 따라온 거니까."

"그건 뭐, 그렇지. 그럼 렘은 네게 맡겼다."

"지켜보는 정도밖에 할 수 없지마는."

"네가 지켜봐 주는 데 의미가 있는 거야."

스바루는 웬일로 자기 자신을 비하하는 람에게 그렇게 말하고 렘의 잠든 얼굴을 다시금 보았다. 그녀는 편안하다고도 고통스러워한다고도 할 수 없는, 표정이 사라진 꿈속에 있다.

앞머리가 붙은 이마에 손을 뻗어 살며시 간지럽히듯, 애정 어린 손길로 만졌다.

그럴 수 있다는 사실에 안도감이 있었다. 그리고 그 이상을 바라고 마는 자기 자신이 있는 것도 알기에, 스바루는 미소를 머금고 말했다.

"그럼, 다녀올게."

"―――."

물론 대답은 없다.

람도 자신에게 하는 말이 아님은 알기에 섣불리 끼어들지 않았다. 그 사실에 스바루는 만족하고, 『녹색 방』의 방문 쪽으로 향했다.

"신사라고 그랬었지. ……렘과 파트라슈를 잘 부탁합니다."

나가기 전에 벽의 넝쿨을 만지며 이 방을 수호하는 정령에게 간청해 두었다. 대화가 성립되지 않는 상대여도 성의는 전해질지도 모른다. 당연히 고마운 마음도 있다.

자기만족에 불과할지 몰라도, 그 말을 전하고 스바루는 방을 ―――.

"그러고 보니 렘 곁에 있는 게 자기 역할이라고 그러면서, 왜 일부러 아래까지 내려왔어?"

"_____."

"설마, 내가 일어났다는 말에 황급히 달려온 건 아니지? 뭔가 이유가 있었으면 가르쳐 주는 게……."

"얼른 가."

"응? 아니, 하지만 뭔가 마음에 걸리는 점이 있다면, 그게 힌트가 될지도……."

"빨리 가기나 해."

강렬하게 치솟는 귀기에 기가 죽은 스바루는 그 이상 아무 말도 못한 채 터덜터덜 『녹색 방』을 떠날 수밖에 없었다.

5

"람이 무슨 생각하는지 모르는 게 보통이지만 요즘은 유독 더 모르겠어."

"우응, 그렇지도 않다고 보지만. 람, 저래 봬도 의외로 솔직한 걸. 그 솔직한 면을 감추려는 행동, 나는 귀엽더라."

"웬일로 연상 같은 발언을…… 실제로 연상이긴 한가."

"그렇다고. 나, 언니란 말이야. 이 자리에 있는 누구보다…… 는 아니었다."

"흐흥. 베티가 더 언니지. 이건 아무도 덮어쓰지 못하는 엄연한 사실인 것이야. 존경해도 된단다."

『녹색 방』에서 나와 기다리던 동료들과 합류했을 때 그런 대화가 발생했다.

팀 최연장자 자리를 빼앗긴 에밀리아는 분한 눈치, 베아트리스는 만족스러운 눈치로 가슴을 펴고 있지만 솔직한 말해 양쪽 다 언니나 누나의 태도가 아니다.

게다가 현재 구성원 중에서 누가 가장 연장자가 누구냐는 대화는 사실 매우 조심스럽다.

"음음? 나츠키, 와? 내한티 머 하고 싶은 말이라도 있는 기가?"

"딱히. 외모와 실제 나이가 안 맞는 인원이 많구나 해서."

"그래? 내도 곧잘 실제 나이보다 젊군요 하는 말 듣는데이. 기뻐해싸도 될지 좀 어려운 부분이지만도, 얕잡아 보믄 얕잡아 보는 대로 다 방법이 있으니께네."

장삿속과 장난기를 섞은 표정으로 아나스타시아가 웃지만 그 본심은 불명이다.

확실히 아나스타시아는 외견과 실제 나이에 차이가 있는 동안 타입이지만, 스바루가 지적하고 싶던 것은 그런 허울의 이야기가 아니라 아나스타시아의 알맹이—— 목도리가 본체인 에키도리였다.

에키도리의 출생이 베아트리스와 동일하다면 최연장자 레이스의 다크호스인 것은 확실하다. 물론 이런 대화 중에 밝히기에는 약간 무거운 비밀이다.

"게다가 최연장자 레이스라면, 여기에 유력 후보가 한 명 더 있으니."

"얼라? 왜 그러세요, 스승님. 하항─, 보아하니 『녹색 방』의 풋내에 넌더리가 난 거네요? 이해합니다. 저도 그 방, 마뜩잖아서 싫단 말이죠～."

"렘이랑 파트라슈를 보살펴 주는 정령님한테 뭔 소리를 떠드냐. 너, 말조심 하지 않으면 콧구멍에다 풀 쑤셔 넣는다."

스바루는 킁킁 코를 실룩이며 다가붙는 샤울라를 치워 내고 그 콧잔등에 손가락을 척 들이댔다.

"그런 것보다 대도서관 플레이아데스에 대해서 물어보자."

"응, 그렇지. 아까는 거의 아무 말도 해 주지 않았지만, 지금의 샤울라라면 좀 더 자세하게 말해 주지 않을까?"

"좋아요～. 제가 스승님 요구를 거절할 리 없는걸요."

스바루와 에밀리아의 추궁에 샤울라가 실실 웃으면서 끄덕였다. 샤울라는 부츠 앞부리로 바닥을 가볍게 두드리고는 말을 이었다.

"아까도 얘기했지만 이 탑의 진짜 이름은 『대도서관 플레이아데스』예요. 입구가 있던 곳이 제5층 『켈라에노』, 계단 밑의 제6층이 『아스테로페』. 그리고 여기가 제4층 『알키오네』고, 여기까지는 알겠어요?"

"구태여 층마다 이름 붙였다는 게 뭐하지만…… 일단 OK."

스바루는 샤울라의 설명에 끄덕이고 주위에 눈길을 돌렸다.

현재, 스바루 일행이 있는 곳은 제4층─── 탑에 드나드는 문이 있던 제5층보다 한 층 위로, 또다시 나선 계단을 이용해서 도착해 있었다. 『녹색 방』의 존재로 알 수 있다시피 탑은 4층부터 그 풍경이 크게 바뀐다.

우선, 천장이 뚫린 구조는 없어지고 원형의 넓은 공간에 여러 방이 점점이 위치한 형태가 되는 것이 가장 큰 차이다. 5층부터의 나선 계단은 4층 중심에 연결되어 있어서 모든 방을 돌려면 상당한 시간을 필요할 것이다.

"4층 『알키오네』는 제 거처 같은 곳이에요. 꽤 마구잡이로 어지럽혀 놔서 너무 보면 창피해요~."

"_____."

"스승님, 눈에 힘 들어갔어요. 무섭다구요. 아~, 그거예요! 평소에 저는 이 계층에서 사구의 모습을 감시하고 있죠. 그래서, 탑에 접근하는 녀석은 모조리 쏘고 또 쏘죠!"

"역시, 그건 너였냐……."

반쯤 알던 사항이기는 하지만 본인의 증언 덕에 확신으로 바뀌었다.

사구에서 스바루를 두 번 살해하고 그 뒤에 벌어진 팀 분단의 원인. 플레아데스 감시탑에서 나던 하얀 빛── 그 장본인은 역시 샤울라다.

"그거 때문에 우리는 터무니없는 지경에 처했다고. 대체 뭐였던 거야."

"탑에 훼방꾼이 접근치 못하도록 하는 저격, 헬즈 스나이프요."

"……뭐시라?"

"헬즈 스나이프요."

싱글벙글 영어로 하는 소리에 스바루는 떨떠름한 표정을 지었다.

뭐라고나 할까, 뭐, 이해가 가는 작명이지만, 무슨 작명 센스가 이렇단 말인가.

"이야, 그런데 헬즈 스나이프가 스승님한테 안 맞아서 다행이었죠. 디멘션 게이트가 해제되지 않았으면, 전 맞을 때까지 마냥 쐈을지도 모르거든요."

"잠깐, 잠깐, 잠깐, 새로 나온 단어가 많아! 디멘션?"

"디멘션 게이트요. 탑까지 도달하지 못하도록 하는 꼼수죠."

샤울라의 말투로 보건대 스바루는 그 디멘션 게이트야말로 그 『모래바람』에 섞여서 모래바다의 공간을 일그러뜨리던 트릭임을 이해했다. 마지막에는 깨트렸지만──.

"하지만 그거 덕분에 스승님이 스승님이라고 알았으니 잘됐죠. 맞았더라면 아무리 스승님이라도 저한테 화냈을 테죠?"

"아, 응. 글쎄다. 화내기만 하고 끝났을까."

실제로는 맞아서 두 번쯤 죽었기에 화낼 단계까지 갈 수나 있었을지 불안하다.

살해의 실행범과 얼굴을 맞댔는데 분노가 부쩍부쩍 솟지 않는 예도 드물다. 그게 일종의 사고라 샤울라를 다그쳐 봤자 헛수고라고 체념한 것에 가깝지만.

"근데에, 그런 거 맞았으면 오빠 죽어 버렸던 거 아니야아? 그러면 화내느니 마느니 할 얘기가 아니라고 보는데에."

체념과 용서의 경지에 있는 스바루를 대신해 메일리가 샤울라의 겨드랑이를 찔렀다. 소녀의 말에 샤울라는 깔깔 호쾌하게 웃는다.

"푸하하하하! 뭔～ 소리를 한대. 우리 스승님이 그딴 걸로 죽을 리 없죠. 애당초 스승님은 죽는지 안 죽는지도 모를 만큼 영문 모를 사람인데요."

"그치만 그래도오, 모래지렁이는 잔뜩 공격당해 죽어 버렸는데……."

"모래지렁이든 곰이든 알 바 아녜요. 제 스승님은 안 죽는다. 이게 중요한 거죠. ──만약 죽었으면, 스승님이 아닐 뿐이니까."

샤울라는 헤실헤실 웃고 기쁜 눈빛으로 스바루를 응시했다.

마치 어린애처럼 천진하고 무방비한 신뢰. 플뤼겔에게 보내는 그 감정은 상상 이상으로 샤울라의 내면에 강고하게 구축된 이상(理想)이라고 해도 좋다.

만약 가령, 그 이상을 배신하는 사태가 일어난다면. ──그렇게 생각하다가, 오싹해졌다.

"……스바루가 플뤼겔이 아니라고 알면, 어떤 태도를 보일지 전혀 모르겠어."

"정정하는 짓도, 깨우쳐 주는 짓도 위험하단 건가……."

스바루의 속마음을 짐작한 베아트리스가 작은 소리로 경계를 환기했다.

실제로 샤울라가 이렇게 일행── 아니, 스바루에게 우호적인 것은 스승님=스바루라고 착각하기 때문이라는 이유가 전부다. 그 사실은 충분히 경계할 만한 사태였다.

"만약 저게 적대할 경우, 에밀리아와 율리우스도 포함해 베티와 스바루까지 모조리 달려들어서 억누를 수밖에 없는 것이야."

요컨대 무슨 계기로 터질지 알 수 없는 폭탄. 그것이 바로 샤울라다. 매우 성가신 성질이라고 할 수밖에 없지만——.

　"이렇게 개방적으로 대접받으면 싫어하는 게 어렵지……."

　현재, 건성으로 대하기는 해도 스바루는 샤울라에게 두드러진 악감정이 없었다. 두 번의 『사망귀환』을 고려해도 지하에서 구원받은 것 또한 사실이니까.

　적이라고는 생각할 수 없다. 레굴루스나 페텔기우스 쪽이 훨씬 속 편한 적이었다.

　"……왠지, 그 녀석들 생각을 하면 꺼림칙한 기분이 드는군. 아니, 드는 게 당연하지만 더 친근하게 꺼림칙한 느낌이야."

　"——응? 스승님, 왜 그러세요?"

　"아무것도 아냐."

　베아트리스와의 대화에서 파생되어 꺼림칙한 녀석들을 떠올린 스바루는 떫은 표정을 지었다. 샤울라가 그런 스바루를 들여다보지만, 그 얼굴을 손으로 잡고 치우면서 말했다.

　"다만 이것만은 확인해 두겠는데, 네가 탑을 향하는 무리를 저격하던 건……."

　"물론, 스승님의 당부죠! 400년, 날이면 날마다 계——속 계——속 모래바다를 감시하며 듣는 사람도 울고, 말하는 사람도 우는 메마른 나날을 보내 왔다구요……!"

　"가엾어라……."

　감정 서린 샤울라의 주장에 공감 능력이 높은 에밀리아가 살짝 눈물을 글썽였다.

그런 에밀리아의 E · M · T 모습이야 어쨌든, 샤울라에게는 자신의 행위에 대한 의문이나 죄책감 같은 것은 찾아볼 수 없었다. 그것은 감정의 결여 같은 것이 아니라——.

"이건 그냥 명령받았을 뿐……. 도구에게, 어떻게 사용되는지 따져 물어도 무의미한 것이야."

"그래그래! 저는 스승님의 도구예요! 꼬맹이, 좋은 말 하네요!"

베아트리스의 섬뜩한 견해에 샤울라는 자기 말이 바로 그거라고 함박 웃었다.

획획 변하는 표정과 심기, 그리고 현재 자신의 입장에 대한 이해—— 필시 샤울라와는 가치관이 다르다. 대화가 계속 엇갈리는 것은 그 때문이리라.

"네 가치관은 여러모로 뭐하지만, 일단 뒤로 미루겠어. 슬슬 얘기가 너무 엇나갔으니 원래 노선으로 되돌리자고. 탑 설명하던 도중…… 6층부터 4층의 얘기는 들었어. 그럼 그 위는?"

"3층 『타이게타』부터는 시험장입니다. ——서고에 들어갈 권리를 시험해요."

"……서고."

그 말에 스바루는 의도대로 되었다고 주먹을 쥐었다.

대도서관 플레이아데스. 그 이름이 거짓이 아니라면, 당연히 지식을 축적한 서고가 있다. 그곳에야말로 스바루 일행이 먼 길을 마다 않고 모래바다를 넘은 목적이 있을 것이다.

"그런데, 시험장이라는 말이 신경 쓰이는군. 서고에 들어갈 권리라는 것도……."

"──그게 지금 우리에게 가장 큰 난관이다."

신경 쓰이는 단어를 의식한 스바루의 말에 한쪽 눈을 감은 율리우스가 어깨를 으쓱였다. 율리우스는 자기 자신이 한심하다는 듯 어조를 낮추고 천장을 바라보았다.

천장── 아니, 그 앞에 있는 3층, 『타이게타』라고 불리는 시험장을.

"그런가. 내가 자는 동안, 다른 사람들은 시험에 도전했단 말이구나. 성과는 어때?"

"기대하는 데 미안하지만 진척이라곤 거의 전무해. 샤울라 여사의 안내도 있어서 3층에 올라가는 것 자체는 아무 문제도 없지만……."

"없지만?"

"거기서 기다리는 것은 난해한 수수께끼야. 풀기 위한 단서조차 발견되지 않아 솔직히 이 이틀간을 막막하게 보냈지."

율리우스는 겸손인지 자기 자신을 과소평가하는 경향이 있지만 다른 동료들의 표정도 좋지 못하다. 즉, 정말로 아무 성과도 거두지 못했다는 뜻 같다.

"하지만 시험을 치고 실패해도 뭐가 어떻게 되는 건 아냐. 우리도 몇 번씩 드나들었지만 딱히 아무렇지도 않거든. ……다만 계속 불합격일 뿐이라서."

"그렇구나. 난문이란 말이지. ……그나저나 시험, 시험이라."

"──음? 뭔가 떠오르는 감상이라도?"

뭔가 걸리는 감각을 느끼는 스바루의 혼잣말에 율리우스가 한쪽 눈썹을 세우고 물었다. 그러나 스바루가 느낀 감각은 그가 기대하는 종류가 아니었다.

"아니, 전에 『시련』이란 것에 호되게 휘둘린 찜찜한 추억이 있었거든. 비슷한 단어니까 그 생각이 났어."

"스바루 마음, 나도 이해해. 같은 생각 했으니까."

스바루와 에밀리아의 공통적인 감각, 그것은 당연히 『성역』에서 치른 묘소의 『시련』이었다. 관문을 두고 도전자를 시험한다. 그야말로 그 악질 마녀가 좋아할 법한 시스템이었다.

그렇다면 스바루에게는 갑자기 아나스타시아=에키도리가 수상쩍게 느껴지지만.

"와? 나가 머 했노?"

"……박식해 보이는 아나스타시아 씨라도 풀지 못한 건가 싶어서. 그 왜, 카라라기에 전해지는 400년의 지식의 결집! 같은 걸로."

"미안타. 내가 장사 말고는 깜깜하지 않나. 그러니께 오히려 우리로서는 나츠키한티 기대하고 있데이."

"나한테?"

명언할 수 없는 의혹이 가볍게 회피되고 되레 화제가 돌아오자 스바루는 놀랐다. 아나스타시아는 "그래그래." 하고 끄덕이면서 샤울라 쪽을 힐끔 보았다.

"저 아, 나츠키를 무지무지 따르는 것 같으니 같이 델꼬 가믄 시험 내용을 흘릴지 누가 알겠노?"

"……거저 먹겠단 말이네. 그렇게 어려운 문제야?"

"그렇다기보다, 단서가 없다. 이것만은 말보다 보는 것이 빠르겠지."

그만큼 시험 문제가 난해할 거라고 짐작하지만, 정면으로 도전하기보다 샛길을 찾는 자세가 된 것은 좋은 경향이라고 할 수 없으리라.

"하는 말은 이해했어. 일단 그 시험이란 것을 보자. 실수해도 페널티가 없는 걸 알았으면 우물쭈물해 봐야 별수 없지."

"그래, 맞는 말이야. 나도 아나스타시아 님과 마찬가지로 네게 기대 중이다."

그렇게 말한 율리우스를 선두로, 스바루를 더한 전원이 시험이란 것에 설욕전을 시도한다. 기대는 멋쩍지만 동료들이 이틀이나 도전해도 실마리를 찾지 못한 난제다.

할 수 있는 일은 해 두어야 한다. 당면한 일이라면──.

"이봐, 샤울라. 잠깐 괜찮아?"

"──응? 스바루?"

3층 계단으로 가는 도중, 스바루가 샤울라를 불러 세우자 베아트리스가 의아해했다. 일행 최후미, 동료들에게는 들리지 않도록 목소리를 죽인 대화다. 그 부름에 샤울라는 경계심 없이 "뭔데요? 뭔데요?" 하고 웃으며 스콜피온테일을 찰랑거렸다.

"너, 내가 하는 말이라면 듣는 거지?"

"너무 야한 건 안 되는데요?"

"처음에 그 부분 확인하지 마라. 농담도 못하겠네."

"그러시는 스승님은 농담만 하잖아요. 피장파장이죠."

입술을 삐죽인 샤울라의 불평에 스바루는 페이스가 영 흐트러지기만 해서 머리를 긁었다.

웬만한 상대는 스바루 상대라면 대화 페이스가 흐트러진다. 거기서 적당히 대화의 실마리를 찾는 게 스바루의 수법이지만, 그게 통하지 않았다.

"뭐, 그렇다면 직구로 가지. 샤울라, 부탁이 있다."

"뭐, 뭐죠? 그렇게 진지한 표정으로, 스승님 혹시 저를……."

"──나랑, 동료들을 해치지 마."

"_____."

"스승님의 명령은 탑에 접근하는 녀석을 공격해라…… 맞지? 안에 들어온 우리는 그 대상 외일 테고. 그럼 이제 공격할 필요는 없어. 해치지 마. 절대로."

거듭된 스바루의 다짐에 샤울라가 눈을 가늘게 떴다.

그렇게 지척에서 그 눈동자를 보면 동공이 특수하게 생겼음을 깨닫는다. 아름다운 녹색 눈에 조그만 붉은 광점이 떠오른 신비로운 눈동자다.

얼떨결에 빨려들 것만 같은 깊은 색. 스바루는 호흡조차 잊을 심경에 젖었다.

"넵, OK할래요. 스승님의 새 명령으로 저도 단단히 기억했어요~."

"……그래도 돼?"

"되고 안 되고 없어요. 스승님이 하는 말인걸요. 비폭력 불복종이죠."

"명령에 따르는 거니까 복종은 하고 있잖아."

"몸은 맘대로 할 수 있더라도 마음까지는 못 빼앗아요!"

야무진 표정을 짓는 샤울라. 그 이마에 딱밤을 먹여 주춤하게 만들었다. 샤울라가 "아으—." 하고 울먹이며 물러나자 스바루는 한숨지었다.

지금 부탁이 어디까지 효력이 있을지는 불명이지만 못은 단단히 박아 두었다.

"남은 건, 내가 기대를 배신하지 않는 한은 약속을 지킨다고 믿을 수밖에 없겠군."

"그럼 걱정할 필요 없어. 스바루는 예상은 배신하지만 기대는 배신하지 않는 것이야."

"엄청나게 좋은 평가 고마운데, 이 경우에 나는 뭘 노력하면 되는 거람……."

스바루가 배신해서는 안 되는 것은 샤울라가 플뤼겔로 보는 스바루에게 하는 기대다. 그러나 모르는 상대를 어떻게 연기하면 될지 단서가 없다.

일단 평소와 같은 나츠키 스바루를 완수하는 수 말고는 달리 떠오르지 않지만.

"맞아, 샤울라. 마지막으로 한 가지만 더 질문이 있었어."

"뭔데요~."

완전히 긴장이 풀린 표정으로 샤울라가 스바루의 말에 맹하게 대꾸했다. 스바루는 한쪽 눈을 찡긋하며 아무렇지도 않게 두 손을 들었다.

그리고 두 손의 손가락을 여섯 개 세워 보였다.

"마이아, 엘렉트라, 타이게타, 알키오네, 켈라에노, 아스테로페."

스바루의 말뜻을 알지 못해 베아트리스의 귀여운 얼굴이 곤혹에 잠겼다. 그런 베아트리스에게 웃어 준 스바루는 그대로 샤울라에게 세운 손가락을 들이밀고 물었다.

"위로부터 순서대로 이 플레아데스 감시탑…… 아니, 대도서관 플레이아데스의 층 이름…… 맞아?"

"맞아요~. 제1층이 『마이아』, 제2층이 『엘렉트라』예요."

"역시 그런가. 그렇다면……."

끄덕인 샤울라를 본 스바루가 세운 여섯 손가락에 한 손가락을 더했다.

일곱 번째 손가락. 그 손가락을 샤울라와 베아트리스가 주목한 것을 확인하고, 물었다.

"그렇다면, 메로페는 어디에 있어?"

"_____."

스바루의 그 질문에 샤울라는 재차 침묵했다. 다만 그 침묵은 조금 전 생각에 골몰하던 것과 달리, 허를 찔렸기에 놀라서 나온 침묵이다.

희미하게 숨을 집어삼키는 소리가 나자 스바루는 뭔가 핵심을 건드렸다고 판단했다.

"뭐가 뭔지 모르겠어. 스바루, 메로페라면?"

"어느 일곱 자매의 마지막 한 명의 이름이야. 플레이아데스라면, 일곱이 모이지 않으면 이상해."

　1층부터 6층까지, 여섯 개의 이름이 할당된 계층. 하지만 모티프가 된 이름은 본래라면 일곱 자매── 플레이아데스의 일곱 자매는 스바루도 잘 아는 별의 일화 중 하나다.

　그렇다면 분명히 일곱 자매 중 마지막 한 명의 이름을 붙인 계층이 숨어 있다.

　"7층인가, 그게 아니면 0층인가? 그게 있을 테지."

　"0층이요. 스승님이 지은 이름이니 당연하죠. ······다만 스승님이 없어진 뒤에 생긴 장소라서 어디에 있는지는 모를 텐데요."

　샤울라가 스바루의 어림짐작을 긍정해서 베아트리스가 놀랐다. 그러나 스바루에게 숨겨진 사실을 폭로했다는 달성감은 없었다. 그보다도 수긍하는 느낌 쪽이 더 컸다.

　"0층이라는 말은 1층 위······ 아니, 너는 6층을 최하층이라고는 말하지 않았지. 그렇다면 있는 곳은 위가 아니라, 지하쪽······."

　"──안 돼요."

　존재를 확인하려는 스바루의 추궁에 샤울라가 빠르게 그 말을 막았다. 강한 어조에 스바루가 숨을 죽였지만 샤울라의 표정은 변함이 없었다.

　눈빛에는 여전히 웃음과 신뢰가 서려 있었다. 단지 쓸쓸함이 희미하게 눈시울에 있을 뿐이다.

　"아직 조건이 채워지지 않았어요. 스승님은 길을 가시는 중에 저를 만나러 돌아오셨고 그거면 만족해요. 그러니까, 0층은 안 됩니다."

어조야 그때까지와 변함이 없지만 대신에 기묘할 만큼 강고한 벽이 느껴지는 음성이다.

스바루에게는 직전에 주고받은 약속을 위태롭게 하는, 그런 위험성을 머금은 것처럼 들렸다.

"──알았어. 더는 묻지 않을게. 아까 한 약속만 지켜줘."

"그건 접수했어요~. 지킬게요~. 완전 지킬게요~."

바로 샤울라는 얼굴이 환해지며 방금 대화를 잊은 것처럼 신나게 떠들었다.

그 밝은 목소리를 등으로 들으면서 스바루는 깊은 숨을 내뱉었다.

"스바루, 힘들어지면 언제든 말하는 것이야."

"응, 괜찮아. 이것저것 생각할 것은 많지만."

베아트리스가 배려하는 말에 옅게 웃고, 그 머리를 다정하게 쓰다듬어 주었다. 그러면 베아트리스는 아무 말도 없어지지만 이것은 스바루가 진정하기 위한 의식이기도 했다.

샤울라와의 대화와, 지금까지 얻은 정보로 부각된 플뤼겔의 이질감.

별것 아니다. 그 또한 스바루와 똑같다.

스바루, 알, 호신. 그리고 플뤼겔. ──이 세계에 없어야 할 지식을 들여와 그것을 후세에 남긴 존재. 의심할 여지없이 답은 하나뿐.

──플뤼겔 또한 스바루와 고향이 같은, 이방인이다.

"수백 년 전이라."

기나긴 시간을 머리에 떠올리며 스바루는 머리를 벅벅 긁었다.

플뤼겔은 이 다른 세계에 무슨 감정을, 무슨 생각을 품고, 무엇을 목표로, 무엇을 추구했는가.

『현자』의 이름을 내버린 그는 이 세계를 어떻게 살았는가. 그런 식으로 생각하면서.

그리고 그런 스바루의 옆에서——.

"스승님."

"응?"

샤울라가 스스럼없이 스바루를 불렀다. 걸음을 멈추자 스바루도 반걸음 늦게 발을 멈추었다. 그리고 뒤돌아보니, 샤울라의 미소와 정면으로 부딪혔다.

수줍게 미소 지은 샤울라. 그 표정은, 정말로 사랑하듯이 기쁨에 차 있었다.

"다시 인사할게요. 잘 돌아오셨습니다. 스승님. ——『현인』 플뤼겔의 귀환, 이 샤울라, 진심으로 기다리고 있었습니다. ……넵."

제2장 『하얀 별하늘의 애스터리즘』

1

──샤울라의 정중한 환대에 스바루는 마음이 복잡했다.

속이려는 의도는 없다. 그러나 400년 만의 재회를 기뻐하는 샤울라가 돌아왔다고 여기는 플뤼겔과 스바루는 다른 사람이다.

이게 배신이 아니면 뭐가 배신일까.

"마음은 알겠지만 너무 걱정하지 않아도 괜찮아, 스바루. 만약 샤울라가 사실은 스바루가 스승님이 아니라고 알아채도, 아마 심각한 일은 없을 거야."

이는 탐탁지 않은 표정을 지은 스바루를 알아챈 에밀리아의 말이었다.

땋아 내린 자신의 머리카락을 만지면서 침울한 스바루에게 자신만만하게 웃어 보인다.

"에밀리아땅의 보증은 기쁘지만…… 왜?"

"그도 그럴 게 샤울라는 착한 아이잖아. 우리랑 스바루도 도와주었고, 어렵지 않게 친해질 수도 있어. 그러면 싸울 필요가 없잖아?"

"……그러게."

좀 지나치게 낙관적인 의견이지만, 비관이 지나친 것도 충분히 나쁜 버릇이라고 할 수 있다.

샤울라가 진실을 알았다고 해도 즉각 적대 관계가 성립되는 것은 아니다. 만약 사실이 밝혀져도 사이가 틀어지지 않고 끝나게끔 친해지면 된다. 그것이 이상적이다.

"──오빠? 도착했는데에?"

그런 생각을 하면서 안내를 따라가고 있으려니, 불현듯 메일리의 목소리가 불러 세웠다.

안내받은 곳은 마침 『녹색 방』에서 원둘레상 맞은편 위치에 있는 방이다. 넝쿨이 뻗치지 않은 심플한 문 너머의 실내에는 방을 꽉 채우며 위로 이어지는 계단이 하나 있었다.

"평범한 계단이군. 나선 계단의 시대는 지났다는 뜻인가?"

"아래층부터 이어지는 긴 계단을 감안하면 당연하지만, 4층과 3층을 잇는 계단은 상식적인 높이야. 그냥 올라가면 그만인 나선 계단과 달리……."

"시험을 완수하지 못하면, 올라갔다고 칠 수는 없단 말이지."

스바루는 율리우스가 덧붙인 말을 받아 마무리했다.

이 계단 앞에 에밀리아를 비롯한 일행이 여러 번 도전하고 실패한 시험이 기다리고 있다. 자세한 시험 내용은 입으로 설명하기보다 보는 편이 빠르다고 한다.

실패의 페널티도 없다는, 식자들의 의견에 따른다면──.

"별수 없지. 호랑이를 잡으려면 호랑이 굴에 들어가야지. ──

가 볼까."

"응, 그 기개야.""그 기개인 것이야.""그 기개죠."

에밀리아, 베아트리스, 샤울라로부터 삼자삼색의 긍정이 나오고, 스바루는 솔선해서 계단에 발을 올렸다. 계단을 밟으며 한 단마다 각오를 굳히고.

그리고 스바루는 맥 빠질 만큼 쉽게 3층 『타이게타』에 발을 디뎠다.

"여기는……."

들어가자마자 스바루가 느낀 것은 완전한 위화감이었다.

위화감의 덩어리랄까, 위화감밖에 존재하지 않는 공간이라고 해야 할까.

──하얀, 하얀 장소였다.

원통형의, 여태까지 거친 계단의 연장선상에 있음은 틀림없을 텐데, 계단을 오른 스바루를 맞이한 것은 모든 방위가 하얗게 물든 신비로운 공간이었다.

공간적인 넓이는 지금까지 거친 층의 부피와 큰 차이가 없을 테지만, 하얗기 그지없는 공간에는 벽이, 끝이 보이지 않는다. 위를 봐도 천장의 위치를 알 수 없고 발밑을 보면 계단이 있는 장소만이 검게 쩍 입을 벌리고 있으며, 그 외의 바닥은 걷는 게 무서워질 만큼 하얗다.

바닥을 바닥이라고 인식할 수 없어서 행여 그대로 한없이 떨어지는 것은 아닐까 하는 착각에 휩싸인다. 천장과 벽도 마찬가지──. 이 장소에서 아래로 이어지는 계단을 놓친다면, 조난

할 수도 있지 않을까 느꼈다.

그리고 그런 하얀 공간의 정면——계단 코앞에 떠 있는 기이한 물체가 있었다.

"석판……인가?"

그 물체를 목도한 스바루의 입에서 흘러나온 것은 그런 감상이었다.

실제로 그렇다고밖에 표현할 수 없는 물체였다.

사각형의, 유난히 매끄러운 질감의 물질로 만들어진 검은 판 조각 한 장. 돌이 아니라면 석판이라고 부를 수는 없지만, 그렇다고 금속과도 다른 그것을 뭐라 부르면 될지.

구태여 점잖은 말로 다르게 표현하자면,『모노리스』라고 해야 할까.

말 못하는 모노리스는 기이한 부력을 타고 바닥 위 수십 센티미터 위치에 떠 있다. 이 세로 폭과 가로 폭, 친근한 사물에 비유한다면 커다란 다다미가 떠 있는 인상이었다.

"이 신기한 물체가 대체 뭔데?"

"그것이, 말하자면 우리에게 수수께끼 문제를 내는 장치라고 해야겠군."

율리우스가 묘한 광경에 의식을 빼앗긴 스바루 옆에 서서 모노리스를 노려보았다.

이미 여러 번 모노리스에게 쓴맛을 보았기 때문인지, 율리우스의 표정은 딱딱하고 여성 일동도 하얀 공간 속의 모호한 분위기를 참듯이 한데 모여 있다.

"오래 있고 싶지는 않은 방이군."

"동의하지. 오래 있으면 평형감각을 상실할지도 몰라. 반사적으로 계단으로 도망쳤다가 발이 미끄러져서야 보는 쪽의 수명이 축나니 말이지."

"욘석, 율리우스. 쓸데없는 말 하지 말그래이."

율리우스의 너스레에 아나스타시아가 불만스럽게 볼을 부풀렸다. 그 모습을 보건대, 아무래도 돌아오는 중에 발이 미끄러진 장본인은 그녀 같다.

하지만 그 실패를 비웃을 마음은 들지 않았다. 실제로 이 방은 명백하게 인간의 감각을 뒤틀 목적으로 만들어졌다. 만든 인간의 고약한 성격이 구현화한 듯한 방이다.

"그래서 중요한 수수께끼라는 건 어떡해야 나와?"

"그 판 조각을 건드리면, 그걸로 시험이 시작되는 것이야."

"모노리스를 만지면 되는 건가."

"──모노리스라. 묘하게 입에 붙는 호칭이군. 앞으로 그렇게 부르지."

이상한 부분에서 감탄 중인 율리우스를 내버려 두고, 스바루는 모노리스 정면에 섰다. 가까이서 봐도 딱히 묘한 위압감 같은 것은 없다. 떠 있다는 점 외에는 단순한 판 조각이다. 떠 있다는 부분이 가장 이질적이기에 이질성의 화신이라면 화신이었지만.

"아무튼, 만진다? 숫자 셀래?"

"아, 그럼, 내가 말하고 싶어. 3, 2, 1……."

"빨라 빨라 빨라!"

스바루의 부름에 손들고 입후보한 에밀리아의 카운트다운이 시작되었다. 그에 맞추어 스바루는 허겁지겁 모노리스 쪽으로 돌아섰다.

　그리고,

　"0——!"

　그 카운트에 맞추어 스바루가 모노리스를 건드렸다. 다음 순간, 모노리스의 내부에서 빛이 부풀어 오르고 즉시 스바루의 시야가 뿌예졌다. ——아니, 뿌예진 것이 아니다.

　스바루가 건드린 모노리스가, 검게 빛나면서 단숨에 증식하기 시작한 것이다.

　모노리스는 표면을 빛내면서 그 후면에서 복제한 모노리스를 연속적으로 사출했다. 그것은 무시무시한 속도로 방 안에 튀어나와 불규칙한 위치로 산개하고, 떠올랐다.

　무수한 모노리스가 하얀 공간 곳곳에 배치되자 스바루는 그 변화에 어안이 벙벙했다. 그리고 멍한 스바루의 고막—— 그것을 관통해 뇌에 직접 목소리가 울렸다.

　『——샤울라가 멸한 영웅, 그자의 가장 빛나는 곳을 만져라.』

　"읍——?!"

　느닷없이 들린 그 목소리에 스바루는 놀라서 얼떨결에 모노리스로부터 손을 떼었다. 그리고 비틀비틀 뒷걸음질하자 그 등을 누군가가 받쳤다. 그 상대는——.

"어때. 우리의 첫 놀라움에 공감해 주었나?"

"웬 심보 고약한 짓이야──!"

스바루의 항의 어린 목소리가 울려 퍼지고, 율리우스의 옅은 쓴웃음에 한몫을 더했다.

대도서관 플레이아데스, 제3층 『타이게타』의 시험.

제한 시간 '무제한'. 도전 횟수 '무제한'. 도전자 '무제한'.

──시험, 시작.

2

스바루는 율리우스의 팔을 뿌리치고 혼자 서서 『시험』과 마주했다.

눈앞의 접촉한 모노리스를 중심으로 무수한 복제 모노리스가 하얀 공간 속에 퍼진 형국이다. 솔직히 늘어난 모노리스의 수는 세는 것도 싫어지는 물량이지만.

"이것이 『시험』……이라고 보면 되냐, 샤울라."

"되지 않을까요? 스승님의, 멋진 모습 좀 보고 싶어라~."

샤울라의 속 편한 성원을 등에 받으며 스바루는 실내를 둘러보았다. 무수히 증식한 모노리스 말고 하얀 방의 실내 장식에 변화는 없다. ──늘어난 모노리스도 잘 보면 복붙한 느낌이 아니라, 각각 미묘하게 크기가 다른 모양이었다.

"그 외에 뭔가 힌트가 될 것이라면, 역시 아까 그건가."

떠오른 것은 모노리스를 만진 순간에 머릿속에 울린 목소리다.

『──샤울라가 멸한 영웅, 그자의 가장 빛나는 곳을 만져라.』

그것은 고막을 통한 소리가 아니라, 두개골 안, 뇌에 직접 속삭이는 감각에 가까웠다. 들린 음성은 실제 소리가 아니기 때문인지 '누군가의 목소리' 같은 개념에 합치되지 않았다.

말하자면, 자신이 생각한 문장처럼 머릿속에 끼어든 것이다.

"굳이 말하자면 자기 자신의 목소리지만…… 방금 그게 시험 문제라는 뜻인가?"

"스바루, 생각 중인데 미안하지만 몇 가지 주의사항이 있다. 먼저 그 말을 들은 뒤에 일에 착수해도 벌 받지는 않겠지."

"너, 얼마나 됐다고 그 입으로 말하냐."

스바루는 조금 전의 고약한 심보를 회상하며 입술을 뒤틀고 율리우스를 째려보았다. 그러나 율리우스는 태연한 표정으로 스바루의 시선을 받아 넘겼다.

"설명보다 보는 게 빨라. 사전에 전했던 말을 실행했을 뿐이다. 네가 그렇게까지 놀랄 줄은 몰랐으니 그 점에 관해서는 사과하지."

"알았다, 알았어, 쫄보라서 미안하다! 그래서? 주의사항이라면?"

"음. 그럼 가까운 곳에 있는 석판…… 아니, 모노리스를 만져 봐 줘."

"너, 그렇게 마음에 들었냐? 아니, 딱히 상관은 없지만……."

유난히 호칭에 얽매이는 율리우스의 말에 스바루는 어깨를 으쓱이고 옆의 모노리스── 처음 것과는 다른, 복제된 한 장으로 걸어갔다.

"만진 순간, 팔이 삼켜지는 식의 함정 있는 거 아냐?"

"괜찮아. 만약 그렇게 되어도 앞으로 평생 베티가 스바루의 오른팔 대신이 되어 줄 것이야."

"아, 그럼 나도 스바루의 왼손 대신이 되어 줄게. 안심해 줘."

"그렇게 가정하면 내 양팔이 없어진다만!"

에밀리아와 베아트리스의 든든한 보증에 등이 떠밀린 스바루는 용기를 내서 모노리스에 손을 뻗었다. 무슨 일이 일어날지, 놀라지 않겠다고 각오를 다지며──.

"으어?!"

무리였다. 불안한 손끝이 모노리스에 닿자, 검은 석판이 다시 맹렬하게 빛을 냈다. 눈부신 빛에 무심코 얼굴을 가린 스바루가 "또냐?!" 하고 외쳤다가 쭈뼛쭈뼛 눈을 떴다.

"어라? 모노리스 어디 갔어?"

"후후후, 스승님, 뒤쪽입니다."

눈앞에 있었을── 아니, 하얀 공간 이곳저곳에 늘어난 무수한 모노리스가, 한순간에 그 자취를 감추었다. 그 사실에 스바루가 놀라고 있을 때, 샤울라가 무의미하게 우쭐거렸다.

그 지적에 뒤를 돌아보니, 배후에 모노리스가 딱 한 장. ── 그것은 이 3층에 들어온 시점부터 있던, 제일 최초의 오리지널 모노리스다.

"이것 외에 사라졌다는 말은, 요컨대?"

"처음 상태로 돌아왔다. 즉, 『시험』에는 실격이라는 판단이 겠지. 물론……."

망연자실한 스바루 옆을 지나 율리우스가 처음 모노리스에 부주의하게 접근했다. 그리고 손을 뻗어서 표면을 만지자, 바로 머릿속에 울려 퍼지는 그 목소리──.

『──샤울라가 멸한 영웅, 그자의 가장 빛나는 곳을 만져라.』

다시 출제됨과 동시에 최초의 모노리스로부터 또다시 잇달아 모노리스가 복제되고 조금 전과 같은 기세로 방의 곳곳에 산개, 『시험』이 재배포되었다.

"그렇군. 요컨대 『재시험』인가. 통과할 때까지 몇 번이든 도전해도 된다는 소리야."

"그렇다는 게 현재 우리의 추측이다. 참고로 이 모노리스 말인데, 되는 대로 만지고 다녀도 답에는 이르지 못한다……고만 명언해 두지."

"아, 요행을 노리는 시도는 해 봤단 말이군."

마일드한 율리우스의 설명을 스바루가 직설적으로 풀어냈다. 에밀리아가 창피한 듯이 얼굴을 붉히고 있었다. 과연, 전부 만지기 작전은 확실히 에밀리아가 할 만한 내용이었다. 물론 그 방법이 먹히지 않았다면.

"되는 대로 답만 제출하는 행위는, 출제자의 마음에 안 드는 모양이더군."

"아, 그런 거 있지. 시험에서 해답란에 답만이 아니라, 과정의

식도 꼭 써야 점수 주는 선생님 말이야. 커닝 대책으로는 직통이지만."

해법 없이 답에 다다르는 것은, 학문의 본래 목적으로 보자면 오답이라고 할 수 있다. 과거에는 그런 채점 방법이 억지라고 교사에게 분노를 품던 적도 있었지만.

"지금 와서 보면 선생님이 옳았어……."

"나츠키가 또 추억에 잠겨 있을 때 미안하지만도, 나츠키 차례는 오히려 지금부터 아이가. 맞나, 제정신을 차리라, 차려."

"어, 아, 오오, 미안해. 그런데, 내 차례?"

아련한 눈빛에 젖은 스바루를 부른 아나스타시아가 허리에 손을 짚고 있다. 그 요청에 스바루가 갸우뚱하자 아나스타시아는 연두색 눈을 샤울라 쪽으로 힐끔 돌렸다.

"그 눈…… 설마 쟤로부터 답을 캐내라고?"

"말했잖나? 기대한다고. 저 아, 우리한티는 도통 말문을 터주지 않는기라."

"그 말을 당최 믿을 수 없다만……."

동료들의 말로는 스바루가 일어나기 전까지 샤울라가 침묵을 고수했었다지만, 깨어난 이후로 붙임성 좋은 수준이 아니라 아예 허물이 없는 수준으로 접하는 샤울라밖에 보지 못했던 스바루는 영 믿기 어려웠다.

애초에 대화가 성립한다고 해도, 그 이전의 문제가 있을 테고.

"아, 샤울라. 네가 멸한 영웅이라는 말에 짚이는 게 있으면 가르쳐 줘."

"죽인 것의 이름을 일일이 기억하는 건, 이류나 하는 짓……저 같은 일류는, 백 다음은 기억 못해요."

"그렇겠지!"

엄지를 세운 샤울라의 힘찬 대답은 얼추 예상한 것과 같았다.

"그렇지만 그걸로 끝나서야 이야기가 진행되지 않지. 샤울라 여사, 정말로 당신은 아무것도 기억하지 못하나? 사소한 점이라도 상관없다만."

"그렇게 물어도 말이죠. 전 탑에 접근하는 놈들을 모조리 헬즈 스나이프만 했지 시체는 밖의 마수가 청소한단 말이에요."

"응, 그치만 그러믄 이상하지 않나? 애초에 탑의 서고를 개방할지 말지 정하기 위한 『시험』 아이나? 그 시험 문제가, 탑이 생긴 뒤의 샤울라 씨 행동과 관련 있다니 순서가 이상하데이. 문제로 삼을 꺼믄 탑이 생기기 전의 일이어야 한다 안 카나."

샤울라의 발언에서 위화감을 깨달은 아나스타시아가 지적했다.

확실히, 이 시험 문제가 탑의 관리가 시작되기 이후에 생긴 일에서 출제된 것은 시간상 이상하다. 그렇다면 저절로 '샤울라가 영웅을 멸한' 것은 탑의 건설 전.

"즉, 무작위로 남발하기 전이라는 이야기가 돼. 자, 떠올리는 것이야. 그렇게 가슴이랑 엉덩이에만 영양분이 갔으니 기억력이 떨어지지."

"이 외모는 어머니가 고른 거라구요~. 근데 근데요, 떠올리라고 그래도 솔직히 안 나와요. 탑이 생기기 전이랬죠?"

샤울라를 중심에 두고 필사적으로 기억을 일깨우려고 한다.

그러나 전원의 기대를 한 몸에 받는 샤울라는 "아힝～." 하고 신음만 하지 성과가 나올 낌새가 없다.

"거짓인지 사실인지, 너는 400년 전부터 있었다며? 그 시절의 유명인, 줄줄이 이름을 대다 보면 두세 명 죽인 거 아냐?"

"스승님, 저를 뭐라고 생각하는 거예요. 꽃도 갉아먹는 아가씨라구요."

"그건 아가씨가 아니라 무슨 송충이지."

"스바루, 아무리 그래도 그 표현은 너무해. 본인도 떠올리고 싶지 않은 기억이라면 억지로 떠올리게 하지 않아도……."

"에밀리아땅의 마음씨는 완전 미덕이고 차밍 포인트지만, 이 녀석은 응석을 받아주면 받아줄수록 못 쓰게 되는 타입이야! 나는 알 수 있어! 동류니까!"

단언하지만, 샤울라는 떠올리고 싶지 않아서 떠올리지 않는 것이 아니라 순수하게 기억력이 약할 뿐이다. 기억에 관해서는 여러모로 문제를 떠안은 일행이기에 섬세하게 다루고 싶은 화제지만, 샤울라의 경우는 확실히 다른 범주로 다뤄야 한다.

"그나저나 가령 멸한 영웅을 알아도 어떡하면 모노리스에게 이해시킬 수 있지?"

"확실히, 나츠키 말이 맞데이. 답을 알아내 봤자 그걸 우째야 '가장 빛나는 곳'을 만진 것이 될까."

모노리스를 만져야 『시험』의 합격 여부가 나오는 이상, 최종적인 해답 방법은 '올바른 모노리스를 만지는 것'이리라. 문제는 그 '올바른 모노리스'를 찾아내는 법과 답의 제출 방법이다.

그것이 과연, 샤울라의 기억을 헤집어서 알 수 있는 사항일까.

"그래도오, 마냥 고민하고 있어 봤자 진척이 없는 거 아냐아? 발가벗은 언니가 기껏 협력적이니 알 만한 것은 물으면 될 거라고 봐아."

문제 시작부터 주춤거리는 어른들에게 메일리가 어이없다는 투로 말참견했다. 메일리는 샤울라의 스콜피온테일을 만지작거리면서 따분하게 모노리스 집단을 바라보았다.

"마수는 없지이, 이야기는 진전이 없지이, 여기는 별로 재미없는걸. 빨리 진행하고 저택에 돌아가고 싶어."

메일리가 던진, 일종의 분위기 망치는 그 발언에 전원이 말을 잃었다. 그리고 곧 메일리가 "왜 그래애?" 하고 돌아보았다. 스바루는 그 머리를 쓰다듬었다.

"……뭐야아?"

"그냥 네 말이 맞다고 생각했어. 그렇지. 이런 모래투성이에다, 덤으로 바깥에는 무서운 마수가 어슬렁대는 장소잖아. 후딱 끝내고 문제도 전부 해결해서…… 렘을 깨우고, 곤란에 처한 사람들 구할 방법 전부 회수한 뒤에 빨리 나가자."

시험을 치기 전부터 불안해서 주저하다니, 귀한 시간을 낭비하는 꼴이다.

그거야말로 이 『시험』이라는 것을 준비한 심술궂은 누군가의 의도라는 느낌이 든다.

"스승님, 스승님. 실은 그 꼬맹이 바로 옆에, 쓰다듬기 쉬운 머리가 있거든요."

"말했잖아. 너는 응석을 받아주면 타락하는 타입이다. 그러니까 앞으로는 스파르타식으로 갈 거다."

"어어, 뭐예요."

샤울라는 불만스럽게 볼을 부풀리며 완전히 토라진 기색이다. 물론 불과 10여 초 지나자 금세 까먹은 표정으로 콧노래나 부르기 시작했으니 다루기 쉽기는 하다.

"자, 어린 숙녀의 요망도 있었지. 인색하게 굴지 말고 눈앞에 있는 가능성을 시험해 볼까."

"응, 그러는 편이 좋긋제. 몇 번 실패해도 된다 카니 속 편하니께네. 대개 인생이란 단판 승부고…… 착한 문제구마."

메일리에게 독려받은 모양새지만 율리우스와 아나스타시아도 합의에 이르렀다.

그러면, 다시금 '샤울라가 멸해서 잊힌 영웅'을 떠올릴 때다.

"일단, 기억나는 이름이라면…… 그렇지. 아, 레이드는? 초대 『검성』이라는 그 사람 말이야, 네가 죽인 거 아니냐?"

"히이이이이익!"

아무 이름이나 대충 꺼낸 순간, 샤울라가 비명을 터트리며 펄쩍 물러났다. 그 과도한 반응에 못 버티고 떨어진 메일리를 스바루가 "위험해라!" 하고 다이빙 캐치.

"고, 고마워어, 오빠……."

"아니, 내 부주의한 발언 때문 같았으니…… 아니 그보다."

위험하지 않게 메일리를 바닥에 내려놓으니, 물러난 샤울라가 방에서 꽤 먼 곳까지 가서 쭈그러들어 있었다.

"뭐야, 초대『검성』은 그렇게 무서운 사람이야?"

"말도 안 돼. 라인하르트나 빌헬름 님, 아스트레아 가문의 조상에 해당하는 분이다. 검의 실력도 물론이거니와 인격자라는 점에는 의심할 여지가 없어. 확실히 전해 듣는 말로 남은 일화에는 호방한 성품이 강해서, 라인하르트와 빌헬름 님과는 겹치지 않는 부분도 왕왕 보이지만…… 그렇지 않으면 당대까지 이어진 아스트레아 가문의 역사가 일그러지잖아."

"아니 뭐 근데, 역사를 풀어 보면 뛰어난 위정자도 다른 관점에서 보면 엄청나게 지독한 사례는 일본사 등에도 있는 일이라서. 그에 비하면 훨씬 나은 의심이랄까……."

"이거야 원, 말이 안 통하는군. 좋아. 여기선 산증인인 샤울라 여사에게 설명을 받으면 확실해질 이야기야. 자, 들어 보지."

샤울라의 반응으로 뙤뙤이를 상상하는 스바루의 반박에 율리우스가 어마어마한 기세로 말을 퍼부었다. 거기에다 예방선을 치려는 스바루를 일소에 부치는 반응까지.

"초대『검성』, 레이드 아스트레아에 대한 소감. 샤울라 여사, 기탄없는 당신의 의견을 들어 보고 싶군."

"인간쓰레기요."

"기탄없는 당신의 의견을 들어 보고 싶군."

"못 들은 척하지 마!"

율리우스가 불리한 말을 못 들은 척하자 스바루는 샤울라를 손가락으로 가리키며 말을 이었다.

"안 듣고 뭐 하냐. 네가 궁금해하던 역사의 진실이 바로 저기에 있다.”

“······크든 작든, 빼어난 재능을 가진 사람은 자신감을 가지기 마련이야. 그 사실은 탓할 것이 아니고, 오히려 자랑스러워할 문제다. 역사에 이름을 남긴 최고봉의 검사씩이나 되면 그런 행동을 하는 것도, 그래, 시대 배경을 감안하면 타당──.”

“네가 그렇게 필사적인 거 처음 봤다.”

본인도 설득력이 없다 느끼는지 율리우스도 횡설수설 중이다.

동경하던 역사에 살짝 배신당한 구석이 있는 율리우스는 제쳐두고, 샤울라의 ‘레이드 아스트레아의 진실’은 그치지 않고 줄줄 흘러나왔다.

“뭐, 좌우지간 밉살맞은 녀석이었죠. 악동이 그대로 몸만 큰 것 같은 성격이라 약한 사람 괴롭히는 거 진짜 좋아했죠. 아니 그보다 그 쓰레기가 보기엔 웬만한 상대는 다 약해서 그냥 아무나 싸워도 약한 사람 괴롭히는 꼴이에요. 저도 무진장 당했어요.”

밉살스러운 추억이 얼마나 넘쳐 나는지, 샤울라의 태도에서 검은 감정이 사라지지 않았다. 그야말로 괴롭힘 당하던 사람이 괴롭힌 사람의 소행을 떠올리는 것만 같다.

“그 쓰레기는 기억해 두어야 해요. 때린 쪽은 잊어도 맞은 쪽은 절대로 잊지 않는다는 당연한 사실을······ 넵.”

“네가 꼼짝 못하다니 상당히 괴물이군. 뭐, 그 녀석은 무관해 보이니 뒤로 미루자.”

“──. ────. 그 말이 맞다. 지금은 우선해야 할 사항이 달리 있어.”

"지금, 우선시키는 데에 시간 걸리지 않았냐?"

학술적 흥미인지 단순한 취미에 따른 호기심인지는 판별하기 어렵지만, 스바루는 한동안 율리우스를 못 써먹겠다고 판단했다.

환상이 깨진 율리우스에게는 미안하지만, 현재 스바루가 라인하르트의 조상에 신경 쓸 이유는 아쉽게도 없다. 핏줄이 얼마나 대단하든 말든 애초에 라인하르트 본인이 충분하고도 남을 만큼 대단하기에 새삼스럽다. 게다가 최소한 '아버지'의 인간성만큼은 자신이 더 축복받았다는 자신감도 있었다.

"그렇다면, 영웅을 찍어 맞추며 거론하는 건 박식한 녀석에게 맡기기로 하고."

"알았다. 삼가 받아들이지."

"아직 너라고 말하지 않았는데, 그래, 됐다. 해 봐. 베아코, 거 들어 줘."

"알았어."

의욕이 있는 사람에게 일을 맡기는 명지휘가 빛났다. 지원 역할로 지식만 따지면 400년분 있는 베아트리스를 붙이는 어시스트도 완벽하다.

"그러면 우리는 어떡해?"

"우리는, 조금만 더 자세하게 주위를 둘러볼까."

율리우스와 베아트리스가 영웅 방면으로 공략한다면 스바루는 다른 각도로 접근해야 하리라. 일단 복제된 모노리스 집단의 배치에 눈길을 돌렸다.

"뿔뿔이 흩어졌지만 법칙성이 있는 건가? 일단, 계단 정면에 있는 게 처음 하나."

"문제를 내주는 모노리스……지."

만지지 않도록 주의하랄 만큼 좁은 간격으로 진열된 것은 아니지만, 스바루는 에밀리아와 아나스타시아 두 사람을 데리고 방 안의 모노리스를 둘러보았다.

모노리스들의 크기가 미묘하게 다르지만, 그 크기에도 다소 관계가 있을 성싶다. 만질 수 없으니 정확하게 크기를 잴 수 없지만──.

"얼추 보건디…… 맨 처음 모노리스와 같은 크기인 기는 일고여덟 개일까?"

"그럴까? 응, 나도 그렇다고 봐. 엄─청 먼 쪽에 있는 건, 다들 작은 거라고 생각해. 저것도 만지면 재시작하지만."

"전과 있을 법한 표현…… 아, 미안. 아무것도 아닙니다."

에밀리아가 슬픈 눈빛으로 봐서 스바루는 쓸데없는 한마디를 중단했다. 그렇게 최초의 모노리스 앞으로 돌아온 스바루는 그녀들과 얼굴을 맞대며 생각에 골몰했다.

"샤울라가 멸한 영웅, 그자의 가장 빛나는 곳을 만져라…… 어쩐지, 멋있는 소리를 하려는 감은 있지만."

"추상적인 말씨인 건 확실하제. 형편 안 좋게 샤울라 씨의 기억에 의존해야 한다믄야, 문제로서 실수라고 하긋는디."

"그건 뭐, 그렇지."

『시험』이라는 명목을 세워두고 실질적으로 그 해답을 위한 방법이 타인 의존—— 그것도 본래 탑의 관리자로서 위치한 존재에 의존하라면 참으로 불공평하다.

스바루 일행은 우호적으로 접촉—— 바라던 바는 아니지만, 결과적으로 샤울라와 적대하지 않으며 탑 안에 들어왔으나, 그렇지 않을 경우에는 수렁 속의 살육전이다. 성공적으로 탑에 들어왔다고 해도 샤울라는 쓰러뜨려야만 했을 가능성도 있었다.

"그렇게 됐으면, 영원히 『시험』에 합격하지 못하게 되는걸."

"통과시킬 마음이 없다면 그게 정답이겠지. 방위 기구로서 강한 가디언을 두고, 그 가디언을 쓰러뜨리면 『시험』은 통과할 수 없으니까."

"그런데, 스바루는 그렇게 생각하지 않아. ……맞지?"

"뭐, 그래."

에밀리아의 기대 어린 눈길을 받은 스바루는 슬며시 쓴웃음 짓고 끄덕였다.

스바루의 약점이다. 에밀리아나 베아트리스가 이런 눈빛을 하면 스바루는 약하다. 렘도 그렇고, 가필이나 오토도 이따금 한다. 페트라도 그렇고…… 떠올리기 시작하니 끝이 없다. 파트라슈와 람 정도다. 이런 눈빛을 하지 않는 것은.

"으—음. 예외를 제외하고, 기본적으로 문제라는 것은 풀릴 것을 상정하고 만드는 법이야. 진심으로 숨겨 두고 싶다면 발견될 가능성은 남기지 않는 편이 영리하지."

"그런디 여기는 고런 것하고 다르다…… 나츠키는 고래 보는 기나?"

"여기는 알고 싶은 지식을 얻을 수 있는 대도서관이라고 샤울라가 말했었지? 그게 샤울라가 떠올린 거라 생각할 수도 없으니 누가 가르쳐 준 대로 하는 말이라면, 그 사람은 이 도서관을 만들어 샤울라에게 맡긴 스승님뿐. 스승님에게는 도서관으로 운영할 뜻이 있었다는 뜻이야."

그렇게 가능성을 풀어 나가면 나갈수록, 지금 상황의 부자연스러운 점이 눈에 띈다.

이 대도서관 플레이아데스의 창조주는 이곳을 도서관으로 기능하게 할 의도였을 터. 그러고서 사람을 거를 조건으로 『시험』과 샤울라를 이곳에 남겼다.

"애초부터 샤울라가 친해질 수 있는 사람 말고는 이용할 수 없다는 뜻인가?"

"하지만 샤울라는 탑에 접근하는 사람은 전부 해치우라는 말을 들었다고 했지?"

──그렇다. 바로 그것이다. 샤울라에게 하달된 명령은 '탑에 접근하는 자를 예외 없이 배제할 것'이며, 스바루 일행이 샤울라와 우호 관계를 맺은 것은 우연에 불과하다.

그 우연에 힘입지 않았으면 탑에 도전할 자격도 없다는 것은 너무 난폭하지 않은가.

"만약 그렇다믄 필요한 기는 팔심하꼬, 운하꼬, 샤울라 씨와 친해질 수 있는 매력? 내 생각키로 영 과제로 부조리한 것만 늘어선 느낌인디."

"……누가 아니래."

샤울라에게 패했을 경우, 샤울라를 죽게 두었을 경우, 샤울라에게 협력받지 못할 경우, 이 모두 대도서관 플레이아데스에 도전할 자격을 잃는다──.

폭론이지만, 현재까지 모인 조건을 정리하면 그렇게 결론 내릴 수밖에 없다.

다만 스바루는 그걸로 수긍하기에는 영 떨떠름했다. 그러면.

"음──. 으음──."

"에밀리아땅?"

"역시 엄──청 신경 쓰여서. 관계없을지도 모르지만……."

"신경 쓰인다면 지금은 뭐든 말해 주는 게 나아. 딱히 내 생각이 옳은 것도 아니고, 다각적으로 생각하는 건 기본적으로 좋은 일이야."

"그래? 그렇다면…… 역시, 이 『시험』은 『시련』과 닮았다고 생각해."

에밀리아의 발상에 스바루와 아나스타시아가 동시에 침묵했다. 단, 스바루와 아나스타시아가 침묵한 이유는 다르다. 아나스타시아는 몰이해 때문에, 스바루는 수긍 때문이다.

"또다시 내 앞을 막아설 셈이냐, 에키드나……."

"그래도 이 『시험』과 에키드나는 관계없을 거 같지만…… 스바루는 에키드나를 엄──청 싫어했으니까."

"구세주가 실은 흑막이었다는 경험을 거치면 나처럼 돼."

『성역』 이후로 에밀리아와 스바루가 『마녀』들의 이야기한 것은 한두 번뿐. 시련의 내용을 언급해도 에밀리아는 말을 흐리기에 추궁하지 않았다.

　그런 두 사람 사이에 공유된 사항이 '에키드나는 성격이 더럽다' 이다. 에밀리아 쪽은 더 에둘러 표현하지만, 스바루 쪽은 대충 그렇다.

　『시험』이야기를 들은 시점에서 『시련』과 비슷하다는 말을 나눈 적이 있었다.

　시작 방식까지 『시련』과 흡사한 부분이 있다면, 이건 혹시 시스템의 일부나 또는 대부분이 묘소와 비슷할지도 모른다.

　"그렇게 생각하니 『시련』도 일단 도전은 무제한이었지."

　"그리고 여기도 『시험』이 있는 곳은 3층과 2층과 1층으로, 세 곳이야."

　갈수록 점입가경이냐며 스바루와 에밀리아는 얼굴을 마주 보았다.

　『현자』의 존재. 그리고 400년의 시간. 그 부분을 돌아보면 당연히 그 『마녀』들의 기억이 일깨워진다. 역사가 엇갈리는 것은 피할 수 없겠지만.

　"응, 그런데 미안해. 그걸 알아 봤자 여기에 해답은 되지 않지."

　그렇게까지 생각한 차에 에밀리아가 당황한 표정으로 이야기를 중단했다.

　에밀리아의 결론대로, 이곳이 묘소와 무관하지 않을 가능성이 있다 쳐도 그 점과 이 『타이게타』의 『시험』하고는 아무 관계가 없다.

　여전히 『샤울라가 멸한 영웅』의 이름은 샤울라에 의존한 채로——.

"……그게 아니란 뜻인가?"

"스바루?"

"여기가 풀릴 것을 고려한 장소라 치면, 샤울라를 어떻게 해야 공략할 수 있다. 그것이 애초에 오류인가?"

이곳이 『현자』의 탑이며, 그곳이 『마녀』의 묘소였다.

출제자의 고약한 심보 외에도 공통점이 있다면 사고를 진행할 여지가 있다.

——『마녀』는 『시련』으로 인간을 시험했지만 결과를 낼 수 없는 고난은 주지 않았다.

——『현자』가 『시험』으로 인간을 시험한다면 결과를 낼 수 없는 고난은 주지 않을 터.

"샤울라의 존재를 빼고, 탑을 공략할 가능성……."

"나츠키, 뭔가 떠올랐으믄……."

"쉬—."

생각에 잠긴 스바루를 보고 말을 걸려던 아나스타시아를 에밀리아가 말렸다.

입술에 손가락을 짚어 아나스타시아의 입을 막은 에밀리아는 기대에 찬 눈으로 스바루를 보았다. 그런 에밀리아의 기대 어린 눈초리를 깨닫지 못한 채, 스바루의 머리는 회전했다.

탑에 도전하는 자는 샤울라를 격파하고 탑 안에 들어갈 가능성이 있다. 그렇다면, 이 『시험』에서 『샤울라』의 존재 유무는 중요하지 않다.

"우리는 플뤼겔의 공적을 샤울라의 것이라고 잘못 믿고 있었어. 『현자』의 가장 큰 공적은 동료와 함께 마녀를 봉인한 것. 그런데 『질투의 마녀』는 실수로라도 영웅이라 불릴 그릇이 아니고, 소멸한 것도 아니야."

전제가 틀렸다는 가능성은 여기서 끊어진다.

혹은 스바루가 모를 뿐이지, 『현자』플뤼겔이 샤울라에게 떠넘긴 영웅담이 따로 있을지도 모르지만, 그 가능성을 율리우스나 베아트리스가 떠올리지 못하는 건 너무나도 부자연스럽다.

──필연적으로 떠오르는 가능성은.

"샤울라가 샤울라인 걸 몰라도, 샤울라가 있다고 친다면."

한 번, 입에 냈던 말과 같은 내용을 입에 담았다.

그것은 생각이 공회전했다는 뜻이 아니다. 반대다. 한 가지 가능성을 잘라내고, 또 한 가지 가능성 쪽에 이르렀다는 증거. 그리고 그 내용은──.

"베아코! 잠깐 와 봐!"

번뜩인 가능성에 따라 고개를 든 스바루가 베아트리스를 불렀다.

샤울라에게 이것저것 말을 걸며 기억의 문을 억지로 열고자 고심하는 율리우스. 그 옆에 있던 베아트리스가 무언가를 얻었다고 전하는 스바루의 목소리에 폴짝 뛰어 올랐다.

"그 얼굴, 베티가 좋아하는 스바루의 얼굴인 것이야."

"너, 언제나 나 좋아하잖아?"

"특히 더, 말이야."

당당한 베아트리스의 말에 스바루는 정면에 선 소녀에게 손을 뻗었다. 뻗친 손을 베아트리스가 마주 잡고, 동그랗고 파란 눈이 스바루를 응시했다.

그 눈이 '뭘 해 줬으면 해?' 하고 묻는다. 그래서 스바루는 끄덕이고 말했다.

"단순해. ──무라크로, 살짝 높이 점프하고 싶어."

"……설마 포기하고 천장을 부수고 가자는 말은 아니겠지."

"노골적으로 어이없어하지 마. 물론 아니지. 이 모노리스들, 위에서 내려다보고 싶어."

"모노리스를 내려다본다……."

스바루의 발언에 등 뒤의 에밀리아가 모노리스를 돌아보고 중얼거렸다.

그 의도는 알지 못하더라도 베아트리스는 그 이상 물으려 하지 않았다. 그녀는 작게 한숨을 내쉬다가 잡은 손을 더욱 세게 끌어당기고 말했다.

"자, 무라크."

옅게, 연보라색 파동이 베아트리스의 영창에 따라 스바루의 육체를 얇게 감쌌다.

중력의 영향을 내쫓아 급진적으로 운신을 가볍게 하는 마법이다. 가볍게 뛰기만 해도 1미터가량 떠오르며, 힘껏 바닥을 박차면──.

"엿, 차!"

베아트리스의 손을 잡은 채로 스바루의 몸이 드높이 방 위로 뛰어올랐다. 그 높이는 6, 7미터에 미치지만, 본래는 격돌했을 천장에 몸이 부딪히지 않았다.

한없이 하얀 공간 속에서 이 층은 마치 천장이 존재하지 않는 것처럼 확장되어 있다. 따라서 스바루의 몸은 상공에서 방의 전경을 내려다볼 수 있었다.

"——내 생각이 맞았어."

"목적, 달성한 것이야?"

"그래. 이 장소, 최고로 성질 더러운데."

품속에서 중얼거림을 들은 베아트리스의 눈초리에 스바루는 뺨을 일그러뜨리며 끄덕였다.

그대로 홀홀 자유 낙하한 스바루는 베아트리스를 옆으로 안아든 채로 선언했다.

"영웅의 이름, 알아냈어."

"진짜로?!"

스바루는 사색과 도약을 지켜보던 에밀리아에게 얻은 확신대로 말했다. 그 말에 에밀리아가 놀라고, 아나스타시아도 눈이 동그래졌다.

"이제 와서 의심하지 않지만도…… 나츠키, 어떻게 답을 낸 기가?"

"그렇게 거창한 것도 아니라고. 너희가 잘못해서 이걸 풀 수 없는 게 아니야. 애초에 풀 수 있는 사람이 훨씬 적어."

그런 의미에서 이 문제는 최고로 성질 더러운 것이다.

샤울라라는 장애를 극복해, 문제의 내용을 이해하고, 애초에 '문제의 답을 알 가능성'이라는 시점에서 도전자가 압축된다.

"샤울라가 멸한 영웅―― 그 이름은 오리온이다."

"오리온……?"

스바루가 입에 올린 단어에 전원이 의아해하며 샤울라를 쳐다보았다. 하지만 샤울라 본인은 그 눈초리에 "몰라요!" 하고 힘껏 고개를 가로저었다.

"아니, 아니, 아니, 제가 모르는 사람이에요. 만약 죽었다고 쳐도 애초에 여기까지 당도하지 못한 사람이 영웅이라구 가소로운 거죠. 그러니까 저는 잘못 없습니다. 어때요, 이 이론 무장! 저 똑똑하죠!"

"이렇게, 보는 바대로 똑똑하지 않은 애가 까먹었을 가능성을 처음에 의심했지만, 그게 아니야. 애초에 이 문제의 『샤울라』라는 건 애를 말하는 게 아니었어."

"샤울라는 저뿐이에요! 스승님한테 받은 이름이라구요!"

"그 스승님이 네게 붙인 이름에도, 원전이 있었다는 소리다."

반발하는 샤울라의 콧잔등에 손가락을 들이밀어 바싹 다가붙은 그녀를 등 뒤로 밀어냈다. 그런 다음 스바루는 걸어 나가 최초의 모노리스 앞에 섰다.

"샤울라의 이름 유래라면…… 혹시, 또 스바루만이 아는 내용이야?"

"나만 안다는 건 아니지만. ――우리 고향의 별 이름 중에, 『샤울라』라는 게 있어. 의미는 '바늘'이지만, 그게 뭐의 바늘이냐면 '전갈'의 침이야."

샤울라가 자신의 머리 모양을 스콜피온테일이라고 강경하게 주장했었지만, 그건 어떻게 보면 힌트였던 것일까. 아니면 샤울라의 푼수짓일까. 어느 쪽이든 간에 『샤울라』= '전갈' = '바늘'을 연상케 하는 조건은 몇 가지 있었다.

"전해지는 말에 따르면, 영웅 오리온은 나댔다는 이유로 꿇려 주려 파견된 전갈에 찔려 죽어서 별이 되었어. 그리고 오리온을 죽인 전갈도 그 공적으로 별이 되어 지금도 하늘에선 오리온은 전갈에 겁먹고 쭈그러들었다고 하는데⋯⋯."

"스바루가 해설하면, 영웅담도 뭔가 청승맞은 느낌인 것이야."

"아무튼, 별을 사람이나 동물에 빗대는 '별자리' 라는 사고방식이 있어. 애스터리즘(Asterism)이라고 해도 되지만. ――그래서, 위에서 모노리스를 내려다봤더니 말이야."

베아트리스의 마법으로 가벼워진 몸으로 도약해 모노리스 집단을 내려다보았다.

하얀 세계에 검은색으로 군데군데 박힌 모노리스―― 본래 색으로 따지면 정반대지만, 그것은 하얀 세계에 떠오른 검은 별들의 연결선이자 스바루가 잘 아는 '애스터리즘' 이다.

최초의 모노리스와 같은 크기의 모노리스가 일곱. 다 합쳐서 여덟.

오리온자리를 형성하는, 주요 별들과 수도 배치도 일치한다.

그리고 '가장 빛나는 곳을 만져라' 고 마지막에 매듭지었다면――.

"최초의 모노리스가 한복판. 뭐, 알닐람이라고 치지. 그대로 별자리 모양을 이미지해서⋯⋯ 오리온을 따라 그리면."

"그러면?"

"가장 빛나는 곳이라는 게 의외로 골치 아픈 표현이야. 실은 별이 빛나는 법도 여러 가지라 계속 밝은 것도 있으면 이따금 환하게 빛나는 것도 있어. 그런 의미로는, 오리온자리에는 가장 빛난다는 말에 해당하는 별이 두 개 있는데……."

상공에서 내려다봤을 때, 좌상에 위치한 오리온의 오른쪽 어깨 『베텔기우스』와, 우하에 위치하는 오리온의 왼발 『리겔』 두 개가 존재한다.

항상 밝은 것은 『리겔』이지만, 『베텔기우스』는 때때로 환하게 빛나는 변광성이다.

양쪽 다 꼽을 수 있다는 말은, 문제의 해답으로서 깔끔하지 않지만——.

"나라면, 『리겔』 쪽을 꼽겠네."

베텔기우스라는 말에는 비슷한 이름에 싫은 기억이 있으니까.

그렇게 스바루는 오리온의 왼발 『리겔』에 위치하는 모노리스를 만졌다.

"————."

다음 순간, 눈부시게 하얀 빛이 방 전체를 감쌌다.

소리도 경치도 내버리며 죄다 날아가더니, 이윽고——.

"……오오."

빛이 걷혔을 때, 스바루 일행은 석조 공간—— 탑 안의, 무수한 서가에 둘러싸인 방의 중심에 우두커니 서 있었다.

3

주위의 하얀 공간이 사라진 대신 나타난 것은 천장까지 들어찬 무수한 서가.

스바루는 만지던 모노리스가 자취를 감춘 것을 확인하자 자신의 생각이 정답이었을 거라 확신을 얻었다. 그러나──.

"해냈어! 스바루, 대단──."

"문제 생각한 녀석, 성격 고약해!"

"어어어?! 처음 반응이 그거니?!"

3층 『타이게타』가 개방되는 장면을 지켜보다가 환희 어린 소리를 터트린 에밀리아의 눈이 휘둥그레졌다. 대차게 얼굴을 찌푸린 스바루의 욕설이 탑 안에 울려 퍼졌다.

"생각대로 풀린 것은 나 스스로도 공을 세웠다고 보지만…… 이걸로 풀렸다는 건 반대로 큰 문제라고 봐. 아니, 실제로 공평하지가 않아."

"그런, 거야? 스바루가 척척박사라 다행이라 여겼는데."

"내가 척척박사라서 풀었다기보다, 나 같은 게 아니라면 풀 수 없었다는 쪽이 큰 문제란 말이지."

스바루는 머리를 긁지만 에밀리아는 이해하지 못한 표정으로 갸우뚱하고 있다.

어떻게 설명해야 하나 싶었지만, 자세히 설명해도 다소 까다로운 해법일 것이다.

『시험』의 내용은 앞서 말한 대로 오리온자리의 일화에 빗댄 것이다. 그것 자체는 '생각한 녀석은 로맨티시스트냐.' 하고 본인을 치워놓고 투덜거릴 정도의 일이지만, 가장 큰 문제는 '오리온자리' 의 지식을 이 세계에서 얻을 방도가 없다는 점에 있다.

오리온자리도, 당연히 샤울라가 별의 이름이라는 사실도, 별자리를 맞추는 법부터 모조리 다 스바루가 있던 원래 세계의 지식이며 천체다.

──즉, 이 문제를 고안한 인간은 스바루와 같은 밤하늘을 아는 인간.

더 나쁘게 말하자면, 다른 세계의 밤하늘에 해박한 인간 말고는 풀 수 없는 문제를 출제하는 성격파탄자다. 현재 그 최유력 후보는 『현자』 플뤼겔이었다.

"네 스승님 말인데, 상당히 성격 고약한 녀석 같은데."

"아니, 아니, 아니, 아니, 무슨 말씀을 하세요. 자기 자신한테 악담하다니 어울리지도 않으세요! 그리고 성격 고약한 거야 부정하지 않겠지만 풀 수는 있으니 정나미가 있죠! 레이드라면 절대로 풀 수 없는 생억지…… 자신의 분신이라도 놓고 이겨야 지나갈 수 있다 같은 짓 할걸요."

"그것도 무섭지만, 가능성은 어느 쪽이 더 낫다 할지……."

어쨌든 간에 과거에 『질투의 마녀』를 물리친 영웅들은 성격에 문제가 있는 것 같다.

이 꼴을 보니 이세계의 지혜를 시험받는 게 그나마 나았을지도 모르지만.

"그건 그렇고, 또 책이 어마어마하게 있구마이."

스바루의 반성회를 제쳐두고 주위의 서가를 둘러보던 아나스타시아가 중얼거렸다. 그녀는 목도리의 털을 어루만지면서 책이 **빽빽**하게 박힌 서가를 바라보았다.

　"나츠키의 공훈으로 『시험』은 돌파…… 그건 좋지만도, 여기 서고의 역할은 대체 뭘까네. 어떤 책이 있는 긴지 흥미롭데이."

　"샤울라 여사의 설명으로는, 지식의 보고―― 같은 설명이었습니다만."

　"저치의 반응을 보건대, 애초에 『타이게타』가 열린 게 처음 있는 일이야. 둘러봐서 확인해 볼 수밖에 없어."

　"그렇지. ……너, 기분 탓인지 신나지 않았냐?"

　"그렇지는…… 않지 않을지도 몰라."

　스바루 바로 옆에 와서 소매를 잡은 베아트리스의 말이 평소보다 살짝 빨랐다.

　미묘하게 눈을 빛내며 흥미롭게 서고를 둘러보는 시선――그 원인에 생각이 미친 스바루는 상황도 잊고 왠지 모르게 흐뭇해지고 말았다.

　"너는 금서고에 싫은 추억만 있는 줄 알았어."

　"……좋은 추억만이 아닌 건 사실인 것이야. 하지만 어떤 곳이라도 그곳은 베티가 400년을 보낸 장소야. 게다가."

　"게다가?"

　"스바루가 '날 선택해' 라고 베티를 꼬드긴 곳이잖아. 잊으려 해도 잊을 수 있는 곳이 아니야."

　"너, 귀엽네."

"아웅—!"

사랑스러움이 치솟은 스바루가 베아트리스의 머리를 요란하게 이리저리 쓰다듬었다. 그 손길에 고양이 같은 비명을 지른 베아트리스에 만족하고는, 바로 서고 털기를 시작했다.

『시험』이 종료되어 모노리스가 사라진 3층은 원통형의 한 계층으로서 현현했다. 구조 자체는 아래 계층의 연장선상으로, 한없이 확정되어 보이던 것은 착각이었던 모양이다.

공간에는 서가가 미어지도록 늘어서 있으며, 서가 위에 서가가 쌓인 엔드리스 서가 상태. 장서 수로 치면 금서고도 상당했었지만 물량으로는 이쪽이 압도할 것이다.

"목적에 맞는 책을 찾기, 검색용 컴퓨터가 간절해지는데."

"금서고 안이라면 어디에 무슨 책이 있는지 베티는 완벽했어."

"너 굉장한데. 천재냐."

스바루는 베아트리스의 은근한 자랑에 감탄하면서 가까운 책장에 다가갔다.

쳐다보니 에밀리아를 비롯한 일행도 저마다 책장에 걸어가고는 있지만, 좀처럼 집어들 용기를 가지지 못하는 모습이다.

"푼 것은 스바루잖아? 그래서 스바루 말고 다른 사람이 건드려도 괜찮을까 싶어서."

"아, 확실히 모를 일이네. 하지만 정답자밖에 읽을 수 없는 형식으로 할 거라면 푸는 것을 보고만 있었을 뿐인 에밀리아땅이랑 다른 사람까지 서고에 들어올 수 있는 게 이상하지 않을까?"

"아, 그렇구나. 여기에 들어온 시점에서 허가가 떨어진 거라 여겨도 되는구나.”

“응, 그렇다고 생각하는데…… 어, 에밀리아땅?!”

스바루의 이야기를 듣고 에밀리아는 수긍한 기색으로 눈앞의 책장에서 책 한 권을 뽑았다. 그리고 자기가 말해놓고 놀라는 스바루 앞에서 팔락팔락 내용을 훑어보았다.

“음——, 평범한 책……이려나. 스바루, 왜 그래?”

“아니, 에밀리아땅의 배짱에 새삼 반해서…… 말한 사람 나인데, 내가 한 소리잖아?”

“——응? 스바루가 말했으니까 괜찮잖아? 어, 이상한 소리했어?”

진심으로 잘 모르겠다는 표정으로 에밀리아가 한 말에 스바루 쪽이 말을 잃었다. 표현하기 어려운 감정에 손바닥으로 얼굴을 가리고서 “우아——.” 하고 중얼거렸다.

“그게 네가 만든 것이라는 거야. 그리고 실제로 너는 아무도 풀지 못한 『타이게타』의 수수께끼를 해명했지. 그 공적, 더 이상 부정할 수 없을 텐데.”

“이까짓 것 찍어서 맞춘 거나 다름없다고. 우연히 나왔을 뿐이지.”

스바루의 곤혹에 율리우스가 어깨를 으쓱이지만, 기사의 말에 스바루는 눈을 피했다.

에밀리아의 신뢰, 베아트리스의 친애, 율리우스의 성의——.
어느 것이나 스바루가 바란 것임은 틀림없는데, 그것을 받을 때 위화감이 가시지 않는다.

스바루는 자기 자신에게 그럴 가치가 있는지 의심하고 있다.

"에밀리아 씨의 말대로 평범한 책이구마. 딱히 무서운 장치는 없는 것 같다카이."

"책의 재질은…… 확실하지 않군요. 연대도 알 수 없고. 하지만 내용은……?"

에밀리아가 적극적으로 먼저 시험한 까닭에 다른 멤버도 잇달아 책에 손을 뻗었다. 그렇지만 방대한 책 중 한두 권으로 모든 것을 알 수 있을 만큼, 세상이 녹록하지는 않다.

"베아코, 어때?"

"보아하니 규격은 통일됐어. 하지만 제목은 다 달라. 이건 『노아 리베르타스』. 이쪽은 『에이곤 볼러』. ……정리 순서도 엉망진창인 것이야."

베아트리스는 사서의 피가 끓는지 아무렇게나 꽂힌 책에 불만이 있는 내색이다. 금서고에서 그녀가 정리정돈하던 기억은 별로 없지만, 분류는 되어 있었던 것도 같다.

그런 베아트리스의 분개는 제쳐두고, 스바루는 책등을 보다가 깨달았다.

"이 책의 제목 말인데…… 혹시, 전부 사람 이름인가?"

"응, 어디, 그런가 봐. 이건 『발마 에우레』, 이쪽은 『코요테』."

"모르는 이름밖에 없어. 그다지 견식이 깊다고는 할 수 없지만 내가 알기로 낯익은 이름은 없군. 물론, 제대로 둘러보면 다르겠지만……."

"네가 모르는 거라면 아마 여기 있는 사람은 아무도 모를걸."

요즘 역사 오타쿠 같은 기질이 드러나는 율리우스가 모르는 판국이다. 그렇다면 책 제목이 인명이라는 추측은 꽝일까. 스바루도 아무 책이나 둘러보았지만, 나열된 문자는 평범하게 '이 문자' 나 '로 문자' 에 '하 문자' 등, 이쪽 세계 특유의 언어다.

　"일단 아나스타시아 씨에게도 확인하겠지만…… 아는 이름은 있어?"

　"──음~ 아니? 없는디?"

　일단 명목상 스바루는 아나스타시아를 통해서 에키드리에게 확인했다.

　인공정령인 그녀는 율리우스 이상의 지식을 지닐 가능성이 충분히 있다. 그러나 그 기대도 불발. 여기서 거짓말할 이유는 에키드리가 적이 아닌 한 있을 수 없으리라.

　"막막해하기는 이른가. 나무를 감추려면 숲속…… 혹시 중대한 정보가 담긴 책이 이 서가 어딘가에 묻혀 있을지도 모른다면 진저리가 나는데."

　"도중에 포기하지 말고. 풀 수 없는 수수께끼 풀이보다 훨씬 긍정적이잖아. 힘내야지!"

　방대한 양의 책 앞에서 에밀리아가 앙증맞게 주먹을 쥐고 기합을 넣었다.

　에밀리아의 파이팅 포즈 덕을 보았는지, 서가 쪽으로 돌아서서 제목을 손가락으로 훑던 스바루는 "아?" 하고 걸리는 것을 느꼈다.

　훑던 도중, 문득 스친 제목에 스바루는 손가락을 멈추었다.

그 책의 책등에 손가락을 걸고 기울여 **빽빽**하게 꽂힌 서가에서 빼냈다. 책 제목에 있는 것은 아는 이름이었다.

"_____."

스바루는 별생각 없이 손에 책을 집고 펼쳤다. 그리고 지인의 이름이 들어간 책의 내용물을 보고—— 곧이어 그것이 왔다.

——의식이, 검게 물든다.

4

——여자, 한 여자가 있었다.

여자라고 부르기 주저할 만큼 아직 어린 여자다.

여윈 몸에 궁상스러운 옷, 햇볕에 탄 갈색 피부에 녹색 머리.

동녀라고 불릴 법한 나이의 여자는, 끝없는 고민에 마음이 지배당하고 있었다.

그것은 결코 답이 나오지 않는, 여자가 태어날 때부터 품고 있는 명제였다.

"_____."

마냥 골머리를 썩이며 끝나지 않는 지상 명제.

그것은 세상에 존재하는 섭리, 그 백과 흑—— 다시 말해, 선과 악에 있었다.

올바른 일, 그릇된 행위.

세상에 무수한 선택지가 있을지언정 모든 행위에는 양극(兩極) 중 어느 한쪽의 평가가 떨어진다.

아직 동녀였던 여자에게는 그 섭리에 고민할 이유가 있었다. 필연이 있었다.

여자의 세계를 백과 흑, 선과 악, 두 가지로 나눈 것은 여자의 아버지였다.

"———."

여자의 아버지는 죄인의 목을 치고, 허물에 합당한 벌을 내리는 행위를 생업으로 삼고 있었다.

죄를 저지른 죄인에게 죄에 합당한 벌을, 인생의 최후를 주는 것이 아버지의 생업.

"——처형인."

그렇게 불리는 아버지의 소행을, 처형장의 본질을, 여자는 어린 시절부터 목도해 왔다.

끔찍스럽고 잔혹한 행위, 목숨을 잃는 죄인의 단말마, 피와 죽음에 지배된 처형장.

——거기서 여자에게 계속 『죽음』을 보게 한 것은, 다름 아닌 아버지의 뜻이었다.

저지른 죄에 벌이 주어지며, 악행에는 악한 결과로 응보를 받는다.

아버지는 세상에 존재하는 선악에 대해 당신이 처형인으로서 믿는 자세를 여자에게 전하려고 했다.

틀림없이 아버지의 뜻은 숭고하며 고결한 사상이었다.

하지만 여자의 어린 나이를 고려하면 그것은 독선이었고, 이상을 요구하기에는 너무 일렀다.

여자는 수많은 사람의 죽음을 지켜보며 피 냄새를 맡고, 죄인이 벌 받는 모습을 눈에 새겼다.

그 결과, 여자는 생명의 존엄을, 인간이 살고 죽는 섭리를 배우기 전에 죄에 합당한 벌부터 배웠다.

선행이 선의 요인을 낳고 악행이 악의 요인을 부르며, 죄인의 영혼은 벌에 합당하도록 더럽혀진다.

아버지의 가르침을 이해한 여자는 '죄에 합당한 벌'의 본질을 원했다. 그것을 위한 지침이 될 수 있는 기준을, 악업을 악으로 규정하는 선의 천칭을 갈구했다.

"_____."

그러나 여자가 갈구한 천칭은 여자가 찾아 헤매는 범위 내에 존재하지 않는다.

선악에 단순한 답은 없으며 옳고 그름은, 죄와 벌은 많은 요소에 좌우된다.

"_____."

하지만 아직 어려 타협과 체념을 모르는 여자는 멈추지 않는다.

답을 얻어야만 한다. 선악에 합당한 천칭을 마음에 담아야만 한다.

사라지지 않는 가슴속의 물음에 답을 제시해야만 한다.

"_____."

고뇌의 나날이 이어졌으나 답은 갑작스럽게 하늘의 축복처럼 내려왔다.

여자는 아버지의 술잔을 깨고 자신이 저지른 죄에 크게 겁을 먹었다.

목이 떨어질 것마저 각오하고 여자는 자신의 죄를 아버지에게 고백했다.

"──자신의 잘못을 털어놓고 사과하는 것은 옳다."

여자의 아버지는 과실을 용서하고 웃음까지 띠며 여자에게 말했다.

아버지의 미소와 머리를 쓰다듬는 손길에 어린 여자는 이해했다.

──저지른 죄를 판가름하는 천칭은 다름 아닌, 죄인 자신의 마음속에 있는 것이다.

설령 누가 보지 않아도, 죄인의 죄는 본인의 마음이 알고 있다.

선악은 알 수 없다. 어렵다. 옳고 그름에는 확실한 지침이 없다. 찾을 수 없다.

그러나 죄의식은 자기 자신 안에 있다.

죄에 합당한 벌의 기준은 없다. 하지만 벌에 합당한 죄의식은 자기 자신 안에 있다.

여자는 이해했다. 만족했다. 비로소 천칭을 손에 넣었다.

어린 여자는 생명의 존엄을, 인간이 살고 죽는 섭리를 모르는 채로 벌에 합당한 죄를 밝혀냈다.

"────."

여자는 처형인 아버지를 본받아 죄에 합당한 벌을 내리고자 하늘 아래를 걷기 시작한다.

벌 받기에 마땅한 죄인의 그 마음을 밝히고자.

"＿＿＿＿＿."

그것은 선악을, 옳고 그름을, 성실과 부실을 둘로 나누는 것. 여자에게 인생의 집대성.

어린 여자의 물음에 어떤 이는 웃고, 어떤 이는 난처해하며, 어떤 이는 당황한다.

하지만 여자의 물음에 대답한 결과는, 전원이 동일하다.

──벌에 합당한 죄는 자기 자신의 마음속에 있다.

주위를 본다. 아무도 없다. 이곳에는 이미 벌을 받은 죄인밖에 없다.

여자는 산산이 부스러진 파편이 된 사람들과, 마지막으로 아버지의 파편을 밟고 넘어섰다. 자신에게 주어진 숙원을 이루고자 벌에 합당한 죄를 찾아 걷기 시작한다.

──『오만의 마녀』는 죄를 묻고 벌을 주어 죄인을 심판하고 또 심판했다.

5

낯익은 『마녀』의 발단을 지켜보던 스바루의 의식이 아픔과 함께 회귀했다.

"악──!"

트드득 하는 소리와 함께 의식이 책에서 떨어졌다. 피가 말라붙는 감각에 지배당하는 와중에 바깥쪽이 벗겨지는 것도 상관하지 않고 억지로 잡아당겼다.

아픔을 느낀 것은 머리도 몸도 아닌, 영혼이다.

영혼이 책에 잡아당겨져서 그걸 떼어내는 데에 통증이 수반되는 것이다.

"스바루!"

옆에서 목소리가 꽂히고 스바루의 손에서 책이 떨어졌다. 책은 펼쳐진 채로 바닥에 뒤집혀서 떨어지고, 휘청거리는 스바루의 어깨를 에밀리아가 부축했다.

"오, 오오……?"

"괘, 괜찮니? 지금, 엄—청 괴로워 보이던데……."

"어, 어떻게, 딸려가지 않고 버텼나……? 나, 여기에 있는 거, 맞지?"

스바루는 펄떡펄떡 심장이 뛰는 가슴에 손을 짚고 심호흡을 반복했다. 그 눈은 이리저리 헤매다가 최종적으로 에밀리아에게 머무르며 진정했다.

"아아, 에밀리아땅의 얼굴 보고 있으면 진정돼. 좀만 더 손 빌려주라."

"그건 괜찮은데, 무슨 일이었던 거야?"

응석 부리는 스바루의 발언을 고분고분 받아들인 에밀리아는 어깨를 부축한 채로 물었다. 그녀의 말에 베아트리스가 움직여 바닥에 떨어진 책에 손을 뻗었다.

"지금, 이 책을 만지고 이상한 표정을 지었던 것이……."

"잠깐, 베아트리스! 만지지 마!"

책을 주우려는 베아트리스를 막으려 했으나 소녀는 그보다 빨리 책을 주워들어 안고 말았다. 안까지 훑어보지 않은 베아트리스는 그런 스바루의 서슬에 의아한 표정인 채로 제목을 읽었다.

"──튀폰. 스바루는 알고 있는 이름인 것이야?"

"어, 어어…… 너야말로."

베아트리스의 질문에 스바루는 "너야말로 모르는 거냐?" 하고 되물으려 했다. 그러나 그녀의 대답이 긍정이라도 부정이라도 대답하기 궁할 것 같아서 스바루는 어떻게 말해야 하나 눈썹을 모았다. 그 사이에 베아트리스는 책을 펼쳐 안을 확인하고 말았다.

"바보──!"

"바보라니 실례야. 딱히, 다른 책과 다를 바 없어."

스바루가 맛본 것과 같은 충격이 베아트리스에게도 박힌── 줄 알았더니, 소녀는 책 내용에 별달리 반응하지 않았다. 다른 책과 마찬가지로, 단순한 책이었다고.

"하지만 스바루에게는 다른 책과 똑같이 보이지 않았다…… 그런 걸로 봤어."

"……맞아. 그런데, 왜 나만?"

"설마, 방의 문제와 똑같이 스바루밖에 알 수 없는 거야? 혹은 역시 문제를 푼 스바루에게만 효과가 있다거나…….."

"그렇다면 더더욱 성격이 고약한데…….."

골똘히 생각에 잠긴 에밀리아의 말에 스바루는 꺼림칙한 예감을 느끼면서 고개를 저었다.

——뇌리에 스친 것은 무섭도록 농밀하게, 강렬하게 체감한 '여자' 의 기억이다.

　　냄새가 있고, 맛이 있고, 감각이 있으며, ——깨트린 생명에 무게를 느꼈다.

　　그토록 강렬하게 '누군가' 의 기억을 추체험했다가 돌이킬 수 있던 게 기적이었다. 그대로 타인의 인생에 삼켜질지도 모른다. 방금 체험에는 그런 공포와 혐오감이 분명히 있었다.

　　"스바루, 이 튀폰이라는 사람이랑 어디서 만났어?"

　　"설명하기 어려워……. 아니, 에밀리아땅에게는 어렵지 않나? 모르는 걸 보면 아마 만나지 못했겠지만, 묘소에 있었어."

　　그 말에 에밀리아와 베아트리스가 동시에 움직임을 멈추었다.

　　"튀폰은 과거에 있던『마녀』중 한 명이야.『오만의 마녀』로, 외모는 베아코 정도의 갈색 로리. 다만 순진한 잔혹함이라는 말을 딱 드러낸 것만 같은 아이였지."

　　스바루의 설명에 에밀리아와 베아트리스는 짚이는 구석이 없다고 고개를 가로저었다.

　　아무래도 에키드나의 마녀 박람회는 스바루만의 특별한 조처였던 모양이다. 자신의 목적에 이용하기 위해서였다고는 해도 공을 많이도 들였다.

　　"순진한 잔혹함……이라."

　　입으로 말해 본 스바루는 아주 잠시만 접했던 튀폰을 떠올렸다.

　　실제로 정신세계에서 있었던 일이라고는 해도 팔다리가 부러진 일은 잊기 어렵다. 곧바로 회복했다고는 해도 사지를 잃은 충격은 희석될 게 아닌 것이다.

　다만 그런 결과를 낳은 그녀의 상궤에서 벗어난 정신성, 그 일부에 지금의 '독서'로 다가간 느낌이다. 물론 그걸로 이해할 수 있을지 없을지는 전혀 다른 차원의 이야기지만.

　"어쨌든, 방금 나는 그 책을 읽고 그 튀폰이란 아이의…… 기억? 인생? 원류인가? 아무튼 그런 것을 체험했어. 기분 좋은 것은 아니었지만."

　"남의 기억을, 체험. 그거 어쩐지 더더욱 묘소의 『시련』 같아."

　"그쪽은 자신의 기억과의 정면 승부였지만 말이야. 뭐, 가뿐했지만."

　"그, 그러네. 가뿐했지만."

　콧물 질질 짤 때까지 울부짖던 것이나 몇 번이고 몇 번이고 실패해서 마음이 꺾일 뻔하던 건 없었던 걸로 치부한 채 스바루와 에밀리아는 같이 끄덕였다.

　"두 사람의 허세야 어쨌든, 타인의 기억을 체험하는 책…… 바꿔 말하면, 과거를 더듬을 수단이기도 한 것이야. 그렇다면 알고 싶은 것을 알 수 있는 도서관이라는 말은──."

　스바루의 신변에 일어난 사건과 내용에 중얼대며 뭔가 생각에 골몰하는 베아트리스. 하지만 스바루가 그 얼굴에 대고 질문을 던지려는 중에 또다시 목소리가 날아들었다.

　"──큭."

　목소리가 난 쪽은 스바루 쪽과는 다른 서가를 조사하던 율리우스 쪽이었다. 신음 같은 소리에 눈길을 돌리니 책을 들고 무릎을 꿇은 율리우스의 모습이 보였다.

옆에 다가붙은 아나스타시아가 놀란 표정으로 기사의 어깨를 흔들고 책을 빼앗았다.

"율리우스? 율리우스, 정신 차리그라! 내 목소리, 들리제?"

"……아나스타시아, 님."

"그래, 그라믄 된데이. 천천히 심호흡하래이. ……응, 괜찮은 기고?"

조금 전의 스바루와 완전히 동일한 몸짓으로 율리우스의 의식이 현실로 귀환한다. 피폐한 모습조차 왠지 그림이 되는 율리우스에 아나스타시아는 안도의 표정을 내비쳤다.

"이봐, 이봐, 어려운 책에 너무 집중하다 열이라도 났어? 심정은 이해한다……. 앗, 아야."

"조건반사처럼 심술부리지 마. 율리우스, 정말로 괜찮아?"

이죽거리던 스바루의 귀를 에밀리아가 부드럽지만 매섭게 잡아당겼다. 그다음 건넨 배려의 말에 율리우스는 살짝 해쓱해진 얼굴을 가로저었다.

"심려를 끼쳐 죄송합니다. 호들갑스럽게 반응한 제 몸이 부끄러울 정도지요. ……그렇지만 심장에 안 좋은 체험이기는 했습니다."

마음고생을 숨기고 에밀리아에게 우아하게 응수하는 율리우스. 다만 이마에 맺힌 식은땀까지는 미처 숨기지 못했다. 그 허세에 아나스타시아는 손수건을 살짝 대며 말했다.

"허세 부리는 기는 머스마들 본능이니께 별수 없지만도, 힘들

때는 힘들다고 하는 기다? 무리하다가 탈났다가기는 주위에 폐가 가니께."

"예. 배려 감사합니다."

"응응, 아나스타시아 씨의 말이 맞아. 그렇지, 스바루."

"왜 나한테 언질을 받는지 모르겠지만, 그러게!"

양 진영의 주종이 그런 대화를 마치고, 아나스타시아의 품속에 있는 책으로 초점을 옮겼다.

율리우스가 내용을 훑어봤다가 아마 스바루와 똑같은 체험을 했을 물건이다. 책등을 바라보니 적힌 제목은──.

"──발로이 테메글리프. 알고 있니?"

"나는 들어 본 적 없어. 아마 확실하게."

읽은 에밀리아의 곁눈질에 스바루는 자신감을 품고 끄덕였다. 이래 봬도 기억력에는 자신이 있다. 아는 사람이라면 아람 마을부터 왕도의 과일 장수까지 완벽하다.

"그 이름, 내는 기억이 있다카이. 아마…… 응, 글타. 볼라키아 제국의 장군 중에 그런 이름인 사람이 없었드나?"

"──정확히는, 전 장군입니다."

어렴풋한 기억을 더듬어 입에 올린 아나스타시아의 답을 율리우스가 보충했다. 그 대화를 듣기만 해도 율리우스에게 연고가 있는 인물이라는 사실이 전해졌다.

"근데 볼라키아는 남쪽 나라지? 거기 장군이랑 네가 아는 사이야?"

"전, 장군이야. 그다지 뜻밖인 얘기는 아니지 않나? 나는 근위기사단 사람이다. 루그니카 왕국과 볼라키아 제국은 이웃 나라이기도 하고, 장군의 이름을 알 기회는 얼마든지 있어."

"과연, 일방적으로 아는 상대…… 말이지."

율리우스의 설명에 스바루는 눈을 가늘게 뜨고 끄덕였다. 그리고 스바루는 아나스타시아에게 눈짓해 그녀의 손에서 『발로이』의 책을 받았다.

그리고 딱 한순간 망설였다가 책을 펼쳤다. 그러나——.

"나도, 일방적으로 아는 이름이 된 뒤에 읽어 봤지만, 아무 일도 없네."

"……스바루."

"지금 우리 사이에 중요한 것은 신뢰 관계잖아? 나랑 너 사이에 그게 있느냐 없느냐는…… 없지는 않다고 생각하던 사람은 나뿐이냐?"

"——그건 비겁한 말이다."

율리우스는 노려보는 스바루에게 눈을 내리깔고서 대답했다.

"이 자리에 있는 너희 이상으로, 내가 믿음을 두어야 할 상대는 현재 없어. 아나스타시아 님과 너는 라인하르트에게도 맡길 수 없었던 정신적인 버팀목이 되어 주고 있지."

"……그 표현, 왠지 징그럽네."

"나도 말하다가 혀가 간지럽더라."

콧잔등을 스바루가 긁자 앞머리를 손끝으로 잡은 율리우스가 눈을 감았다. 그러던 율리우스는 한숨짓고 바로 아나스타시아 및 에밀리아에게 고개를 숙였다.

"무례를 사죄드립니다, 아나스타시아 님. 에밀리아 님. 지금, 저는 사소한 개인적 감정을 답변에 끼워 넣었습니다. 책의 내용을 공유할 자리에서 용서받기 어려운 행동이지요."

"그 행동을 용서할지 말지는 내캉 에밀리아 씨의 그릇에 달렸 긋제. 우짜 보노?"

"내가 하고 싶은 말, 스바루랑 아나스타시아 씨가 먼저 한 것 같아. 그러니까 지금은 그게 어쨌냐고 생각합니다. 끝."

에밀리아와 아나스타시아가 이내 사죄를 받아들이자 율리우스는 다시 한 번 더 깊이 허리를 굽혔다. 나쁜 짓을 했다며 기합을 넣고 사과한 사람은 용서받는 데에 약한 법이다. 스바루도 곧잘 맛보는 감각인 만큼 자못 남의 일이 아니었다.

그런 스바루의 심경을 개의치 않으며 율리우스가 천천히 이야기하기 시작했다. 그것은 어쩌면 아물어가던 딱지를 뜯어내는 행위와도 비슷하게 느껴졌다.

"──발로이 테메글리프. 실력주의로 유명한 볼라키아 제국에서 최강의 실력자인 아홉 명의 장군, 『구신장(九神將)』 중 한 명이던 인물입니다."

"구신장…… 거참 불타오르는 칭호인데. 싫어하지 않는다고, 그 센스."

"어느 인물도 모두 남 못잖은 실력자뿐……. 단순히 국력으로 따지면 볼라키아 제국은 루그니카 왕국과 비등하거나, 혹은 상대 쪽이 윗줄이다. 무력이라는 의미로도 신룡의 맹약과 라인하르트의 존재를 제외하면 왕국은 혹독한 싸움을 강요받을 테지."

"싸우는 것 전제라는 게 이상한 느낌이지만……."

볼을 손가락으로 긁으면서 율리우스의 전력 평가를 조용히 머리에 담아둔다.

생각해 보면 스바루는 루그니카 왕국 말고 다른 나라의 정세를 그다지 잘 알지 못하지만──.

"그, 발로이라는 사람을 과거형으로 이야기한다는 건."

"그래, 이미 고인이야. 남다른 실력자에 고결한 무인이기도 했던 존경스러운 인물이었지. 전 장군의 생명을 빼앗은 건 다른 사람이 아니야. 바로 나다."

다소 감상이 남은 표정으로 율리우스가 타국 장군의 최후를 설명했다.

"다른 나라의, 그것도 장군의 생명을 빼앗았다. 제법 놀라운 이야기다카이."

"아나스타시아 님께선…… 아니요. 지금은 잊으셨겠군요."

금시초문이라는 아나스타시아의 반응에 율리우스가 눈을 내리깔았다.

율리우스의 지금 태도로 보건대, 아마도 기억에서 지워지기 전의 율리우스와 에키도리가 들어앉기 전의 아나스타시아 사이에서는 공유되던 정보였을 것이다.

"응, 저기, 내가 공부하던 책이 맞으면 루그니카랑 볼라키아는 엄─청 사이가 나쁘다고 들었는데……."

"그런 제국의 장군을 죽였으면 전쟁이라도 나는 법 아닌가?"

솔직하고 소박한 두 사람의 의문에 율리우스는 잠시 안도한 표정으로 끄덕였다.

"복잡한 사정이 뒤얽힌 결과라서 말이야. 라인하르트나 페리스와도 무관한 이야기는 아니지만…… 짧게 말하면, 전 장군은 제국에서 쿠데타를 꾀했었어. 나와 전 장군이 맞붙게 된 것은 마침 그때 제국에 체류하고 있었기 때문이지."

"그 두 명도 말인가. 어라, 라인하르트는 수출 금지 아니었어?"

"특례로 허가가 나왔지. 제국 황제가 그 친구를 만나고 싶어했다는 사정으로. ……아무리 너라도 라인하르트에게 수출이라는 말은 어울리지 않는다고 본다만?"

"순간적으로 말이 안 나와서 그래. 뭐라 그러면 됐냐. 밀수?"

운반해서는 안 되는 것이라는 의미로는 틀린 말이 아닐 것이다.

실제로 프리스텔라에서 새삼 라인하르트의 차원이 다른 힘을 실감한 입장으로서는, 타국의 주전력 중에 라인하르트가 있다는 악몽은 상상하기 어렵지 않다.

국경에 접근하지 말라는 조약이 있는 것도 이해한다.

"아무튼, 그 전 장군의 이름이 발로이 테메글리프다. 일대일 대결을 벌인 결과, 이렇게 내가 목숨을 건졌지만 그것도 참 아슬아슬했지. 뭔가 하나 삐긋했으면 나와 전 장군의 입장은 역전되었을 거야. ……잃기에는 아까운 인물이었어."

"꽤 추어올리네? 쿠데타를 꾀했다가 실패한 상대라며?"

"사정의, 자세한 내막까지는 듣지 못했어. 하지만 검을 맞댄 입장으로서 발로이 경이 사리사욕으로 쿠데타에 가담한 것은 아니라고 나는 확신한다."

꽤 강경한 반론은 그 인물이 율리우스의 속내에 가시로 박혀 있다는 증거다.

그 감정을 여실히 감지한 까닭에 더욱 스바루는 갸우뚱했다.

"네가 상대를 인정한다는 점은 잘 알겠어. 근데 그렇다면 썩 괜찮게 말은 못하겠지만, 이긴 쪽이 그러면 상대는 못마땅하지 않겠냐?"

"그건, 어떤 의미지?"

"어떤 의미고 자시고, 그냥 그 의미야."

율리우스의 성격상 실력을 인정한 상대를 칭찬하고 싶은 마음이 강한 거겠지만, 그 상대가 무인이라면 더더욱 그렇다. 승패는 갈렸으니까.

"이렇다 저렇다 하지 말고 이겼다고 으스대는 편이 상대도 속 시원할 거 아냐. 뭐, 나로서는 거기서 네가 졌더라면 왕선이 시작되었을 때 사람들 다 보는 중에 떡이 되지 않고 끝났을 거라는 사실은 못 본 척할 수 없지만."

"──그 경우, 연병장에서 너를 가격하는 역할은 라인하르트가 완수해 주었을걸."

"내가 소멸하겠다!"

침울한 표정이던 율리우스가 스바루의 넉살에 비로소 미소를 보였다. 그 반응에 스바루는 만족하고, 조용히 어깨를 으쓱였다.

"얘기가 딴 데 샜군. 나와 발로이 경의 접점은 대충 그래. 미안하군. 원칙상 사정을 밝히는 것을 금지된 사안이기도 하고 나 스스로도 씁쓸한 기억이라서."

"뭐, 공공연히 말 못 할 이야기겠지. 알았어. 입에다 지퍼 채워 둘게."

"응, 알았어. 나도 입에 지퍼? 채워 둘게."

율리우스 쪽의 사정이 판명되자 스바루와 에밀리아는 비밀의 공유에 합의했다.

그렇게, 율리우스가 '추체험' 한 책의 인물이 밝혀져서——.

"알 것 같아. 즉, 여기에 있는 책은 읽은 사람이 '만나 본 상대'의 과거를 체험하는 책인 것이야."

"내가 『마녀』고, 율리우스가 전 장군이라. 그게 타당하다 싶네."

"왠지 못 들은 척할 수 없는 단어가 들린갑다 싶은디, 나츠키. 마녀하고도 아는 사이나? 싫데이, 그 교우 관계. 완전히 마녀교 아이가."

"나 자신도 겁나 무섭지만, 그렇게까지 개성이 강하진 않아. 몰개성인 게 고민거리라고."

아나스타시아의 말에 스바루가 어깨를 으쓱였다. 그랬더니 에밀리아와 베아트리스, 심지어 율리우스까지 신 것을 먹은 표정을 지었다.

"서고에 있는 책의 의미는 대강 알긋다. 알긋지만도, 나가 무서운 야기해도 되까?"

"별로 듣고 싶지 않지만, 뭔데?"

"이 서고에 있는 책, 전부 다 인명이 적혀 있는 기제?"

『발로이』와 『튀폰』, 두 권의 책을 손가락으로 가리킨 아나스타시아의 확인에 스바루는 뒷말을 듣는 게 무섭다고 느끼면서도 "어." 하고 끄덕였다.

"제국 장군님과, 나츠키의 친구인 『마녀』의 책."

"친구는 아닌데."

"친구님인 『마녀』의 책까지 있다는 말은, 고인의 책이 있단 말이데이."

튀폰의 상태를 고인이라고 부르는 데에 위화감이 남지만 묘소에서 다과회의 공간이 소실된 지금, 그녀들은 완전히 사망했다고 봐야 할 것이다.

에키드나에 관해서는 에키도리를 포함해 수상한 점이 너무 많아서 안심할 수 없지만.

스바루 속마음에 박힌 가시는 따로 치고, 아나스타시아는 두 팔을 벌려 빙글 돌면서 서고 전역을 가리키고 말했다.

"여기에 있는 책, 과거부터 현재에 이르기까지 전 세계 사람의 이름이 있는 기 아이나? 그렇다고 치믄…… 목적한 누군가의 책을 찾으라카믄, 올매나 걸리겠노?"

아나스타시아의 말에 스바루는 그녀가 가리킨, 무수한 장서를 바라보고 생각했다.

정정하겠다. 이 서고의 창조주, 성격이 고약한 것이 아니다.

──성격, 최악이다.

제3장 『타이게타의 서고』

1

"그건 그렇고오, 정신이 아찔해질 얘기야아."

서가를 둘러본 메일리가 땋은 머리를 손가락으로 만지작거리면서 중얼거렸다.

그 중얼거림에 책장을 마주 보던 스바루는 "왜?" 하고 돌아보았다.

"수수께끼 풀이 때부터 여태껏 참가 의욕이 낮던 너도 이건 흥미가 동했어?"

"글쎄에. ……단지, 죽어 버린 사람을 많이 알수록 읽을 수 있는 책이 많이 있다는 거지이? 그럼 나는 꽤 많을지도 모르겠네에."

"_____."

무릎을 세우고 바닥에 앉은 메일리의 덤덤한 말에 스바루의 손이 멈추었다. 그 반응에 메일리는 이상하다는 표정을 지었지만, 스바루의 속내는 착잡했다.

많은 이를 해쳤으며 그렇기에 죽은 사람을 많이 아는 메일리.

──어린 나이에 살인 청부업자의 삶을 교육받은 소녀에게 무

슨 말을 할 수 있단 말인가.

"동정하는 것도 일방적인 거겠지……."

그 삶을 가엾어하거나 한탄해도 될지는 외부인이 알 수 없다. 단지 스바루는 그 사실을 고통으로 여기지 않는 것 같은 메일리가 서글펐다.

——3층 『타이게타』의 서고가 개방되어 일행은 방대한 양의 장서와 마주 보며 저마다 시행착오를 무작정 반복 중이다.

고인의 '기억'을 추체험하여 알지 못하던 사실을 아는 기회를 얻을 수 있는 서고. 그 말만 들으면 주어진 가능성은 무한대로도 느껴지지만——.

"목도리 언니의 말대로라면, 현재까지 죽은 사람의 책이 전부 있는 거지이? 그 '현재까지'는 이 탑이 생긴 뒤로 전부인 걸까아?"

"알 수 없어. 만약 그게 맞으면 대충 400년분의 기록……『사자(死者)의 서』가 모여 있다는 뜻이 되지. 도저히 다 읽을 수 없어."

솔직히 제목을 쫓아가려고만 해도 방대한 시간이 필요하다.

실제로 스바루와 율리우스가 각자 '당첨'을 뽑은 이후, 일행은 아무도 『사자의 서』를 뽑지 못했다. 400년의 역사는 그만큼 무겁다는 뜻이다.

"그런 체험, 하지 않고 끝난다면 다행이라는 기분도 들고……."

"또 중얼중얼거리고오. 그래서는 언니도 베아트리스도 마음을 놓을 수 없을 거야아. 발가벗은 언니도 어떻게 할 건데에?"

"내가 난봉꾼인 것처럼 말하지 마라……. 아니, 부정은 못하겠지만 일단 부정해 둘 거다? 그래서, 샤울라 말이지만……."

메일리의 물음에 스바루는 어깨를 축 늘어뜨렸다가, 힐끗 샤울라 쪽에 눈길을 주었다. 약간 떨어진 곳에서 율리우스와 아나스타시아의 질문 공세를 받던 그녀는 스바루의 시선을 알아채자 눈을 빛내며 키스를 던졌다. 쳐서 떨어뜨려 두었다.

"키득키득…… 오빠는 나쁜 남자야아."

"왠지 너한테 들으니 람이나 아나스타시아 씨한테 듣는 것보다 더 고통스럽다."

겉모습이 어린 소녀가 남자로서 환멸한 모습은 역시 마음에 사무친다. 그런 감각에 가슴 아파하면서 스바루는 머리를 긁다가 "저기." 하고 말을 꺼냈다.

"이상한 타이밍이지만 너에 대해 좀 물어도 될까?"

"어어어……? 오빠야, 너무 난봉꾼 같아."

"아니거든! 그런 게 아니라고!"

"농담이야아. ……묻고 싶은 게 있으면 그냥 물으면 되지 않아?"

갸웃하며 요염하게 눈웃음을 띠는 메일리. 왠지 고혹적인 분위기를 두른 소녀의 모습에 스바루는 "그럼 호의에 따라서." 하고 운을 떼더니 말했다.

"너, 언제부터 살인 청부업자 하고 있었어?"

"──풋, 아하하하하핫!"

"어?! 뭐야?! 왜 웃어?"

진지한 억양으로 물을 셈이었는데 메일리가 웃는 바람에 스바루의 눈이 휘둥그레졌다. 당황하는 스바루의 모습에 메일리는 "미안해애." 하고 눈가의 눈물을 손가락으로 훔쳤다.

"어엄청 때늦은 질문이잖아 싶어서. 봐봐, 나는 오빠네 저택에 1년 정도 있었잖아? 그런데 내 신상을 신경 쓴 게, 이런 모래투성이 탑에 들어온 다음이라고오?"

"……듣고 보니 그렇군. 인형 주고 있을 때가 아니었나?"

"선물을 주니까 오빠는 좋아하는데에? 키득키득."

입가에 손을 짚고 메일리가 장난스러운 눈으로 스바루를 보았다. 그녀의 반응에 스바루는 겸연쩍은 기분을 맛보았다.

확실히, 몹시 때늦은 질문이기는 했다. 그 때늦은 질문을, 지금 여기서 하려 마음먹은 것은 역시 이곳이 죽은 사람의 '기억'을 수납한 서고이기 때문일 것이다.

여기에 있으면 저절로 '죽음'을 의식한다. 그렇기에——.

"그런 환경에 올 때까지, 잊고 있었다는 뜻이겠지……."

"잊고 있었다니이?"

"요 1년 동안, 너는 내 머릿속에서 인형 놀이나 하는 여자아이 카테고리에 들어가 있던 거야. 꼭 나에게만 한정한 얘기가 아니라 보지만."

"_____."

물론, 메일리의 위험성을 완전히 잊고 지낼 만큼 머릿속이 꽃밭이던 것은 아니다.

메일리가 잡혀서 연금실에 들어간 당초에는 상당히 경계하던 기억이 있다. 하지만 소녀는 탈주하려고도, 저택 사람에게 위해를 가하려고도 하지 않았다.

그래서 소녀에게 가졌던 경계는 차츰 흐릿해졌다.

"이런저런 일이 있었지만 페트라와도 꽤 사이좋게 지냈잖아?"

"하아…… 저기 있지이, 페트라는 어엄청 만만찮았거든?"

"그래?"

"응, 그래애. 내가 적인지 아군인지 모르겠으니까아, 자기를 좋아하게 되어도 된다더라. 그러면 배신당하지 않을 거라며어."

"야야, 굉장한데 그거. 페트라, 너무 앙큼하잖아……."

생각지도 못하게 페트라가 에밀리아 진영을 위해 하던 노력을 들은 스바루는 놀랐다. 페트라와 메일리, 소녀 간의 미소를 부르는 교류에 그런 내막이 있었을 줄이야.

"설마, 오토나 로즈월 말고도 그런 수고를 끼치고 있었을 줄이야……."

"오빠랑 언니…… 특히 언니 말인데에, 아마 다들 언니가 언니인 채로 있어 주기 위해서 힘내고 있을 거야아."

껴안은 무릎 위에 턱을 올린 메일리의 분석에 스바루는 끄덕였다.

에밀리아를 지키기 위해서 행동한다. 그것은 그녀의 기사라는 역할을 임명받은 스바루는 물론이거니와 진영 내 전원이 모종의 형태로 마음에 담아두고 있는 사항이다.

스바루도 되도록 신경을 쓰고 있지만, 이 방면의 문제는 눈썰미가 있는 이들에게 조금 뒤처진다. 설마, 페트라에게도 뒤처졌을 줄은 몰랐지만.

에밀리아가 에밀리아답게 있어 주기를 바라는 마음. ──그것은 과보호와는 또 다른 의미로 진영 내 모두의 소원이었다.

"……내가 일을 시작한 건, 지금부터 5, 6년 전이야아."

"……얘기해 주려고?"

"묻고 싶으면 물으라고 그랬으니이. 딱히 숨길 것도 아니고오."

살짝 어이없다는 표정으로 갸우뚱하는 메일리. 그 어깨로 파란 두 갈래 땋은 머리가 내려왔다. 흔들리는 머리 끝부분에 눈길을 빼앗긴 스바루에게 메일리는 담담히 이야기하기 시작했다.

"전에도 말했지만, 내 경우에는 일이라기보다 엄마 말을 따랐다는 느낌이야아. 거스르면 아주아주 무서운 사람이었거어든."

"엄마라."

그것이, 말 그대로 모친을 가리키는 게 아님은 알고 있다.

굳이 말하자면 키워 준 어머니와는 가까울지도 모르지만, 스바루가 말해 보라면 일그러짐의 원인이니 '일그러뜨린 어머니' 라고 경멸을 담아 불러 주고 싶다.

이렇게 어린 소녀를 공포로 복종시키고 살인청부업자로 키워 냈다며.

"원래부터 마수가 말을 듣게 할 수 있는 건 알고 있었으니까 그 부분은 별로 곤란하지 않았어. 엄마도 그게 목적으로 나를 거둔 거고오."

"잠깐 기다려. 거두었다고 그랬어? 그 말은 즉……."

"——응? 아아, 나, 버려진 아이야아. 철이 들기 전에 숲에 버려져서 마수들이 키워 줬어어."

아무렇지 않게 선뜻 말했지만 상당히 충격적인 이야기다.

갓난아기일 적부터 마수에게 키워지다니——.

"리얼 늑대 소녀니 뭐니 할 때가 아니지. 마수가 육아를 하기도 해?"

"평범한 아이는 무리야아. 하지만 나는 날 때부터 마수랑 친해질 수 있는 힘이 있었으니까아…… 그거 때문에 살아난 모양이더라아."

거기서 메일리는 한 번 말을 끊고 말문을 잃은 스바루에게 "뭐어." 하고 말을 이었다.

"애초에 버려진 원인도, 이 가호 때문이라고 생각하니까아…… 좋은지 나쁜지 잘 모르겠어. 후훗."

"메일리……."

"어라? 재미없었어? 웃어 줄 줄 알았는데에."

섭섭하다는 표정의 메일리. 그런 소녀에게 스바루는 무슨 말을 하면 될지 알 수 없었다. 침통한 표정을 지으면 되는지, 블랙 유머가 나설 때인지.

적어도 스바루의 마음은 후자를 선택할 수 있을 만큼 두껍게 무장하지 않았다.

"그런 얼굴 하지 마아, 오빠. 나는 하나도 신경 쓰지 않으니까아."

"신경 쓰지 않는다니……."

"날 때부터 지닌 가호는, 고역이 많아. 내정관님이라거나 이 뾰족한 오빠도 그러니까아…… 아마 이해해 줄걸."

메일리는 오토와 가필, 각각 가호를 가진 두 사람을 예로 들며 가호 보유자가 태어날 때부터 피할 수 없는 고난에 대해 말했다.

전에 오토도 비슷한 말을 했었다. 옆에서 보면 편리하게 느껴지는 가호라도, 그 가호를 가진 사람밖에 모르는 고역이 있다고.

"가호가 있으니까 고아가 되고, 가호가 있으니까 입양되고, 그걸로 일할 수 있게 되고, 지금 오빠들이랑 이러고 있네……. 어쩐지 신기해애."

"……별난 운명이라는 말이라면 확실히 그렇네."

"내가 보자면 죽이지 않은 게 어엄청 부자연스럽지만."

"진즉에 다 끝난 이야기야. 이제 두 번 다시 하지 않을 거고, 만약 몇 번씩 하더라도 결론은 변함없어. ……야, 메일리. 만약의 이야기지만."

"뭔데에?"

갸우뚱하며 물끄러미 올려다보는 메일리. 스바루는 서가를 가리켰다. 셀 수 없을 정도의 책이 있다. 이것이 전부, 이 세계에 살던 사람들이 남긴 생명의 증거라면.

"이 중에, 만약 네 부모의 책이 있다면…… 읽어 보고 싶어?"

"내 부모? 그거, 엄마가 아니라 친부모 말이야아?"

메일리가 놀란 표정으로 되묻자 스바루는 끄덕였다.

불가능한 이야기는 아니다. 메일리는 부모가 자신을 버렸다고 말했지만, 그것이 사실인지 아닌지 갓난아기였던 그녀는 알 수 없다. 뭔가 부득이한 사정으로 포기했을 가능성도 충분히 있고, 그 답이 이 안에 있을지도 모른다.

"전혀 흥미없는데에?"

그러나 그런 스바루의 물음에 메일리는 어리둥절한 표정으로 대답했다.

강한 척이나 허세 같은 게 아니라 꾸밈없이 솔직한 대답. 혐오나 적개심조차 없는, 단순한 무관심에서 나온 대답이었다.

"그, 래……."

"오해하지 말아 줘어, 오빠. 나, 부모에게 버림받은 것을 원망하지는 않거든? 뭐라고 할까, 그런 대상이 아니지이."

메일리의 인생에서 자신을 버린 부모는 흥미의 대상이 아니다. ──메일리를 이 세상에 낳았다는 점 말고는 아무 관계도 없는 상대인 것처럼.

'이런 법인가.' 하고 스바루는 한숨 쉬었다.

자아 성찰의 여행이라고 바꿔 말하면 참으로 진부하지만, 자신의 원류를 찾아보는 것은 인생에서 의의가 있는 일이라고 스바루는 생각한다.

하지만 그것도 어차피 외야의 훈수다. 당사자인 메일리가 그런 것에 구애되지 않는다고 한다면 그건 그런 법이라고 받아들일 수밖에 없었다.

"그러면, 더더욱 이 서고의 존재 가치가 의심스럽군……."

"참고로 만약 내가 읽어 보고 싶다고 한다면 어쩔 셈이었어?"

"──음? 그야 찾았지. 당장은 어려울지도 모르지만 너에 대해 이것저것 조사하고 부모 이름을 알아내면 시간을 내서……."

"오빠는, 진짜로 바보 멍청이야."

"왜?!"

심플하기 그지없는 매도에 스바루 쪽도 심플하게 언성을 높일 수밖에 없었다.

스바루의 반응에 메일리는 고개를 가로젓고 일어섰다. 그녀는 손으로 엉덩이를 털고는 "그야." 하고 서가 쪽을 눈짓했다.

"이렇게 많은 책 중에서 목적한 책을 어떻게 찾는다고오."

"가능성이 있다면 도전해 볼 가치는 있다고 생각한다만."

"하지만 안되셨습니다아. 나는 읽고 싶은 게 없어서어······."

메일리의 어미가 희미하게 약해져서 스바루는 "응?" 하고 눈썹을 모았다. 그러자 스바루의 반응에 메일리는 "생각해 봤는데에." 하고 돌아보았다.

"여기는, 죽어 버린 사람의 책이 늘어나는 구조지이?"

"그래, 아마 그럴 거야."

"그거, 어떤 느낌으로 늘어나는 걸까아. 예를 들어 지금 여기서 오빠가 갑자기 죽어 버리면, 오빠의 책이 갑자기 툭 나오는 거야아? 그건 흥미 있어."

"그러냐! 미안하지만 그건 너를 위해서 시도해 주지 못하겠다!"

뭐든지 긍정적으로 봐 줄 거라 여겼다면 뜻밖이다. 스바루 역시 목숨 걸면서까지 하지는 않는다.

스바루의 대꾸에 메일리가 입술을 삐죽여 불만을 드러냈다.

"스바루, 메일리, 왠지 즐거워 보여. 뭔가 찾았니?"

그런 두 사람의 대화를 듣고 에밀리아가 다가왔다. 서고를 둘러보던 에밀리아는 기대하는 표정이지만 공교롭게도 잡담 이상의 수확은 내지 못했다.

그렇게 대답하는 게 마음 아프다고 스바루가 생각하고 있을 때——.

"아, 들어 봐, 들어 봐. 언니야. 오빠가 나 꼬셨다아?"

"안 꼬셨어?! 오히려 에밀리아땅이 무지 소중하단 얘기를 했었지!"

"그건 엄—청 기쁘지만 왜 그렇게 큰 소리로 부정하고 그래. 그런 태도를 보이면 메일리도 서운하잖아?"

아예 쑥스러워하는 시늉도 없이 스바루의 러브 콜은 가볍게 흘린다. 그렇게 스바루를 가볍게 야단친 에밀리아는 "미안해." 하고 메일리에게 사과했다.

"스바루는 무심코 멋 부리는 버릇이 있거든. 나도 단단히 말해 둘 테니 메일리도 멋있는 말을 들어도 용서해 줘."

"……언니는, 오빠를 어떻게 생각해애?"

"──응? 스바루는, 내 소중한 기사님인데……."

질문의 의도를 모르겠다고 눈을 동그랗게 뜬 에밀리아가 대답했다.

그 모습에 다시금 메일리는 엷게 미소 짓다가 어깨가 축 늘어진 스바루 쪽을 쳐다보았다.

"오빠도 앞날이 험난하네에."

메일리의 동정에 스바루는 또다시 침묵할 수밖에 없었다.

2

"그나저나 위층으로 가는 계단은 어디에 있는 걸까?"

"현재 단서가 없으니까 말이지……."

고개를 갸우뚱한 에밀리아와 반대쪽으로 고개를 갸우뚱한 스바루가 한숨 쉬었다.

메일리와의 대화를 마치고, 스바루는 연하 소녀에게 찍소리도 못하게 당했다는 패배감을 품은 채로 부득이하게 방침을 전환하고 있었다.

그 방침 전환이란 『타이게타』에 무수히 놓인 『사자의 서』의 활용보다 이 플레아데스 감시탑의 다음 『시험』―― 2층의 도전을 우선하는 것이었다.

"결국, 이 서고도 지금의 우리 손으로는 감당할 수 없는 느낌이니까……."

"응……. 애써 아는 이름을 찾아내도, 그 사람이 우리가 알고 싶은 것을 알고 있을지 물으면 엄―청 막막하니까."

원통하다며 눈썹이 내려간 에밀리아의 말마따나 아쉽게도 『사자의 서』는 스바루 일행이 바라는 정보의 입수처로서 적합하다고는 도저히 말하기 어렵다.

스바루 일행이 원하는 정보를 얼굴과 이름이 일치하는 죽은 자의 기억에서 찾아내려면, 방대한 시간과 복권에 당첨될 만한 행운이 필요하다. 지금은 그 양쪽 모두 기대할 수 없다. 시간은 물론, 자신의 운에 기대하다니 스바루에게는 그냥 자살행위다.

"그러니까 아마 우리가 원하는 정보는 위층에 있을 텐데."

"그런데 위로 갈 수 없어. 책장 위로도 뛰어 올라가 봤지만 실패였으니까."

"에밀리아땅은 참 대담하단 말이야……."

위로 가는 계단 찾기로 방침 전환한 순간, 에밀리아의 행동은 곧장 서가 위로 뛰어 올라 비밀 계단이 없는지 확인하는 것이었다. 아쉽게도 비밀 계단은 발견되지 않아 에밀리아의 과감한 행동은 결실을 보지 못했다.

참고로 책장 위에 올라갔을 때, 에밀리아의 짧은 치맛자락이 꽤 대담하게 흔들려서 스바루가 쩔쩔매기도 했지만——.

"아, 괜찮아. 치마가 펄럭이지 않게 팩에게 이것저것 배웠거든. 여자아이답게 정숙한 호신술이라며. 그거, 항상 빼먹지 않고 조심하고 있어."

"팩을 칭찬하고 싶기도 하고 탓하고 싶기도 한 복잡한 기분이군. ……뭐, 아무튼."

방금 밝혀진 충격적인 사실은 어쨌든, 물리적인 수단으로 무작정 위층으로 돌파하기란 불가능하다는 것이 에밀리아의 도전이 낳은 수확이라고 할 수 있으리라.

그 때문에, 2층으로 가는 계단 수색은 난항 중이다. 마치 『시험』의 추가 시험으로까지 느껴진다.

지나치게 꼼꼼하게 만들면 도전자의 의욕이 달아날 거라고 보지만, 필시 설계자인 플뤼겔은 그 부분까지 고려해서 감시탑을 만들었을 것이다. 얄밉다.

"누가 키웠는지 부모 낯짝을 보고 싶군……. 애초에 본인의 낯짝도 수수께끼지만."

"——스바루, 잠시 괜찮을까?"

대화 중인 스바루와 에밀리아에게 율리우스가 말을 걸었다.

아나스타시아를 대동한 그도 스바루 쪽과 다른 관점으로 서고에 도전하고 있었을 터이기에, 모종의 발견이 있었을 거라 기대하고 싶지만.

"어때, 뭐 좀 발견했어?"

"안타깝지만 수확다운 수확이 있었다고는 할 수 없군. 대충 서가를 둘러보았지만 책의 배열에서도 법칙성은 찾아내지 못했어. 이름이나 연대별로 배열된 건 아닌 모양이더군."

"제목순은 몰라도, 연대라는 추측도 빗나갔나⋯⋯."

『사자의 서』의 배열 방식을 특정하는 것. 그것은 이 서고를 활용하는 데 있어 한 가닥 희망이기는 했다. 최소한 목적한 책을 찾기라도 쉬워지면 다소 써먹을 구석이 있다고 여겼겠지만.

  앞서 나눈 메일리와의 대화에서도 『사자의 서』가 어떤 식으로 늘어나는지가 화제에 올랐지만, 연대별로 배열되지도 않았으니 그 부분을 실마리로 삼는 길 또한 끊어진 거나 마찬가지다.

"즉, 잘 모르겠다는 점을 알았다는 기데이. 그카서, 나츠키캉 에밀리아 씨가 뭔가 찾지 몬했나 싶었다카이."

"으―음, 미안해. 우리도 책장 위에선 아무것도 찾지 못해서⋯⋯."

"아하, 와 책장 위에 올라가나 했다캤네. 아니, 갑자기 뭐 하려는 기고 싶더랬지만도⋯⋯."

  직전에 에밀리아가 취한 행동의 진의를 들은 아나스타시아가 살짝 쓴웃음 지었다. 그 옆에서 율리우스가 "말해도 괜찮겠습니까?" 하고 에밀리아에게 손가락을 세웠다.

"이미 스바루와 에밀리아 님도 같은 결론이리라 생각합니다만, 이 『타이게타』의 서고는 우리의 손에 벅찹니다. 도저히 이 방대한 장서 전부를 확인할 시간이 없습니다."

"응, 우리도 생각이 같아. 그래서 다음 『시험』의 계단을 찾고 있었어."

"그러는 게 낫겠지요. 다만 그와 병행해서 이 서고의 활용법도 생각해 보고 싶습니다."

"생각해 보겠다니…… 뭔가 생각이 있는 거냐?"

"그래, 물론이지. 한 가지 의견으로, 나라를 동원한다는 발상이 가능해."

인원 부족을 언급한 뒤에, 율리우스는 고지식하기 그지없는 표정으로 제안했다.

그 말에 "나라……?" 하고 에밀리아의 눈이 동그래지고, 그 옆에서 스바루가 손가락을 딱 튕겼다.

"오호라. 딱히 생각은 안 해 봤지만 그것도 가능한가. 이 감시탑에 오는 것을 방해하는 결계는 사라진 참이니, 마수가 우글대는 모래바다만 넘으면."

"탑에 도착할 수 있지. 그래도 대모험인 건 확실하다만. 하지만 인해 전술을 쓸 수 있다면 이 서고를 왕국에 보고할 가치는 충분하고도 남아."

"자료적 가치는 장난이 아니니 말이야. ……네가 사랑하는 역사 관계의 구멍도 꽤 메워질 건 틀림없을 테고."

"그건 어디까지나 부차적 요소다."

스바루의 농담을 빠른 말로 받아친 율리우스는 "아니." 하고 바로 고개를 저었다.

"그걸 전혀 기대하지 않는다고 하면 거짓말이겠군. 미안하다. 사심이 있었어."

"그렇게 풀 죽지 마라, 사심으로 움직이는 게 뭐가 나쁘다고 그래. 그거 가지고 요란하게 반성하면 흑심 100퍼센트로 행동하는 나는 뭐가 되냐고."

기본적으로 스바루는 보답을 기대하고 있으며, 사심을 버리고서 사명감으로 움직일 수 있다는 생각도 하지 않는다. 언제든자기 생각뿐. 그것이 스바루의 행동 이념이며 방침이다.

"새삼스레 멀리하려 들 것도 아니지. 애초에 내 기억에 있는한, 아나스타시아 씨가 왕이 되고 싶은 이유는 싹 사심이었다고. 아니야?"

"하모, 그 말 맞데이. 내가 왕이 되고 싶은 이유는 욕망을 채우고 싶기 때문인걸. 결과적으로 내 주위에도 이익이 돌아간다. 그뿐인기라."

어떻게 보면 무례한 스바루의 말에 아나스타시아는 기분이 상한 기색도 없이 웃었다. 그러고 나서 그녀는 목에 두른 목도리의 하얀 털을 쓰다듬으면서 말했다.

"그런디 그런 율리우스와 나가 주종이 된다니께 재미있제. 고로코롬 생각하지만도 에밀리아 씨 쪽은 고래 생각 안 하나?"

"개인적으로 옆 동네의 불협화음은 반가우니까, 그대로 음악성 차이로 해산해 주면 더 반갑…… 아야! 에밀리아땅, 아파!"

"심술궂은 말 하지 마. ──나는 아나스타시아 씨와 율리우스의 관계를 전보다 잘 모르고 있으니 섣부르게 말할 수는 없어. 하지만 상대가 어떤 식으로 훌륭한 사람이라도, 나는 내 방식대로 내 기사님과 같이 노력할 거야."

내 기사님 부분에서 에밀리아가 스바루의 소매를 잡고 가슴을 폈다. 옆에서 보던 스바루는 그 얼굴에 가슴이 벅차서 코로 길게 숨을 내뱉었다.

"초짜배기일지도 모르지만, 지지 않아."

"초짜배기라니 요즘 못 듣는 말일세."

"……때때로 진지하게 너희가 무서워져. 어디까지가 진심이고, 어디까지가 그렇지 않은 부분인지 분간할 수 없어서."

"나는 몰라도 에밀리아땅은 대체로 성실하고 진지해. 그 부분이 귀엽지?"

스바루의 윙크에 율리우스가 쓴웃음 짓자 탈선한 이야기도 일단 종착역에 다다랐다. 대신 아나스타시아가 "그래그래." 하고 손뼉을 쳐서 본론을 출발시켰다.

"그래서, 아까 하던 야기로 돌아가긋는디…… 인원이 부족하니께 밖에서 사람을 부르는 편이 좋다는 말이었제?"

"예, 그렇습니다. 지금이라면 규모가 큰 조사대를 탑에 들일 수 있을 테지요. 꼭 위층으로 가는 길만이 아니라, 이 서고에서 모종의 발견을 한다면……."

"응, 이해 가는 말이데이. ──이해 가는 말이지만도, 내는 쪼매 무섭게 느껴지는기라."

"무섭다는, 말씀입니까?"

아나스타시아가 열변하는 율리우스를 막고 느릿느릿 고개를 저었다. 그 대답에 자신의 기사가 눈썹을 찌푸리자 아나스타시아는 "맞나?" 하고 손가락을 세웠다.

"인원이 늘어나는 거믄 내도 환영한데이. 이 서고, 둘러보는 것만 캐도 고생 아이가. 특히 내는 키가 작아서 책장 보는 것만 캐도 목이 아파지니께네."

자신의 목 뒤를 톡톡 두드리던 아나스타시아가 "그렇지만도." 하고 말을 이었다.

"장사의 기본은 입장을 바꿔 생각해 보는 것. 뭐, 꼭 장사만이 아니고 어떤 상황에나 도움이 되는 인생의 기초데이. 그카서, 고로코롬 생각해 보까."

"생각해 본다니, 상대의 입장을? 그런데, 누구 말이야?"

"이 탑을 만들고, 『시험』의 준비를 하고, 샤울라 씨를 둔 사람…… 말이데이. 그 사람의 마음이 되어 생각한다. 그라니 보인다 안카나?"

"성격이 배배 꼬였다는 거?"

"내는 꼬여도 단디 꼬였다고 본다."

스바루가 입술을 뒤틀자 아나스타시아도 동감한다는 듯이 끄덕였다.

그 말에 성실한 에밀리아와 율리우스는 마뜩잖은 표정이다. 하지만 굳이 따지자면 성격이 고약한 쪽에 속하는 스바루와 아나스타시아는 자연히 동조했다.

아나스타시아의 말대로 성격이 고약한 인간이 탑의 공략 난이도를 올린다고 치면.

"샤울라! 묻고 싶은 게 있어. 잠깐 와 봐."

"스승님─? 네, 네─, 지금 당장 갑니다─!"

스바루의 부름에 계단 옆에서 할 일 없이 메일리와 놀던 샤울라가 날아왔다. 말 그대로 도약해서 날아온 샤울라가 바닥을 미끄러지며 스바루 앞에 정좌.

"뭐죠, 뭐죠? 스승님, 제가 뭘 해 줬음 해요?"

"그렇게 눈 반짝거리며 오면 죄책감이 들지만……. 너, 2층에 가는 계단이 어디 있는지는…….''

"몰라요! 저, 4층보다 위로 간 적 없어요!"

"400년이나? 그거, 엄─청 놀랍네……."

자기 선고가 사실이라면 샤울라가 감시탑에서 보낸 시간은 400년 남짓일 터다.

그동안 사구의 감시에 집중하고 있었다면, 그건 역시 지나치게 강한 충성심이라고 할 수밖에 없다. 솔직히 스승님 대우는 너무 부담스럽게 느껴질 만큼.

"샤울라 씨, 잠깐 괜찮긋나?"

거기서 지론을 전개 중인 아나스타시아가 끼어들었다.

"샤울라 씨는 그거제? 이 대도서관, 플레이아데스의 파수꾼이라는 입장이제?"

"이그잭틀리죠."

"옳거니. 그라믄 내 예상으로…… 넷. 응, 다섯일까?"

"음음~?"

"──샤울라 씨가 지시받은, 탑을 지키기 위한 비밀 약속. 다섯 개 아인교?"

"──으힉?!"

해사하게 미소 지은 아나스타시아의 말에 샤울라가 순간적으로 화들짝 놀랐다.

눈을 번쩍 뜨고 어깨를 들썩인 그 반응은 말보다도 명쾌하게 아나스타시아의 의심이 사실이라고 표시했다.

그러나 스바루를 비롯한 일행은 아나스타시아의 지적이 무슨 의미인지 알지 못했다.

"약속? 그것도 비밀이라니, 무슨 뜻이지?"

"아, 아녜요! 스승님! 제가 원래 숨기던 게 아니라, 묻지 않아서 말하지 않았을 뿐이에요. 이 부분, 확실히 서면으로 남겨 주길 바랍니다!"

"잔말 말고, 몽땅 말해."

아나스타시아에게 비밀을 간파당해 안절부절못하는 샤울라의 변명을 스바루가 묵살했다.

그 강경한 자세에 샤울라는 자신의 두 손 손가락을 맞대며 말했다.

"예를 들어서 하는 말인데요, 스승님 일행이 저한테 비밀로 탑을 나가려 하면, 저는 그냥 무자비하게 쳐 죽여 버려요."

"엄청 느닷없네?!"

"딱히 하고 싶어서 하는 게 아니라구요! 예를 들어서 하는 말이지! 애초에 이건 저로서는 거역할 수 없는 문제란 말이에요."

생각도 못한 적대 선언에 스바루가 눈을 부릅뜨니 샤울라는 장신을 조그맣게 웅크리고 고개를 저었다. 탈싹 앉아서 무릎을 껴안은 샤울라는 그 풍만한 가슴을 자신의 무릎으로 찌그러뜨리면서 말했다.

"제가 스승님을 죽이다니, 그런 게 가능할 리 없잖아요. 제가 맞아 죽고 끝인데, 무지무지 괴롭다구요……."

"그렇게 싫으면 거부하지…… 설마, 계약이란 소리는 안 하겠지?"

꺼림칙한 예감이 든 스바루는 샤울라에게 그 단어를 꺼냈다.

애초에 진지하게 샤울라의 정체를 곱씹다 보면 떠오를 발상이다.

400년 동안, 『현자』 대신에 마녀가 봉인된 사당을 지켜보는 파수꾼── 그렇게 기나긴 역할을 실제로 수백 년 동안 유지해 온 존재. 수명이나 자세나 인간적이지가 않다.

"너도 베아코처럼 정령인 거 아니야?"

있지도 않은 약속을 이유로, 400년 동안 금서고에 속박되어 있던 베아트리스.

마찬가지로 샤울라 또한 400년 동안, 감시탑에 접근하는 자를 속속 처리하면서 조건을 돌파할 자가 도착하기를 기다리던 것이라면.

어쩌면 베아트리스와 같은 존재──.

"그럴 리 없잖아요. 정령이라니, 그렇게 흐리멍덩한 녀석들이랑 같이 취급당하면 못 배기죠. 단호히 거부…… 왠지 갑자기 다들 눈이 무서워!"

"여기 있는 멤버, 8할이 정령이랑 관계있거든!"

여하튼 미숙한 술자까지 포함해 정령술사가 세 명. 나아가 정령 그 자체인 여아가 한 명에, 잠정 점령이 몸을 가로챈 인물도 한 명. 관계없는 건 아래층에서 기다리는 오니(鬼) 자매랑, 풀 죽어 웅크린 샤울라를 기분 좋게 바라보는 메일리 정도다.

"그렇다면 그런 대로, 너는 대체 뭔데. 정령도 아니라면 그렇게 필사적으로 계약을 지키려 할 필요 없잖아."

"무슨 말이야, 스바루. 정령이고 정령술사고 아니어도 약속 했으면 당연히 지키는 게 도리잖니. 약속은 중요. 자, 따라 해."

"아니, 지금 그건 내가 잘못했지만, 말이 그렇다는 거지……."

"약속은 중요. 자, 세 번."

"약속은 중요 약속은 중요 약속은 중요."

생각지 못한 곳에서 에밀리아의 질책을 받아 세 번 반복하고 용서를 받았다.

스바루와 에밀리아의 맹한 대화는 몰라도, 샤울라의 고집스러운 자세는 참으로 구제 불능이다. 설마, 그냥 의리가 깊을 뿐이라고는 생각하기 어렵지만.

"에잇, 에밀리아땅한테 혼났어. 너 때문이야! 제길, 탈탈 다 털어놔!"

"와—오, 웬 트집이래요. 하지만 그래야 스승님이죠! 말하겠습니다!"

대놓고 화풀이하며 다그치는 스바루의 말에 샤울라가 정좌한 채로 손을 들고 대답했다.

"불초, 제가 들은 말을 간단하게나마 말씀드리죠. 우선 대도서관 플레이아데스의 도전자는 절대로 밖에 못 나갑니다."

"대뜸 방법이 없어졌다만."

"괜찮아요! 빠져나갈 길이 확실히 있어요! 다─만, 제대로 대도서관의 『시험』을 다 풀고, 1층 『마이아』까지 가면 문제없어요. 올 OK죠."

엄지를 척 세우는 샤울라.

"참고로 이 조건을 위반했을 경우, 저는 피도 눈물도 없는 킬링 머신으로 돌변하니까 스승님과의 약속은 무효거든요. 손찌검할 거라구요."

"나하고 한 약속보다 우선도가 높다는 건가. 상처 받네─."

"오오, 스승님을 상처 입히는 데에 성공하다니, 저도 실력이 늘었네요! 이건 분명히 진화예요! 400년의 집대성입니다!"

"비꼬는 거야!"

"저도 그래요!"

날카롭게 말다툼하던 샤울라는 둘째 손가락을 세우고, 세운 손가락을 리드미컬하게 흔들면서 "계속해서─." 하고 말을 이었다.

"벌써 질렸으니 팍팍 가겠다. 하나, 『시험』을 끝내지 않고 떠나는 것을 금지한다. 둘, 『시험』의 규정에 반하는 것을 금지한다. 셋, 서고에 대한 불경을 금지한다. 넷, 탑 그 자체에 대한 파괴 행위를 금지한다. 다섯…… 아─, 다섯은…… 아─, 없어요."

"다 합쳐서 네 개의 규정……인데."

빨리도 질리는 샤울라의 말을 받아 에밀리아가 눈썹을 찡그리고 스바루를 돌아보았다. 에밀리아가 품은 불안과 염려에 스바루도 수긍했다.

샤울라가 언급한 규정을 어기지 않고 넘어가는 것이 대전제라 치고——.

"——『시험』의 규정에 반하는 것을 금지한다는 말은 신경 쓰이는군."

"뭔가, 우리가 모르는 규정이 이면에 숨어 있다는 뜻이 되겠지."

턱에 손을 짚은 스바루의 말에 율리우스도 같은 의견인 눈치다.

3층 『타이게타』의 『시험』, 적어도 모노리스를 이용한 애스터리즘의 문제에 관해서, 스바루 일행은 그럴싸한 규정의 지적을 받지 않았다.

굳이 말하자면, 틀린 모노리스를 만지자마자 실격 취급당한 것이지만——.

"……묘소의 『시련』은, 실패하면 다음 날까지 도전할 수 없어졌어. 그거, 아까 『시험』의 재시작하고 좀 비슷한데, 어쩌면……."

거기서 에밀리아가 뒷말을 망설이자 스바루는 끄덕였다.

"떠오른 게 있으면 얘기해 줘. 무슨 말 해도 우습게 보지 않으니까."

"응, 알았어. 저기 있지, 스바루랑 아나스타시아 씨도 말했었지만 이 탑을 만든 사람은 엄—청 심술쟁이……잖아?"

"단어 선택이 귀여워졌지만도, 그렇제. 근디?"

"상대의 입장이 되어 생각하는 것도 중요하고. 즉, 엄—청 심술궂은 사람이 된 기분으로 방금 샤울라가 한 말을 생각해 보면, 이런 게 아닐까 해서."

전원의 시선이 집중하자 에밀리아는 거기서 한 번 자신의 입술을 핥았다. 그리고 에밀리아는 두 손을 겹쳐 그 손끝으로 천장을 가리키더니 말했다.

"지켜야만 하는 규정의 내용을 알 수 없다. ……그거 엄─청 심술궂지?"

"……즉."

"규정의 내용을 상상하면서, 그것을 어기지 않게 진행하라는 소리일지도 모르겠다 싶어. 에키드나라면 그런 짓 할 것 같지 않아?"

"……에밀리아땅도, 성격 고약한 녀석이라면 번쩍 떠오르는 건 그 녀석인가. 마음이 맞는구나."

보충하러 덧붙인 한마디가 적어도 스바루에게는 신빙성을 높였다.

에밀리아에게는 익숙지 않은 심술궂은 발상── 스바루는 그게 꽤 정확하게 느껴졌다. 어겨서는 안 되는 룰을 준비하고, 그 내용을 도전자에게 밝히지 않는다.

"취미도 성격도 고약하군……. 참고로 이 판정은 네가 하는 거냐?"

"방금 말한 조건 중 어느 것을 어겨도 왠지 저는 그걸 알 수 있다나 봐요. 그래서, 속일 수 없어요. ──저도, 스승님도, 절대로."

말의 뒷부분, 유난히 차분한 태도로 단언한 목소리에는 힘이 있었다.

샤울라의 역량이라는 의미로 말하는 힘이 아니다. 오히려 반대다.

──샤울라에게, 샤울라만 한 힘을 가진 존재에게 그런 말을 끄집어낼 만한 힘이 있었다.

"……원래부터 골칫거리였던 부분에 더한 골칫거리가 겹쳤을 뿐인가. 새삼스럽군."

"그렇게 단언할 수 있는 네가 이따금 부러워."

어깨가 축 처진 스바루의 중얼거림에 율리우스는 슬쩍 입술에 미소를 머금고 어깨를 으쓱였다.

"역시, 항상 윗줄에 있는 상대하고만 맞서는 입장이 그런 정신을 배양시키는 것일까. 그렇다면 그건 나로서는 좀처럼 불가능한 경험의 차이겠군."

"너는 더 발밑을 겁내라. 당장 책상 모서리에 새끼발가락 찧을 수 있거든. 찧으라고."

"그래그래, 사이좋게 싸움하는 기는 좋지만도, 본론을 잊지 말아야제?"

스바루와 율리우스 사이에 끼어든 아나스타시아가 앉아 있는 샤울라를 내려다보았다.

"그걸로 진짜 끝인 기가? 그 외에는 괜찮은 기제?"

"맹세해요. 이번에는 거짓말이 아녜요. 그리고 이 규정을 어기지 않는 한, 제 몸은 제 것이에요. 실수했다. 스승님 것이요."

"필요 없어."

"내쳐졌다! 하지만 마음은 항상 스승님 곁에 있어요!"

"그것도 필요 없어."

허리에 손을 짚은 아나스타시아가 재확인하자 샤울라는 필요 없는 정보와 함께 자신의 입장을 굳게 표명했다. 여기저기 쓸데 없이 토를 달기는 했지만, 일단 아래층에서 나눈 스바루와의 약 속──스바루 일행을 해치지 않겠다는 말은 지킨다는 뜻이리 라.

물론, 규정을 어기지 않는 동안이라는 조건이 달려 있지만.

"그건 그렇고, 『시험』을 끝내야 밖에 나갈 수 있다니…… 어 쩐지 더더욱 묘소의 『시련』과 비슷해."

"아니, 최악의 경우 적대하는 얘를 쓰러뜨리면 돌아가도 되는 거잖아? 묘소보다 빡빡하지 않아."

"스승님은 그런 짓 안 해요! 누구보다 마음이 넓고 상냥했어요! 큰일 났다, 거짓말한 바람에 몸이 가려워지기 시작했는데요!"

한숨짓는 에밀리아와 스바루 앞에서 자업자득인 샤울라가 파 닥거리고 있다.

그래도 거의 솔직하게 이야기해 주었을 것이다. 일단 현시점 에서 샤울라로부터 듣고 싶은 말은 이쯤에서 일단락되었을 터 다.

"좋아, 가라! 메일리! 샤울라의 고삐를 단단히 잡고 있어 줘."

"맡겨 줘어…… 근데 어쩐지 그거 뭐 좀 걸리는 말투인데에?"

일행의 샤울라 담당으로 발탁된 메일리가 스바루의 지목에 볼 을 부풀렸다. 그렇게 반발은 하면서도 몸은 엉금엉금 샤울라의 등에 달라붙으니까 솔직하지가 못하다.

그나저나, 스바루 쪽에서 말해 놓고 뭐하지만.

"완전히 지정석이라는 느낌이군. 왜 또 그렇게 정을 붙였어?"

"파장이 맞다는 느낌일까아? 어쩐지, 이 벌거벗은 언니 옆에 있으면 어엄청 기분이 침착해져."

그렇게 말한 메일리는 샤울라의 머리에 대놓고 체중을 실었다. 스바루가 저런 짓을 당했다간 목이 다치겠다 싶지만, 용차를 드는 괴력의 샤울라에게는 별것 아니리라.

실제로 샤울라는 메일리를 태운 채로 가볍게 일어서더니 말했다.

"저도 뭐, 딱히 신경 안 써요. 꼬맹이 2호쯤이야 돌봐 주죠."

"2호?"

"2호가 이쪽 꼬맹이고, 1호가 저쪽 꼬맹이입다."

메일리를 목말 태운 샤울라가 1호라고 부르며 베아트리스를 손가락으로 가리켰다.

샤울라가 가리킨 쪽에서 혼자 책장 사이를 돌아다니던 베아트리스. 그녀는 샤울라의 무례한 발언도 듣지 못했는지 퍽 집중한 낌새다.

"베아코가 이런 말 들어도 덤벼들지 않다니 별일이군."

그렇게 생각한 스바루는 생각에 잠긴 베아트리스 쪽으로 걸어갔다. 발을 멈춘 소녀 바로 옆에 서서는 옆에서 그 얼굴을 들여다보았다.

"베아코, 지금 다 같이 대화 중인데, 너도 이리로 와."

"―――――."

"베아코? 어―이, 베아트리스. 정신 차려. 이마에 키스한다."

"······맘대로 해."

"쪼옥—."

"흐앗—?!"

왠지 심통이 났기에 정말로 이마에 키스해 주니, 베아트리스는 바로 제정신을 차리고 입맞춤당한 이마를 누른 채 크게 뒤로 물러났다. 넘어진다. 일어선다. 넘어진다.

"야야, 너무 동요하잖아."

"가, 가, 가, 갑자기 무슨 짓이야?! 맥락이 없어도 너무 없는 것이야!"

"맥락은 있었고, 네 허가도 받았다고. 너, 진짜로 괜찮은 거야?"

이마를 필사적으로 문지르는 모습에 다소 상처받으면서 스바루는 소녀를 걱정했다.

생각해 보니 여기는 사구 한복판의 사연 있는 탑이다. 스바루는 잘 모르는 독기니 뭐니 하는 게 맴돌고 있을 테니 그게 원인일지도 모른다.

"상태 안 좋으면 나랑 손잡고 있어. 그러면 진정될 거 아냐."

"이 흐름에선 무리야! 잠깐 진정할 시간을 내놓는 것이야!"

얼굴을 붉히고 아우성치는 베아트리스. 손을 잡는 것까지 거부당한 것은 좀 쇼크지만, 이걸로 평소와 같은 태도다. 마음에 걸리는 게 있다면 또 기회를 봐서 물어보자고 마음먹었다.

"자, 그러면 남은 문제는······."

"결국 2층으로 가는 계단의 소재는 무작정 찾는 것 말고 다른 수가 없다는 뜻인가."

재차 서가 쪽으로 돌아선 스바루의 말을 율리우스가 받았다.

그 표정이 살짝 의기소침한 듯 보이는 건 왕국에 보고해서 인원을 늘리고자 생각한 그의 발상이 샤울라에게 명령받은 규정인지 뭔지로 좌절된 게 원인일 것이다.

『시험』을 끝내야만 탑에서 밖으로 나갈 수 있다.

따라서 탑의 수색은 지금 있는 멤버끼리 속행하는 것 말고 선택지가 없다.

"사구에 떨어뜨린 금 부스러기를 찾는 기분이라고 하면 공감이 가?"

"너답지 않은 시적인 표현이지만, 순순히 동의할 수 있겠군."

스바루와 율리우스가 웬일로 눈앞의 난제에 대해 순순히 의기투합했다.

그것을 계기로, 다시 2층의 계단 수색에 착수하기로 했다. 일단 이 『타이게타』의 서고는 잊고서—— 하고 생각했을 때였다.

"저기. 나, 잠깐 생각해 봤는데."

두 사람이 새로이 각오를 다지고 서고에 도전하려는 순간, 에밀리아가 살짝 손을 들었다.

돌아본 두 사람에게 그녀는 갸우뚱하며 그 입술에 손가락을 짚고는 말했다.

"솔직하지 못한 성격인 사람이, 탑을 만들었다는 대목부터 계— 속하던 생각이 있어."

"단어 선택이 귀여워졌지만도, 그래. 근디?"

마치 조금 전의 리프레인, 재탕 같은 착각이 엄습하는 대화 끝에 에밀리아는 "그러니까." 하고 덧붙였다.

"계단이 있는 곳 말인데, 혹시——."

3

"역시, 이 탑 만든 녀석의 성격, 더럽게 최악이야!"

높고 길게 뻗은 계단—— 2층 『엘렉트라』로 가는 그 시설을 앞두고 스바루는 참다못한 울화를 터트리며 부르짖었다.

탑의 창조주 성격을 상상하던 에밀리아가 밝혀낸 2층으로 가는 계단.

그 밝혀진 비밀 장소란——.

"저기, 3층 방 안에 없다면, 다른 장소…… 지금까지 제대로 둘러보지 않았던, 4층이나 5층 어딘가에 나올지도 모른다 싶어서."

맞아서 기쁜 듯도 하고 아쉬운 듯도 한, 에밀리아의 복잡한 표정과 말.

그녀의 추측은 딱 맞아떨어져서 2층으로 가는 계단은 4층의, 람과 렘이 기다리는 『녹색 방』 바로 옆방—— 비어 있던 방 안에 출현해 있었다.

제4장 『작대기꾼』

1

──2층 『엘렉트라』로 가는 계단은 대계단이라고 불러야 할 위용을 뽐내고 있었다.

6층부터 5층, 그리고 4층으로 올라갈 때까지 지난 어느 계단과 비교해도, 그 대계단은 폭이고 높이고 모두 사이즈가 더 컸다. 원래 방이 계단방으로 바뀌었으니 그 황당무계함은 말할 필요도 없었다.

"이 대계단, 실은 처음부터 여기에 있었다…… 같은 일은 없겠지?"

"아무리 그래도 이만큼 명명백백한 계단을 놓쳤었다고는 생각하기 어렵지. ──다만 이 방에만 한정할 경우, 그 실수도 부정할 수만은 없겠군."

"탐색 중에 있던 위화감 말이제. 내도 그건 좀 알굿드라."

스바루의 의문에 아나스타시아와 율리우스 주종이 동시에 끄덕였다. 두 사람의 수긍에 스바루는 갸웃거렸지만, 거기서 에밀리아가 "저요." 하고 손을 들었다.

"스바루가 자고 있을 때 일인데, 우리는 이 4층에 모이곤 했었어. 렘이랑 파트라슈가 『녹색 방』에서 쉬고 있기도 하고, 3층의 수수께끼 풀이에도 도전했었으니까. 그래서, 어느 방에 짐을 놓을지 다 같이 돌아다녀 봤는데⋯⋯."

"그때, 이 방은 왠지 모르게 전원이 피했던 것이야. 지금 와서 생각하면⋯⋯."

"뭔가, 인식 저해 같은 방법으로 쫓아냈던 게 아니냐고?"

그 추측에 에밀리아를 위시한 4층 선발대가 동시에 끄덕였다.

3층을 돌파하고 나서야 비로소 전원이 "그러고 보니." 하고 깨닫는 인식 저해. ──그렇게 생각해 보면 이 대계단의 존재가 자연히 떠오른다.

"하긴 안 그러면 3층에서 석판의 수수께끼를 푼 순간에, 깜빡 이 방에 있던 누군가가 튀어나온 계단에 찌부러질 수도 있으니 말이지⋯⋯."

"스바루, 석판이 아니라 모노리스야. 혼란은 피하고 싶다. 호칭은 통일하지."

"모노리스 모노리스 모노리스! 만족했냐? 이야기 진행한다."

지긋지긋하다는 투로 대충 대응한 스바루는 새삼 대계단을 쳐다보았다.

4층부터 3층을 통과해 2층으로 연결될 대계단. 구조상, 일직선으로 계단을 올라가면 탑 밖으로 튀어나갈 것 같지만⋯⋯.

"그 부분은 신비의 파워로 무슨 수를 냈으려나⋯⋯."

"혹은 이게 2층으로 연결되는 계단인 척하고, 전혀 다른 장소로 연결되어 있는 계단이라거나…… 그거라면 너무 심술궂을까?"

"이 탑에 있으면 에밀리아땅의 순박한 마음씨에 때가 묻어서 점점 심술궂은 인간의 사고에 물들어갈 우려가 있군. 빨리 공략하고 싶어."

심보 고약한 탑의 구조를 잇달아 해명하는 에밀리아는 믿음직스럽지만 그 성격이 일그러지지 않을지, 건전하게 자라길 바라는 스바루로서는 고민거리였다.

"그렇긴 해도 페이스는 나쁘지 않지. 3층의 『시험』도 말하자면 나는 한 번에 통과한 셈이니, 탑 공략은 3일에 3분의 1이 끝났다고 할 수 있어."

"400년 이상이나 진전이 없었음을 감안하면 터무니없는 진척 속도인 것이야."

"그렇게 말하면 확실히 끝내주네. ……아니, 그런데 나는 의외로 몇백 년이나 움직이지 않은 역사를 움직이는 남자니까. 역사를 움직이는 남자라니 파워 워드 느낌이 장난 아니군."

돌이켜 보면 백경의 토벌대에 참가해 마녀교 대죄주교 『나태』를 격파하고 대토(大兎)를 토벌했다. 또한 『탐욕의 마녀』의 묘소에서 『시련』의 돌파에 공헌하고, 나아가 대죄주교 『탐욕』을 쓰러뜨렸으며, 전인미답의 플레아데스 감시탑에 이르렀다. 그리고 아무도 도전하지 않았던 『시험』 중 하나를 끝내고, 지금부터 두 번째 『시험』에 도전하려는 중이다.

"과정 생략하고 공적만 낱낱이 읊으니 나도 어처구니가 없네……."

지금까지 실컷 죽어 봤으니 감히 가슴을 펼 수는 없지만, 그건 그렇다 쳐도 요 1년간 이 세계의 역사를 움직여도 지나치게 움직였다.

세계여, 의도해서 움직일 마음은 없지만 각오는 해라—— 같은 기분이다.

"응, 어라? 왜 그래, 에밀리아땅. 갑자기 내 손을 잡고."

"……으응, 아냐. 단지 스바루는 조금만, 조금만 더 스바루 자신에게 친절해지는 편이 나을 거야."

"또 그런다. 에밀리아땅이나 베아코가 다정하게 대해 주는데 더 이상은 사치지."

렘이 깨어나면 렘도 분명히 그 자리에 낄 것이다. 엄하지만, 다정하다.

거기에 페트라와 파트라슈, 가필에 오토까지 추가하면 스바루가 자신에게 응석을 부릴 여지라곤 남을 턱이 없다.

스바루의 답변에 에밀리아는 뭔가 말하고 싶은 듯 입술을 달싹였지만, 정작 할 말을 찾아내지 못해 그냥 물끄러미 스바루를 쳐다보는 걸로만 그쳤다.

"……나츠키의 이건, 아예 근본적인 문제라고 본데이. 내는 하루이틀 만에 바로 고쳐질 끼라고 생각 안 한다."

"아나스타시아 씨까지 그런 식으로 말하니까……."

"자, 마냥 한자리 머물지 말고 위로 갔다 와 본나? 3층처럼 머리 짜내야 할지도 모르고…… 나츠키가 싱겁게 풀어 줄지 누가 아나?"

"3층과 같은 수준의 심술이라면 나도 자신 없다고, 솔직히."

분명히 말해 스바루가 3층의 『시험』을 통과할 수 있었던 건 우연이다.

만약 플뤼겔이 스바루와 같은 세계에서 이 세계로 소환된 표류자라면, 2층의 『시험』에서도 현대 지식을 활용할 수 있을 가능성이 없지는 않지만——.

"내가 모르는 지식이라면 한 방에 아웃……. 플뤼겔이라니까 독일 역사라도 물으면 그냥 손쓸 방법이 없다고."

참고로 플뤼겔은 독일어로 아마 '날개'였을 거다. 관계있는지 없는지는 모르겠지만, 만약 플뤼겔이 독일인이라면 두 손 들었다.

"——이렇게 불안 떨고 있어 봤자 하는 수 없지. 말 그대로 앞으로 가는 계단이 눈앞에 있잖아. 여기서 안 가면 남자도 아니지. 콱 도전해서 쓱싹 공략해 주겠어."

"공교롭게도 이 자리에 있는 건 나와 너를 제외하면 여성뿐이다만."

"각오의 문제라고, 찬물 끼얹지 마! 좋아. 가자! 베아코."

"흐앗—!"

각오에 찬물이 쏟아지기 전에 스바루는 베아트리스를 떠메고 계단으로 뛰어들었다. 곧바로 힘차게 긴 계단을 단숨에 달려 올라간다.

"다다다다다다다다다——!"

"아, 스바루, 잠깐!"

맹렬한 기세로 뛰기 시작한 스바루를 쫓아 에밀리아를 비롯한 동료들도 잇달아 계단으로. 그런 동료들을 뒤에 이끌면서 스바루와 베아트리스는 선두에서 내달렸다.

　스바루의 품속에서 요령 좋게 자세를 고친 베아트리스가 파란 눈을 가늘게 떴다.

　"역시, 공간이 뒤틀려 있다고 생각할 수밖에 없어. 이만큼 일직선으로 올랐는데 탑 밖으로 튀어나갈 낌새가 없는 것이야."

　"외관으로 알 수 없었을 뿐이고 탑이 원래 그렇게 생겼을지도 모르잖아."

　"이 계단 부분만 튀어나오게? 그랬으면 밖에서 볼 때 위화감이 생기니 기껏 계단을 숨긴 의미가 없어져."

　"하긴. 나도 말이나 해 봤을 뿐이야."

　베아트리스의 추론에 찬동하면서 스바루는 가볍게 숨을 헐떡이며 머리 위를 쳐다보았다.

　신기하게도 뛰어 올라가는 계단에는 위층에 가까워질 낌새가 없다. 이만큼 달렸음에도 하강하는 에스컬레이터를 역주하는 것처럼 헛고생하는 피로감이 있었다.

　"설마 싶던, 에밀리아땅이 말한 심술이 현실미를 띠고 있어……!"

　계단만 준비하고 실은 위층과 연결되지 않았을 가능성──그런 오싹한 상상에 스바루가 몸서리치자, 거의 동시에 난데없이 머리 위가 확 트였다.

　"으, 어──?!" "히약!"

끝이 보이지 않는 대계단이 갑자기 하얀 빛에 휩싸여 스바루와 베아트리스가 놀랐다.

얼떨결에 헛발을 디디며 앞으로 거꾸러질 뻔했다가 발을 멈추니, 어느새 갑자기 계단이 끝나고 새로운 계층에 발을 디디고 있었다.

그곳은———.

"다시 한번, 하얀 방……이란 거냐."

"그런 것이야."

멈춰 서서 옆으로 곱게 안고 있던 베아트리스를 바닥에 천천히 내려놓았다.

눈앞에 펼쳐진 것은 3층의 『시험』이 시행되던 공간과 똑 닮은 하얀 층이었다. 바닥도 천장도 끝이 없는 것처럼 보이며, 원근감이 뒤틀리는 이해할 수 없는 공간.

"와, 또 이 방?"

하얀 세계에 있는 이물 중 하나가 스바루가 올라온 계단이다. 그 계단에서 스바루를 따라잡은 에밀리아와 다른 사람들이 속속 모습을 보였다.

마지막으로 도착한 아나스타시아가 하얀 공간을 두리번두리번 둘러보다가 말했다.

"또 하얀 방이지만도, 설마 깜빡 3층이라고 하진 않긋제?"

"그럴 리는 없을 거야. 4층부터 3층에 올라가는 계단은 54단이었지만 여기는 444단 있었는걸. 10배 정도 올라갔지?"

"세, 세고 있었어? 에밀리아땅."

"후후, 실은 계단의 단수를 세는 게 요즘 취미라서…… 왜 머리 쓰다듬고 있니?"

"아, 아무튼 에밀리아땅이 크게 공을 세웠네. 여기가 기대한 바와 같은 2층이라면……."

"『시험』이 시작될 테지. 아마 저게 그 계기일 것이야."

에밀리아의 의문을 뒤로 미루고 스바루는 베아트리스의 손가락이 가리킨 방향── 계단을 올라오자마자 딱 정면에 해당하는 장소, 그곳에서 존재감을 주장하는 물체에 눈길이 멎었다.

"────."

3층 『타이게타』에도 역시 저런 것이 방 중앙에 진을 치고 있었다. 그것을 만지자마자 『시험』이 시작되었다. 이곳도 같은 조건이라면 아마도 저것이──.

"모노리스가 아니군. ──검이야."

노란색 눈을 가늘게 뜬 율리우스가 방 중앙에 꽂힌 『그것』을 응시하며 말했다.

그의 말대로 하얀 공간에 존재하는 『그것』은 3층에서 본 모노리스가 아니었다.

──『그것』은, 검이었다.

칼집에서 뽑혀 날을 드러낸 검이, 그 칼끝을 하얀 바닥에 박고 서 있었다.

칼자루를 위로 하고 곧게 박힌 그 검은 스바루의 눈에 몹시 아름답게 비쳤다.

화려한 장식이 있는 것은 아니다. 소재의 좋고 나쁨은 스바루가 알 수 없다.

다만 과도한 장식도 없이 최소한의 강철로 그친 그 존재가 아름답게 보인 것이다.

"분위기로 봐서, 흡사 '선정의 검'이라고 해야 하나……."

"_____."

스바루의 중얼거림을 듣고 율리우스가 눈썹을 세웠다가 가까스로 자중했다.

그 갈등을 아랑곳하지 않고, 스바루는 일단 샤울라 쪽을 보았다. 의기양양한 얼굴에는 '무슨 말을 물어도 전 몰라요!'라고 써져 있었기에 아무 말도 묻지 않았다.

"스바루."

"괜찮을, 거라고는 생각해. 대뜸 즉사계 함정이 기동할 일은 없을 테니까."

스바루는 걱정스러워하는 에밀리아에게 끄덕이고 선정의 검으로 천천히 접근했다. 만지자마자 무슨 일이 일어날지 모른다. 동료들에게는 충분히 주의를 촉구하고.

"아나스타시아 씨를 피신시킬 때 주의해라. 계단이 기니까 깜빡 밀기라도 하면 죽을 때까지 굴러간다고."

"유의하지. 너야말로 에밀리아 님과 베아트리스 님에 대한 주의를 빼먹지 않도록."

"걱정 마. 스바루는 제대로 내가 지킬게."

"엉, 지켜질게."

엄지를 세우고 응수해 주자 기합으로 넘치는 에밀리아의 모습에 율리우스가 한숨지었다. 그 모습을 지켜보던 스바루가 선정의 검 앞에 섰다.

손만 뻗으면 닿는 거리다. 이 시점에서 검은 확실한 현실감을 띠고 여기에 있다. 모노리스처럼 신기한 물체라는 인상도 없다.

"그런데 설마 이런 정통파 판타지에 시험받는 날이 올 줄이야."

선정의 검 앞에서 중얼거리던 스바루는 가볍게 한 호흡―― 그리고 검의 칼자루로 손을 뻗었다.

그 직후에, 그것이 일어났다.

『――천검(天劍)에 이른 우자(愚者), 그자의 허락을 얻으라.』

"――큭!"

고막을 넘어 뇌에 직접 울리는 목소리가 『시험』의 개요를 전했다.

예상했던 전개인 만큼, 잡은 검을 떨어뜨리는 꼴불견이야 보이지 않았지만, 여전한 신비 현상에 불편한 감각은 맛보았다.

역시 뇌에 울리는 이 목소리는 '자신'과 많이 비슷하다.

"차멀미 같은 감각이 있네……. 이거, 방금 그 소리는 모두에게도……."

검을 뽑은 스바루만이 아니라 주위의 모두에게도 들린 것일까. 모노리스 때는 만진 당사자 외에도 목소리는 들렸다.

그렇기에 이번에도 그럴 거라며 뒤돌아본 스바루는 깨달았다.

"――――."

──전원이 숨을 죽인 채 스바루 너머를 응시하고 있음을.

그 시선에 이끌려 돌아보던 스바루는 다시 뒤돌았다. 정면, 선정의 검이 박힌 지면 앞──그곳에 한 인영이 나타나 있었다.

"──천검에 이른 우자, 그자의 허락을 얻으라."

나직이 중얼거린 것에 불과한 그 목소리가 스바루에게는 유독 크게 들렸다.

검을 뽑은 순간에 들린 내용과 완전히 같은 문장. 그러나 이번에는 뇌에 직접 울리는 자신의 목소리가 아니라 틀림없이 정면의 인물에게서 나온 다른 사람의 목소리였다.

"──천검에 이른 우자, 그자의 허락을 얻으라."

그 목소리에 몸이 떨린다. 그것이 공포인지, 감동인지, 쾌락인지, 비탄인지, 구별할 수 없다. 생물로서 절대적으로 벌어진 차이가 모든 방향에서 감정을 헤집었다.

이 거리에서, 그저 목소리만으로도 생명을 농락당하고 있다.

"──천검에 이른 우자, 그자의 허락을 얻으라."

──붉은, 장발을 아무렇게나 등에 흘린 남자였다.

신장은 꽤 크다. 스바루보다 머리 하나만큼은 더 크며, 그 신장에 걸맞은 다부진 근육이 남자의 육체를 감싸고 있다.

그 몸에 두른 것은 갑옷이 아니라 방호 면에서 아무 기여도 하지 않는 붉은 키나가시*── 오른팔을 소매에 넣지 않고 드러낸 맨살. 그 허리춤에 하얀 무명천을 감은 것을 멀리서 볼 수 있었다. 타오르는 불꽃 색깔인 머리카락은 등 한복판에 닿으며 그

---

* 키나가시(着流し): 남성용 기모노의 일종.

왼눈은 기이한 무늬가 들어간 검은 안대가 가리고 있다. 그리고 안대가 없는 오른쪽 눈은 닿지 않는 창공을 비춘 하늘색이었다.

필시 고요하게 유유히 서 있으면 보는 이 전부가 뒤돌아보며 회화로 남기고 싶어질 만큼 단정한 미모—— 그것을 야만스럽고 잔혹, 흉포 그 자체인 분위기가 분쇄했다.

그것은 너무나도 아름다운 모습의, 사나운 짐승이다.

이 세상에서 가장 아름답고 흉포한 짐승—— 그런 존재에 스바루는 호흡을 잊었다.

"힉."

시간이 멈추었다는 착각 속에서, 그 정지를 처음으로 깨트린 것은 신음성이었다.

털썩 하고 가벼운 소리가 난 직후, 소녀의 "꺅." 하고 지른 소리가 들렸다. 움직이지 못하는 시야 끄트머리에 간신히 보인 것은 엉덩방아를 찧은 흑발 여자—— 샤울라가 바닥에 주저앉고 그 옆에서 메일리가 눈이 휘둥그레진 상황이었다.

"히, 힉……."

샤울라는 자칫 실금할지도 모를 만큼 동요하고 있었다.

가능하다면, 본능의 호소에 따라 이 방에서 뛰쳐나갔을 터다. 다만 떨리는 다리가 그렇게 두지 않았을 뿐이다.

"——흡."

숨을 집어삼키고, 깜빡이는 것마저 잊고 있던 눈꺼풀을 힘으로 감고서 순간 마음을 가라앉힌다.

그리고 스바루는 남자로부터 눈을 떼지 않은 채로, 한 걸음 뒤로 물러섰다. 오른손에는 선정의 검을, 왼손에는 베아트리스의 손을 잡아 굳어 버린 그녀를 데리고 뒤로.

"에, 에밀리아⋯⋯."

"알고, 있어⋯⋯."

놔두고 갈 수는 없다고, 스바루는 마찬가지로 굳어 있던 에밀리아의 이름을 불렀다. 그 부름에 에밀리아도 떨리는 목소리로 끄덕였다. 그녀가 천천히 움직이는 것에 맞추어 스바루도 무릎을 후들대며 뒷걸음질 쳤다.

"──천검에 이른 우자, 그자의 허락을 얻으라."

거리가 벌어진다. 여전히 남자는 움직이지 않는다. 그저 그 말을 반복한다.

"──천검에 이른 우자, 그자의 허락을 얻으라."

모든 신경을 집중하면서 물러나다가 주저앉은 샤울라 옆에 당도했다. 샤울라는 여전히 공포로 얼굴이 뻣뻣해졌으며 메일리는 그녀의 팔을 잡고 움직이지 못했다.

"──천검에 이른 우자, 그자의 허락을 얻으라."

반복되는 말, 문장, 그것은 2층 『엘렉트라』에서 시행되는 『시험』의 문장.

그것을 남자가 반복하는 데에 무슨 의미가 있나. 검을 뽑자마자 들린 『시험』의 내용과, 그것을 반복하는 남자와, 우자와, 허락이란──.

"──천검에 이른 우자, 그자의⋯⋯ 허, 락을⋯⋯."

"──아?"

사고가 가속되고 스바루 안에서 무시무시한 결론이 움트려던 것과, 막힘없이 반복되던 남자의 목소리, 거기에 변화가 발생한 것은 같은 타이밍이었다.

　──단, 그 변화에는 스바루 일행을 더욱 놀라게 하기에 충분한 위력이 있었다.

　"천검, 우자의…… 허락, 을…… 아, 아아오, 오오, 아."

　"뭐, 뭐야? 뭐야, 뭔데, 무슨 일이야?"

　"아, 아, 아아아아아아악──!"

　"삐기익!" "뜨와악?!"

　우두커니 서 있던 남자. 그 발언에 이상한 정체가 생기다가 다음 순간에 폭발했다.

　갑작스러운 대분화에 비명을 지른 샤울라가 버티다 못해 스바루에게 달려들었다. 그 팔에 힘껏 껴안긴 스바루는 대비도 못한 채 거꾸로 넘어갔다.

　"아팟! 샤울라, 너……!"

　"히야악! 스승님 스승님 스승님 살려줘요! 싫어! 살려줘요!"

　"──시끄러워! 어지러운 머리에 울리잖아! 떠들지 마!"

　"어훅……."

　진정시키려는 말이 닿기 전에, 끝내 샤울라의 정신이 한계를 맞이했다.

　그때까지 방방 뛰던 것이 다 뭐였는지, 샤울라는 허무하게 눈을 허옇게 까뒤집고 스바루의 허리에 매달린 채 움직임을 멈추었다. ──실신한 것이다.

"진짜냐, 너……."

"뽀그르르르르르……."

친절하게도 알기 쉽게 실신했다는 상황을 전한 샤울라는 완전히 전선에서 이탈했다. 이 정도 반응은 분명히 말해 예상외.

여하튼 그 전투력만은 보증 수표다. ──그런 샤울라가 이토록 겁을 내다니.

"범상한 인물이 아닌 것으로 보겠다."

"아앙?"

한 걸음, 높은 발소리가 울려 퍼지고 언짢게 남자가 으르렁대었다. 그 원인은 동일했다.

하얀 신발의 뒤꿈치로 바닥을 두드리며 앞으로 내디딘 우아한 기사── 넘어진 스바루가 놓친 검을 주운 율리우스가 얼굴을 굳히고 있었다.

율리우스를 본 남자가 입 끝을 짜증스럽게 뒤틀었다.

"뭐야, 인마. 아니 그보다 여기 어디야. 장난치고 있냐, 인마."

"아니, 장난 같은 건 치지 않는다. 우리도 당황한 참이다. 갑자기 이 자리에 당신이 나타나서 말이지. ──경계하는 것도 어쩔 수 없다고 여겨 줬으면 하는군."

"뭐야, 인마. 말 배배 꼬아서 하지 말라고, 인마. 내 쫄따구랑 비슷한 말투 쓰지 말라고, 인마. 내 쫄따구냐? 아니지? 아니라면 헷갈리는 짓 하지 말라 이거야, 인마."

율리우스의, 예절을 지키면서도 경계 어린 시선에 남자는 짜증스럽게 혀를 찼다.

그 모습은 문장을 반복할 뿐인 먼저 상황에 비하면 훨씬 인간적이지만, 그렇다고 대화가 잘 성립된다고는 도저히 말 못 할 상황이었다.

"――좋은 여자, 좋은 여자, 야한 여자, 조무래기, 조무래기, 쫄따구, 피라미."

"안타깝지만, 나는 당신의 쫄따구가 아니야."

"캇! 그 말투, 더더욱 쫄따구랑 판박이잖아. 흉내 내지 마."

율리우스의 반론에 처음으로 남자가 흡족하게―― 상어처럼 웃었다.

그 웃음으로 비로소 남자의 모습에서 인간성이 엿보였다. 혹은 간신히 대화가 통하는 지적 생명체라는 확인이 되었다고 해야 할까.

"인마. 너. 설명해 봐. 여기 뭐야. 나한테 뭔 짓 한 거야, 인마. 까불지 말라고, 인마. 싸게싸게 말해라, 인마."

"갑자기, 나타나서…… 꽤, 거들먹대는데, 너."

자기 가슴을 벅벅 긁으면서 오만하게 행동하는 남자의 물음에 스바루는 목소리를 짜냈다. 남자가 스바루를 보더니 "아앙?" 하고 언짢게 목을 으르렁댔다.

"뭐야, 인마. 어디서 드러눕고 있어, 인마. 니가 뭐라도 되냐, 인마. 야한 여자 이불 삼아서 기분 째지냐, 인마. 거기 나랑 바꿔, 인마."

"공교롭지만, 당사자의 뜻을 존중해서 그 부탁은 기각하지……"

스바루는 떨리는 무릎을 혹사해 가까스로 일어섰다. 그 순간, 달라붙은 샤울라를 신경 쓰는 마음이 부족해 샤울라가 머리부터 바닥에 떨어졌지만 주의를 돌릴 여유가 없다.

다만──.

"──아아? 뭐냐, 인마. 그거냐, 인마. 까불고 있는 거냐, 인마."

"뭐야……? 남의 낯짝 보자마자 실례냐, 인마."

"캇!"

남자가 어금니를 세게 깨물 듯이 딱딱한 소리를 내고 사납게 웃었다.

그리고 남자는 곤혹스러워하는 스바루를 무시하고, 그 외눈으로 하얀 방을 빙 둘러보았다. 그러다가 "오── 오──, 그래그래." 하고 수긍한 기색으로 끄덕였다.

"알았다, 알았어. ──그럼 시작할까."

"시작하다니…… 잠깐! 아까부터 너 이야기를 너무 자기 맘대로 진행하잖아?!"

"시끄러워, 인마. 아까부터 내가 잠꼬대로 실컷 설명해 줬잖냐. 남의 말은 똑바로 들어, 인마."

"아까부터라니……."

"──천검에 이른 우자, 그자의 허락을 얻으라."

상황을 따라갈 수 없어 정신을 차리지 못하는 스바루. 그에 대신해 에밀리아가 여러 번 반복된 문장을 일언일구 어긋남 없이 읊조렸다.

가까스로 다른 사람들의 경직도 풀리기 시작했는지 에밀리아와 베아트리스, 그리고 아나스타시아와 메일리도 제정신을 되찾고 있었다. 샤울라 말고는.

"캇! 그쪽의 좋은 여자는 피라미와는 다르군. 산 몸이었으면 오늘 밤 상대였어, 인마. ……잘 보니 죽여주네, 인마! 그 얼굴 뭐야. 너무 새끈하잖아, 인마!"

"새끈……?"

"네가! 여기 시험관! 그렇게 보면, 되는 거지?"

에밀리아를 보고 왠지 호색한 빛을 눈에 드리운 남자. 스바루는 그 남자와 에밀리아 사이에 끼어들어 손가락을 들이댔다. 그 확인에 남자의 상어 같은 웃음이 깊어졌다.

"──몰라. 남이 씌운 감투 따위는 관심 없어. 나랑 말하고 싶으면 여기서 나를 한 걸음이라도 움직이게 해 봐라, 인마."

무방비하게, 그냥 유유히 서 있을 뿐인 남자의 발언.

그 말을 웃어넘기지 못한 것은 남자가 제시한 그 조건이 그야말로 『시험』이랄 만큼 난이도가 높은 조건임을 수월하게 받아들일 수 있었기 때문이다.

──천검에 이른 우자, 그자의 허락을 얻으라.

눈앞에 서 있는 남자가, '천검에 이른 우자'라면, 허락을 얻는 방법은 배웠다.

나머지는 순수하게 그것이 가능한가, 불가능한가.

"루그니카 왕국, 근위기사단 소속. 율리우스 유클리우스."

싸움── 아니, 『시험』이 시작되기 전에, 율리우스가 예의에 따라 스스로 이름을 댔다.

대등하게, 지금부터 자웅을 판가름할 상대에 대한 최소한의 경의.

그 경의에 남자는 그 파란 외눈에 즐겁게 웃음기를 띠고 정상적이지 않은 검기를 날리면서 대꾸했다.

"밝힐 이름 같은 건 없어. ──나는, 그냥『작대기꾼』이다."

대도서관 플레이아데스, 제2층『엘렉트라』의 시험.

제한 시간『조건부 무제한』. 도전 횟수『조건부 무제한』. 도전자『조건부 무제한』.

──시험, 시작.

2

──플레아데스 감시탑, 2층『엘렉트라』의『시험』이 시작된다.

장소는 감시탑, 제2층, 순백의 영역.

시험관은 방 안쪽에 유유히 서 있는, 상어처럼 웃는 빨강 머리 남자.

본인을『작대기꾼』이라고 자칭한 그 남자, 온몸에서 뿜는 검기가 심상치 않다.

나타난 경위도 경위다. 이 감시탑의, 명색이 관리자일 샤울라가 그를 목격하자 기절했다는 실적도 있다. 명백하게 보통 인물이 아니다.

따라서——.

"첫 수부터, 전력으로 가도록 하지——!"

몸을 앞으로 기울인 율리우스가 말과 함께 한 발짝 앞으로 파고들었다.

그 팔이 남자를 향해 부드럽게 던진 것은 2층 바닥에 꽂혀 있던 선정의 검이다. 세로로 회전하는 검이 포물선을 그리며 남자의 발밑에 정확히 꽂혔다.

남자가 손을 뻗으면 쉽게 뽑을 수 있게. 그것을 노린 듯이.

"뭐야, 인마. 나한테 검을 던져 주다니 죽고 싶은 거냐."

"미안하지만 빈손인 상대를 베는 망동은 기사로서 부끄러운 행위다!"

"캇! 웃겨 주시는군. ——맨손이 아니라고. 잘 봐라, 인마."

파고드는 율리우스에게 남자가 이를 드러내며 흉악하게 웃었다. 그리고 대충 들어 올린 발로 거칠게 검을 걷어찼다. 선정의 검이 요란한 소리와 함께 날아갔다.

"——큭! 그 말, 후회하지 말도록!"

정정당당, 그 배려가 무시당해 얼굴이 굳은 율리우스가 기사검을 뽑았다.

가느다란 검은 진검 승부를 더럽힌 무례한 자에게 일직선으로 떨어지는 철퇴가 된다.

그, 번갯불 같은 찌르기가——.

"깜찍하게 짖지 마라, 얼간아. 낯짝은 반반해 가지고. 질질 짜는 낯짝에 내가 흥분하면 어쩔 건데?"

"뭣……."

남자의 몸통을 뚫으려던 찌르기가 숫제 천둥 같은 소리와 함께 멈추었다.

당연히 율리우스가 손을 늦춘 것은 아니다. 그는 항상 자신이 할 수 있는 영역 내에서 전력을 다한다. 따라서 멈춘 것은 그가 아니라 상어처럼 웃는 상대.

"말도 안 돼."

"봤으면 그냥 믿어라. 우선은 거기서부터야, 거기서부터."

사납게 웃으며 『작대기꾼』이 오른손으로 자신의 가슴을 벅벅 긁었다. 그러나 그의 왼손은 무시무시한 정확성으로 율리우스의 찌르기를 잡고 있었다.

그것도──.

"──나뭇, 가지?"

"틀렸어. 젓가락이다, 젓가락. 뭐 집어먹는 데에 쓸 만하잖아, 젓가락. 그래서 가지고 다니거든."

검게 칠한 홀쭉한 나무막대── 그것은 틀림없이 젓가락이었다. 이 세계에도 젓가락이 있다는 사실은 프리스텔라에서 알았지만, 이토록 완벽하게 써먹는 사람은 처음 보았다.

──아니, 아무리 완벽하게 써먹을 수 있다고 해도 젓가락으로 일류의 검술을 받아 내는 짓은 도저히 인간의 재주라 할 수 없다.

"웃기지 마라, 인마. 제일 좋은 각도로, 제일 좋은 빠르기로, 제일 좋은 느낌으로, 제일 괜찮게 휘두르면── 젓가락이라도 못 벨 건 하나도 없어.”

“욱…….”

경악스러운 광경에 하품이라도 할 듯한 표정으로 『작대기꾼』
이 지껄였다. 그 광경에 말을 잃은 것은 누구나 마찬가지지만
당사자인 율리우스는 그럴 수도 없다.

팔에 힘을 주어 젓가락에 칼끝이 잡힌 기사검을 되찾으려 했
다. 하지만 움직이지 않는다.

“힘주지 마, 힘주지 마……. 웃으라고, 인마. 웃는 편이 미인
이다. 남자면 의미 없지만.”

돌연 검의 구속이 느슨해져 율리우스는 힘이 쏠리는 방향에
찰나 동안 당황했다. 그 찰나의 틈에 몸을 휘돌린 남자의 훤칠
한 다리가 율리우스의 호리호리한 허리를 걸어차 날려 버렸다.

“율리우스——!”

비명처럼 외친 것이 누구였는지 스바루는 알 수 없었다. 율리
우스의 몸이 나뭇잎처럼 홀홀 날아간다. 날아가는 여파에 희롱
당하는 그를 향해서——.

“캇!”

도약한 『작대기꾼』의 장신이 탄환 같은 속도로 율리우스를
좇아갔다. 말도 되지 않는 신체 능력으로 율리우스의 상공을 확
보한 『작대기꾼』이 두 젓가락으로 폭풍 같은 폭력을 내리쳤다.

그 육박한 위기, 젓가락질 공격을 율리우스는 직감에 의존해 기
사검으로 쳐 냈다. 그러나 남자의 젓가락은 그 행동을 비웃듯이
피해 들어와 율리우스를 찌르고, 찌르고, 찌르고, 찔러서——.

"지와르드——!"

그 순간, 열선(熱線)이 공중의 두 사람을 노리고 발사되었다.

하얀 빛은 그 심플한 본질과 마찬가지로 무섭도록 단적으로 세계를 깎아냈다. 다시 말해, 사선상에 있는 것을 모조리 불사르며 태워 없애 절단하는 열파의 칼날이다.

단점은 직선적이라 피하기 쉽게 느껴진다는 것—— 그러나 열선은 빛을 방불케 하는 속도로 단점을 억지로 메꾸며 사냥감 쪽으로 곧게 덮쳐들었다.

천하의 『작대기꾼』도 제3자가 날린 빛의 일격에는 아무 저항도——.

"——내 검은 빛도 벤다고, 인마."

호언장담이 들리는 것보다 더 빠르게 펼쳐 낸 젓가락질이 열선을 정면으로 찢어발겼다.

상상을 초월한, 말도 되지 않는 광경에 누구나 눈을 부릅떴다. 다만 남자만이 당연하다는 양 웃고 약 올리듯이—— 아니 약 올리면서 율리우스를 가지고 놀았다.

"——큭! 지와르드으으으——!"

그 사실에 눈에 핏발을 세우며 영창이 겹쳐진다——.

두 팔을 벌리고 열선을 쏘는 마법을 영창하는 자는 고운 용모를 결사적인 빛깔로 꾸민 아나스타시아였다. 펼친 손에서 다섯 손가락이—— 양손 손가락을 모두 합쳐서 열 개의 손끝에서 각각 열선을 동시에 방사하고, 열 가닥 죽음의 선이 일제히 『작대기꾼』을 노리며 춤추었다.

──그것을, 『작대기꾼』은 놀라운 방법으로 회피했다.

"캇!"

『작대기꾼』은 춤추는 빛을 재차 젓가락으로 쳐내고, 직후에 공중을 밟으며 수직으로 급강하── 젓가락에 걸린 율리우스까지 바닥에 떨어지더니, 그 명치에 젓가락 끝을 찍은 채로 율리우스로 바닥을 쓸면서 달리기 시작했다.

"카카카카캇! 잘 조준해라, 인마. 파리 앉겠다, 인마. 그래선 서방도 못 찾아갈걸, 인마. 카카카카캇!"

"지와르드! 지와르드! 지와르드으──!"

가가대소하면서 질주하는 남자에게 아나스타시아의 열선이 끊임없이 덮쳐든다. 하지만 마법의 위력이 높아도 맞지 않아서는 의미가 없다.

남자의 전투력과, 부각되는 아나스타시아의── 아니, 에키드나의 경험 부족이다. 율리우스를 궁지에서 구하려 하지만 그 기개는 헛돌기만 할 뿐, 공격은 스치지도 않는다.

이윽고, 마감 시간이 찾아든다──.

"──아, 큭."

"아앙?"

즐겁게 열선을 피하던 『작대기꾼』이 갑자기 끊긴 공세에 눈썹을 치켜세웠다. 그 시선 앞에서 아나스타시아가 그 자리에 허물어졌다. 콧구멍에서 코피가 흐르는 모습에 스바루는 떠올렸다. ──비장의 수를 쓰면 몸이 상한다던, 에키드나의 말을.

"아나스타시아 님──!"

쓰러진 주군의 모습을 보고 방어 일변도였던 기사가 이를 악물었다.

등으로 바닥에 미끄러지며 온몸에 젓가락질을 맞던 율리우스가 몸을 뒤틀어 근위기사의 망토를 떼어 내어서 마찰에 변화를 낳았다. 한순간 벌어진 간격, 이를 통해 적의 연타에서 벗어났다.

즉시 율리우스는 쭉 빠진 다리로 드러누운 자세에서 상대의 머리를 돌려 찼다. 남자는 목을 옆으로 꺾어 그 공격을 피하지만, 율리우스의 브레이크 댄스 같은 움직임에서 날아오는 발차기의 공세에 크게 뒤로 뛰었다.

"방금 그건 너, 내 취향이잖아. 입맛 당기는데, 인마."

"헛소리에 어울릴 여유는 없다! 거기서 비켜――!"

율리우스는 압도적 역량 차를 이해하면서도 포효하며 남자에게 돌격했다. 그만한 연격을 받았음에도 놓지 않았던 기사검이 으르렁거리며 뱀처럼 달려들었다.

의분과 사명감에 등이 떠밀리는 와중에도 유려하고 우아한 검격―― 그것은 혹시 기사로서 수득한 검술의 최고봉이었을지도 모른다.

그것을 손에 넣는 데 도대체 얼마나 긴 세월이, 수련이, 피가 배는 노력의 나날이 있었는지 알 수 없을 만큼.

그런데――.

"이게 뭐야. 웃기지 마라, 인마. 진짜 실력 보이라고, 인마. 진짜로 하는 거 맞냐, 인마. 진짜로 하는데 이 꼬라지라면…… 기대가 엇나가도 한참 엇나갔구만, 인마."

찌르기가 막히고 참격이 튕기고 연격이 격추당하고 필살을 받아넘긴다.

율리우스가 쌓아 올린 검술이, 기사로서 수득해 온 모든 것이 『작대기꾼』을 자칭하는 남자의 따분하다는 한숨에, 무섭도록 아름답게 흉악하게 휘두르는 두 젓가락에.

기껏해야 두 개의 작대기에 율리우스의 '반평생' 이 짓밟힌다
——.

"이런 게 아니잖아, 인마. 뭘 혼자서 싸우고 있냐, 인마. 이건 네 전투 방식이 아니군. ——그러니까 넌 재미가 없어."

"나는……!"

"여자 있는 데로 가고 싶으면 보내 주마. 부드러운 무릎이라도 빌려서 울면서 아양 떨어. 되다 만 꼴불견 검사가."

순간, 율리우스의 옆얼굴에 스친 그 감정은 분노인가, 고통인가, 한탄인가, 절망이었는가.

그게 뭐든 그 내심을 타인이 감히 짐작할 수 없으리라.

"———."

율리우스의 검광, 가느다란 기사검이 여태까지 수만 번 반복한 은빛 섬광을 따라 그렸다.

그럼에도 불구하고 그것은, 방관하고 있는 누구의 눈에도 명백할 만큼 망설임이 서린 검격이었다.

다음 순간, 선회한 작대기가 쉽사리 강철의 기사검을 중간에서 베었다. ——너무나도 경쾌한 소리와 함께 율리우스의 기사

검이 두 동강 났다.

날아가는 기사검의 칼끝을 율리우스의 노란 눈이 멍하니 지켜보았다.

아마 이 순간, 부러진 것은 율리우스의 검만이 아닐 것이다.

"잠이나 자빠져 자라."

내뱉은 한마디와 함께, 무시무시한 주먹이 율리우스의 뺨에 꽂혔다.

그것은 세련이라는 말과는 일절 무관한, 이 세상에서 가장 원시적인 폭력. 인간이 도구를 쓰기 전의 시대부터 있던, 자신의 육체라는 이름의 원초적 무기를 사용한 일격이었다.

"————."

가차 없는 일격이 율리우스의 단정한 옆얼굴을 찌그러뜨릴 정도로 뻗었다. 묵직한 위력이 한순간에 율리우스의 의식을 거두고, 그의 몸은 실이 끊긴 꼭두각시처럼 관성에 따라 날아가다가 구르고 거칠게 미끄러져서—— 아나스타시아 바로 옆에 쓰러졌다.

의식이 없는 주종이 나란히 누워 있다. 야수 같은 남자의 생뚱맞기 그지없는 배려라는 듯이.

"자, 다음은……."

남자가 준비 운동을 마쳤다는 듯이 목에서 뚜둑 소리를 내고 돌아보았다.

실제로 준비 운동 같은 격이다. 율리우스가 전장을 달리기 시작하고 일방적으로 유린당하다가 아나스타시아의 원호가 들어

가고 두 사람이 쓰러질 때까지 불과 수십 초 만에 이루어진 사건
── 그동안, 스바루는 끼어들 틈조차 찾아내지 못해 마냥 우
두커니 서 있을 수밖에 없었다.

　그것은 스바루 외의, 남은 에밀리아 일행도 마찬가지가──.

　"──아이스브랜드 아츠, 아이시클 라인."

　──결단코, 아니다.

　그 사실을 증명하듯이 하얀 공간에 빛이 춤추었다.

3

　그것은 파르스름하게 빛나는 빛의 난무, 가까스로 눈에 포착
할 수 있는 얼음 입자── 에밀리아의 절대 마력이 낳은, 빙설
결계『아이시클 라인』.

　"한 가지만, 물어보고 싶은데."

　한정 범위 내에 자신의 마력과 소통하는 마나를 전개해 일종
의 결계를 만들어 낸 에밀리아가 그 중심에서 안대 위로 왼쪽 눈
을 긁는 남자에게 목소리를 던졌다.

　"아앙? 말해 봐라, 겁나 새끈이."

　"나는 에밀리아, 그냥 에밀리아야. ──당신을, 한 걸음이라
도 움직이게 하면 되는 거 아니었어? 엄─청 뛰어다니던데."

　에밀리아가 이름을 밝힌 다음 당연한 질문을 입에 담았다.

　싸움이 시작되기 전, 『작대기꾼』은 확실히 웃으면서 그렇게
말했었다. '자신을 한 걸음이라도 움직이게 해 봐' 라고. 그

조건에 따르면 그는 명백하게 그 말을 어겼다.

　율리우스와의 싸움은, 이 방을 종횡무진 뛰어다녔다는 차원이 아니었다.

　그러나 남자는 그 지적에 "이봐, 이봐." 하고 어깨를 으쓱였다.

　"정색하고 받지 마. 분위기 타서 말해 봤을 뿐이라고, 인마. 가끔 있잖아. 딱히 의미도 없지만 멋있는 말 꺼낼 때가. 그거야, 인마. 알 거 아냐. 모르려나, 여자니 말이지. 겁나 새끈이니 말이지. 오늘 밤 같이 보내라, 인마."

　"미안, 무슨 말을 하는지 좀 모르겠어. 그리고 아마 나는 당신이랑 싸워도 이기지 못할 거야."

　"에, 에밀리아……?"

　마력을 전력으로 전개하고 전투 준비를 갖추면서도 에밀리아는 당당하게 말했다. 그 발언에 『작대기꾼』은 눈이 동그래지고, 굳어 있던 스바루도 목에서 목소리를 짜냈다.

　부르는 소리에 에밀리아는 "미안해." 하고 스바루에게 양해를 구하고 말을 이었다.

　"당신은, 엄―청 강해 보여. 그건 보면서 알겠어. 하지만 우리는 『시험』을 넘어서야만 해. 그러니까, 이길 방법을 준비해 주세요."

　"＿＿＿＿＿＿."

　"한 걸음이라도 당신을 움직이면 우리 승리. 그걸로 승부하죠. ……안 돼?"

　침묵한 남자에게 에밀리아가 제시한 제안. 그 내용에 스바루는 아연해졌다. 그것은 너무나도, 철저하게, 어처구니없을 만큼 뻔뻔한 요청이었다.

　그 뻔뻔한 말투에『작대기꾼』은 잠시 침묵하나 싶더니——.

　"캇!"

　이를 맞부딪치듯이 짧게 웃다가 파란 눈을 번쩍 뜨고 에밀리아를 바라보았다.

　"——좋은데. 싫지 않다고, 인마. 날 상대로 용케 그만큼 말했어. 트리샤 이후로 처음 보는 끝내주는 바보군, 인마. 마음에 들었다."

　"그럼『시험』은 합격?"

　"그렇게까지 크게 쏘지는 않아, 인마! 하지만, 좋아. 좋은 여자 앞에서 폼 잡았으니 말이야. ——네 말대로 해 주마."

　"합격……."

　"한 걸음이라도 나를 움직이면 네 승리다!"

　물고 늘어지는 에밀리아의 말에『작대기꾼』은 왠지 독기가 빠진 표정으로 언성을 높였다. 그 말을 들은 에밀리아는 끄덕이고 스바루 쪽을 돌아보았다.

　"아나스타시아 씨랑 율리우스를 부탁해. 두 사람 다, 치료해 줘."

　"자, 잠깐! 아까 봤잖아?! 대책 없이 가 봤자……."

　"괜찮아. 상대방은 죽일 마음은 없나 보고…… 나도, 최선을 다해 볼 거야."

　기합 충분. 말리려는 스바루의 말을 뿌리치고 에밀리아는 한 걸음 앞으로 나섰다. 그리고 늠름한 표정대로 에밀리아는 두 팔을『작대기꾼』에게 겨누었다.

거리는 벌린 채로, 에밀리아의 원거리 마법이라면 일방적으로 저격할 수 있다.

"겁나 새끈한 낯짝인데 억세게 굴잖아, 인마."

"할 수 있는 일을 최선을 다해 하는 게 내 기사님에게 배운 방식, 이야!"

굵은 팔로 팔짱을 낀 남자는 압도적으로 불리한 입장임에도 그저 사납게 웃을 뿐이었다.

그 남자의 웃는 얼굴을 노리며 에밀리아가 목소리에 힘을 준 직후—— 파르스름한 빛이 난무하는 필드에 대기가 갈라지는 소리가 연거푸 울리며 얼음의 무기가 잇달아 형성되었다.

검이 있고, 창이 있고, 도끼가 있고, 미늘창이 있고, 화살이 있으며, 무수한 무기가 있다.

아이스브랜드 아츠, 아이시클 라인—— 에밀리아의 방대한 마력을 사용한, 한정적인 절대 파괴 공간, 스바루가 고안한 절기가 이 순간 발동한다.

"에이, 얍!"

맥 빠지는 기합성. 그러나 그다음에 펼쳐진 광경은 조금도 무기력한 것이 아니다.

에밀리아의 목소리와 동시에 그 날카로운 칼끝을 남자에게 겨누던 얼음 무기가 사방팔방에서 일제히『작대기꾼』에게로 날아갔다.

그에 맞서는 것은 남자의 손에서 날아가는 무수한 검광, 아니

젓가락을 이용한 압도적 폭위였다.

"큭, 에밀리아……!"

그사이, 스바루는 에밀리아의 말에 따라 율리우스와 아나스타시아 쪽으로 달려갔다.

보아하니 아나스타시아의 혼절은 에키드나의 염려대로 몸을 지나치게 축낸 결과다. 이미 코피도 멎어 눈에 띄는 외상은 없다. 그리고 그토록 일방적으로 유린당한 율리우스도 생명이 위태로울 만한 상처는 하나도 없었다.

백 번 얻어맞은 사실이, 검이라면 백 번 죽었다는 증명이기는 해도 말이다.

"두 사람 다, 무사한 것이야. 하지만……."

"알아."

스바루는 옆에서 마찬가지로 두 사람의 상태를 확인한 베아트리스의 말을 가로막았다.

두 사람의 안부는 확인되었다. 하지만 이 결과를 만든 야수와 에밀리아는 한창 정면 격돌 중으로——.

"캇!"

튀어 날리는 얼음, 그 파편을 입에 넣고 깨뜨린 남자가 즐겁게 젓가락을 휘둘렀다. 그 한 수에, 동시에 덮쳐들던 얼음의 검과 도끼가 둘로 쪼개졌다.

파괴된 얼음 무기는 한순간에 옅은 빛으로 환원된다. 조야하고 난잡하게 날뛰는 아름다운 야인의 주위에 빛이 스러지는, 숫제 환상적인 광경이 연이어 펼쳐지고 있었다.

다만, 그러고 있음에도——.

"——움직이지 않아."

"한 번 폼 잡았으면 끝까지 폼 잡게 해 주라고. 멋도 모르냐, 인마. 사선 위에서 사내답게 안 뻗대고 대체 어디서 나대겠냐, 인마."

『작대기꾼』이 스바루의 말을 비웃고 콧노래를 섞으며 마법을 요격했다. 그사이에도 미처 날뛰는 상반신과 달리 그 두 다리는 묵직하게 산과 같은 부동(不動)을 유지하고 있었다.

이래서는 결판이 나지 않는다. 이는 스바루만이 아니라 당사자인 에밀리아의 판단도 똑같았다.

"——우——, 얍!"

따라서 에밀리아는 교착 상태를 무너뜨리고자 과감하게 뛰어들었다. 탄력 있는 육체를 날리며 쳐든 두 팔에 장대한 얼음의 전투 도끼가 생겨났다.

에밀리아는 호쾌하게 몸을 세로로 회전시키며 남자를 향해 수직으로 도끼를 내리찍었다.

"카캇!"

그 전투 도끼 일격에 남자는 곧게 젓가락을 내질렀다. 수직으로 떨어지는 도끼, 그 궤도가 젓가락으로 아주 살며시 어긋나 남자를 스치듯이 빗나가서 바닥에 찍혔다.

거센 충격과 함께 폭풍이 휘몰아치고, 얼음도끼가 가루가 되어 깨져 나갔다. 하지만 에밀리아는 순간적으로 도끼를 놓고 후방에서 다가든 창을 낚아채듯 잡더니 즉각 연격으로 이어갔다.

"에잇! 얍! 차앗! 이얍! 이얍이얍! 야우!"

창의 일격이, 쌍검의 검광이, 장검의 참격이, 카타나의 발도가, 채찍의 음속이, 도끼의 타격이, 갈겨 대는 모든 공격이 남자 앞에선 쉽사리 막혔다.

물론, 에밀리아의 기술이 미흡한 것은 아니다.

에밀리아의 막대한 마력과 격투 능력을 합친 아이스브랜드 아츠는, 고안한 스바루가 말하는 것도 뭐하지만 에밀리아의 능력을 완벽하게 살린 전투 기법이라고 단언할 수 있다.

그 기법이 닿지 않는 지금, 스바루도 어떻게든 원호의 손길을 건네고 싶지만──.

"──스바루."

손을 세게 잡아 주는 베아트리스, 그녀도 스바루와 같은 심정일 터다.

끼어들 틈이 없다. 그 정도로 에밀리아는 흐르듯이 무기를 바꿔 가며 자신의 강점을 살려 마법과 무술의 융단 폭격을 펼치고 있다.

그 폭심지 한복판에 있음에도 한 걸음도 움직이지 않은 채 그 공세를 처리하는 저 남자가, 그냥 『작대기꾼』이라고 자칭한 괴물이 비정상인 것이다.

섣불리 끼어들면 스바루가 능히 에밀리아의 집중을 어지럽힐 요인이 될 수도 있다. 갑갑하더라도 그냥 이대로 에밀리아의 체력이 바닥을 칠 때까지 상황은 움직일 수 없단 말인가.

그렇게 속수무책인 상황에, 생각지 못한 변화가 생겼다. 그것도, 느닷없이.

"흠! 에잇! 챠앗!"

에밀리아가 쌍검을 구사해 남자의 목을 좌우로 끼듯이 참격을 날렸다. 남자는 머리를 숙여서 이를 회피하지만, 빠지는 칼날이 회전해서 몸을 일으킨 남자에 꽂히려고——.

"왓."

남자는 무릎을 굽혀 등 쪽으로 바닥에 쓰러지는 자세로 쌍검을 피했다. 남자가 강인한 발목 힘만으로 몸을 지탱하는 바람에 공격을 허공에 날린 에밀리아는 기세를 죽이지 못한 채 헛발을 디뎠다.

그것은 이 싸움에서 에밀리아가 처음으로 보인 치명적인 빈틈——거기서 튕기듯 몸을 일으킨 남자가 빈틈투성이인 에밀리아에게 젓가락을 쳐들었다.

그 순간, 남자는 여태까지 중에서 가장 사납게 이를 드러내고 상어 웃음을 지은 채로 앞으로 몸을 기울이고 선언했다.

"빈틈 발견."

손에 든 젓가락을 구사해 에밀리아의 두 언덕을 밑에서 건져 올리듯이 어루만졌다.

"뭣——."

모래바다 공략용 망토를 벗어 던져 낯익은 평소의 하얀 복장. 그 가슴 부분을 젓가락으로 어루만져 풍만한 둔덕을 외설적으로 일그러뜨린 남자가 천박하게 웃었다.

"득 봤네, 득 봤어. 이까짓 걸로 화내지……."

"얍!"

"끄억——?!"

머리 위에서 두 손을 깍지 낀 에밀리아, 그 손을 감싸듯이 생성된 얼음 글러브가 천한 웃음을 띠던 남자의 정수리에 직격했다.

일격에 얼음이 깨질 만한 위력. 단단한 충격음이 울려 퍼지고 그 위력에 남자는 "끄어어어어!" 하는 비명을 터트리며 머리를 부둥켜안고 그 자리에서 데굴데굴 굴렀다.

"아파파파! 뭐, 뭔 생각이야, 인마?! 보통, 그런 짓 당하면 여자는 움직임 무뎌지잖아! 왜 한순간도 안 망설이는 건데, 인마?!"

"——웅? 그냥 몸을 건드린 거잖아? 당신, 빈틈투성이인걸."

"까지 마! 애를 어떻게 키운 거야! 부모는 뭐 하고 자빠졌어!"

맞은 머리를 문지르면서 바닥에 책상다리로 앉은 『작대기꾼』이 목청 높여 호소했다. 그 외침에 에밀리아는 눈을 끔뻑이다가 젓가락이 건드린 자신의 가슴을 만지고 말했다.

"……뭔가, 이상한 말 했어?"

"야! 이 겁나 새끈이 좀 어떻게 해라! 밖에 나다니게 하지 마! 피라미! 너 시종이잖아! 인마, 똑바로 해라. 제대로 하라고. 아프네, 인마. 젠장……!"

"너야말로 까지 마! 에밀리아땅에게 뭔 짓이야! 이 변태 자식! 망할 자식! 대죄주교!"

에밀리아에게 외설적인 짓을 저지른 『작대기꾼』을, 스바루가 큰 소리로 따졌다. 이때만은 거친 사나이에 대한 외경이나 강자에 대한 두려움을 잊고 격분했다.

"스바루, 침착해! 그 심정은 이해하지만, 보는 것이야!"

"아앙?! 보라니, 대체 뭘……."

"저 남자의 발밑 말이야."

소매를 끄는 베아트리스의 손길에 노발대발하던 스바루가 제 정신을 차렸다. 그리고 베아트리스가 말한 대로 남자의 발밑을 보았다가, "아." 하고 눈을 크게 떴다.

"한 걸음 수준이 아니라, 엄청 움직였어."

"아! 진짜네! 해냈다! 나 이겼어!"

스바루의 지적에 남자가 침묵하고 대신에 에밀리아가 두 손을 맞잡으며 폴짝 뛰었다.

그녀 주위에서 그 감정에 호응해 얼음의 마력이 잇달아 꽃으로 변해 에밀리아의 승리를 자기 자신으로 축하하듯이 흐드러지게 피고 있었다.

남자가 제시한, 자신을 한 걸음이라도 움직여 보라는 조건은 달성되었다.

누가 봐도 명백할 사실일 터다. ──남자가 억지 부리지 않는 한은.

"무슨 경위든 간에 승리는 승리지. ……자, 어쩔래?"

승리를 기뻐하는 에밀리아에게는 미안하지만 스바루는 눈앞의 남자가 깨끗하게 물러나리라 기대하지 않았다. 여태까지 나눈 대화로 남자에게 그러기를 기대하기 어렵다는 건 자명한 이치다.

그러나 그런 스바루의 불안을 개의치 않고 남자는 말했다.

"아, 하는 수 없군. 뱉은 말은 주워 담을 수 없지. 흑심 내다 발목 잡혔다니 웃음거리밖에 안 되겠지만, 별수 있겠냐."

"이, 인정하는 거냐……?!"

"너, 나를 뭐라고 생각하는 거냐. 여기서 물고 늘어지면 기껏 폼 잡은 내 주가가 떨어지잖아, 인마. 돌이킬 수 없어지잖아, 인마. 그렇게 되면 책임질 수 있는 거냐, 인마. 여자가 안 붙잖아, 인마."

"현시점에서 주가 같은 건 떨어질 데도 없을 만큼 최악의 방식으로 패배했다만……."

"시꺼, 피라미가! 피라미도 아니지, 치어가! 치어가 꽥꽥대지 마라. 아무튼 그 겁나 새끈이가 이겼어. 통과시켜 주마. 그게 조건이잖아. 어쩔 수 없지."

『작대기꾼』은 벅벅 거칠게 머리를 긁고 당당히 자신의 패배를 인정했다.

미련이 없는지 있는지. 그러나 그렇게 선언받은 이상 스바루도 물고 늘어질 마음은 없다.

율리우스와 아나스타시아, 두 사람이 남자와의 공방으로 쓰러졌다는 피해야 있지만 아마도 『녹색 방』에 옮기면 충분히 회복을 내다볼 수 있는 범위다.

제2의 『시험』으로서는 싱거운 감도 느껴지지만——.

"——그래서, 다음은 치어가 할 거냐? 아니면 조무래기 둘 중한쪽이냐."

"엉?"

위층으로 갈 수 있다.

그렇게 이해하며 머리를 굴리던 스바루는 이어진 남자의 말에 눈을 부릅떴다.

──다음 순간, 공기가 타는 냄새가 났다.

그것이 남자가 뿜어내는 차원이 다른 검기── 조금 전까지 보여 주던 게 장난질로 여겨질 만한, 극적인 변화에 근거한 본능의 호소라는 사실을 스바루는 뒤늦게 이해했다.

"탑에 있는 게, 다 합쳐서 일곱 명…… 넘어간 건 우선 네 여자 한 명."

"_____."

"다음은 누가 나를 넘어가 줄 거냐. ──엉, 이봐."

대도서관 플레이아데스, 제2층 『엘렉트라』의 시험.

제한 시간 『조건부 무제한』. 도전 횟수 『조건부 무제한』. 도전자 『조건부 무제한』.

──달성자. 에밀리아.

──미달성자. 스바루, 베아트리스, 율리우스, 아나스타시아, 메일리, 람.

──『시험』, 속행.

4

『작대기꾼』이 시험 속행을 선언하고 다시금 이를 드러내자 스바루는 절규했다.

"자, 잠깐, 잠깐, 잠깐! 누구 한 명이라도 통과하면 되는 조건 아니었어?!"

"아앙? 누가 그딴 소리 했냐. 편한 소리 지껄이지 마. 왜 한 명이 되면 나머지도 다 된다는 건데. 상식적으로 생각해라, 상식적으로! 대갈통 속도 치어냐, 인마."

"세, 세상에서 제일 상식이란 말을 듣고 싶지 않은 녀석한테 정론을⋯⋯!"

두 손에 한 짝씩 든 젓가락을 딱딱 교차시키는 남자의 정론에 스바루가 신음했다.

실제로 『시험』을 끝내는 조건을 멋대로 지레짐작한 것은 스바루다.

3층의 『시험』은 수수께끼를 풀자마자 끝났다. 그 바람에 2층의 『시험』도 한 명만 통과하면 새로운 서고가 개방되는 줄로 감쪽같이 착각에 빠졌었다.

그 전제가 무너지고 통과하는 데 개별적인 전력이 필요하다면, 이 『시험』의 돌파는 절망적이라고 할 수 있다. 에밀리아가 끌어낸 조건── '남자를 한 걸음이라도 움직인다' 는 것이, 얼마나 까다로운 것이었는지를 목격한 직후다.

분명히 말해서 에밀리아는 현재 멤버 중 최고 전력── 율리우스가 준정령과의 계약이 끊긴 이상, 더 말할 것 없이 가장 강하다고 해도 무방하다.

그런 에밀리아를 빼고서, 도대체 누가 이『작대기꾼』에게 한 방 먹여 줄 수 있을까.

"──기다리는 것이야. 네 주장에는 결정적인 오류가 있어."

"오류라고라?"

전율하며 불리한 전황 속에서 승리의 실마리를 찾으려는 스바루. 그 바로 옆에서 침착하라는 듯이 세게 손을 쥔 베아트리스가 남자에게 말을 던졌다.

"뭐야, 인마. 10년 이르다고, 인마. 최소한 5년은 되어야지, 인마. 더 제대로 팔다리랑 키가 자라고 가슴이랑 엉덩이 묵직해진 다음에 와라, 인마."

"……원래부터 너의 헛소리에 어울릴 마음은 없었지만, 지금 그 소리로 완전히 그럴 맘이 없어진 것이야. 그러니까, 스트레이트하게 갈겨 주겠어."

"스트레이투하게, 뭘?"

"당연한 소리를. ──에밀리아는 너에게 한 걸음이라도 움직이면 '우리'의 승리라고 말했어. 즉, 에밀리아의 승리는 우리 전원의 승리인 거지!"

베아트리스의 지적에 스바루는 숨을 집어삼키고, 무심결에 에밀리아 쪽을 쳐다보았다.

설마 그 유들유들한 제안에 거기까지 의도를 감추고 있었느냐고, 에밀리아의 숨겨진 악녀성에 경악했다. 에밀리아 본인은 입에 손을 짚고서 "아." 하고 말했다. 아니었다. 그냥 아무 생각 없었다.

"그래, 그러고 보니 나 말했었어! 우리라고 그랬어! 어때? 그거라면 우리는 전원이 당신의 『시험』을 넘어섰다는 게 되지 않아?"

"그거야 말하는 방식 문제겠지, 인마. 안 돼."

"그래……. 알았어. 스바루, 베아트리스, 미안해. 안 된대……."

"빨라! 물러나는 게 너무 빠른 것이야!"

에밀리아가 고개 푹 숙이고 표정이 차분해져서 물러나자 베아트리스가 고함쳤다. 그러나 침착하게 생각해 보니 무리가 있는 생떼였다. ──그만큼 절망적인 관문인 것은 사실이지만.

"뭐, 그 조무래기의 주장도 모르는 건 아니야. 처음에는 거시기, 몇 명이든 좋으니 나를 넘어가 보라는 얘기 같았고. ──시키는 대로 하는 건 재미없으니까 억지로 깨어났지만."

"억지로 깨어났다니…… 처음에 그건 시스템 탈출이었단 뜻이냐?!"

"몰라, 인마. 내가 알 수 있는 말 써라, 인마. 새치 녀석 같은 말만 쓰는 게 아니라고, 인마."

기분이 오락가락 획획 바뀌는 남자의 발언에 대충 끄덕이면서 스바루는 왠지 모르게 남자의 정체──『시험』의 시스템 부분에 무슨 일이 일어났는지를 이해했다.

"원래는 전원이 협력해서 조건을 채우면 될 뿐인 『시험』이, 네가 깨어난 탓에 한 명씩 조건을 채워야만 하게 됐다?"

"캇! 근데 말이다, 어느 쪽이 편했는지는 모를 일이라고. 우르르 몰려들어 나를 죽이는 거랑, 나한테 가슴 주물러지다가 한 방 때리는 것 중 어느 게 편했는지는 알 수가 없……다고라!"

"──말조심해라, 성추행범. 난 아직 열 받아 있다고."

부주의한 남자의 한마디에 스바루는 더 없이 빠르게 뽑은 채찍을 후려갈기고 있었다. 물론, 그런 기습은 남자에게 통하지 않고 젓가락으로 쉽게 잡히고 말았지만.

"캇! 작대기질할 분위기가 아니다 싶었는데 설마 채찍이냐, 인마. 뭔 취미야, 인마. 채찍으로 치는 건 적이랑 네 여자만으로 그쳐 둬."

"너는 적이 맞잖아! 그리고 에밀리아땅하고는 더 차근차근 순서를 밟아 갈 작정이고, 밟은 뒤에도 채찍 쓰는 선택지는 없어!"

"스바루, 스바루. 진정해. 상대의 페이스에 말려들고 있는 것이야!"

"맞아, 스바루! 그렇게 화내면 안 돼! 난 그냥 가슴을 만져졌을 뿐이고, 이상한 짓은 당하지 않았잖아."

"그게 이상한 짓이야, 에밀리아땅!"

"보통은 화낼 상황이다, 겁나 새끈아."

진정시키려는 에밀리아의 말에 스바루와 남자가 동시에 딴죽 걸었다. 호흡이 일치한 주의에 에밀리아는 눈을 동그랗게 뜨고, 베아트리스는 깊이 한숨지었다.

그때──.

"──잠깐, 괜찮을까아?"

독기가 빠졌다는 듯한 『작대기꾼』과의 대화── 거기에 지금

껏 내내 침묵을 고수하던 인물이 기회를 보다가 떨리는 목소리를 냈다.

"……이런 말 하고 싶지 않는데에, 물러나야 한다고 봐아."

그렇게 말한 메일리가 조막만 한 손을 들었다. 소녀는 무릎에 실신한 샤울라의 머리를 올린 채로 느릿느릿 고개를 가로저었다. 그 황록색 눈은 겁에 질려 있었다.

"어떻게 오빠가 그 사람이랑 아무렇지도 않게 말할 수 있는지 모르겠어. ……기사 오빠도, 목도리 언니도 당했는데, 발가벗은 언니도."

"샤울라만은 다른 이유로 쓰러진 거지만…… 확실히, 묘하군."

메일리의 의견은 심약하기는 해도 현재 전력을 돌아보면 당연한 판단이다.

오히려 아직 도전을 속행하려던 스바루 쪽이 냉정하지가 않다. 완전히 『작대기꾼』의 검기에 이성을 잃고 있다. 거기에 에밀리아에게 저지른 성희롱하고 율리우스와 아나스타시아 두 명이 쓰러진 사실이 얼마나 영향을 끼치고 있을지는 객관적으로 볼 수 없지만──.

"──만약에, 물러났다가 다시 오기로 한다면 그건 인정해 줄 거냐?"

에누리 없이, 『작대기꾼』의 실력은 파멸적인 수준에 도달해 있다.

작대기 두 개로 율리우스를 격파하고, 에밀리아와 맞섰는데도 여전히 명명백백 여력을 남긴 태도── 그 실력은 과장 없이

라인하르트 급이다. 현재, 승산은 일절 없다.

마침내 그 결론에 다다른 스바루는 퇴각할 뜻을 굳혔다. 그러자——.

"——관두련다."

"어?"

"관——둘——래! 관둘래 관둘래 관둘래 관둘래 관둬 관둬 관둬! 기분 식었어!"

남자는 몸도 마음도 전력퇴각으로 쏠린 스바루 일행에게 떼쓰는 아이처럼 내뱉었다.

그리고——.

"가게 접었다. 니네들 집에 가라. 나는 질렸어. 못 해 먹겠네."

그 자리에 털썩 앉아 한쪽 무릎을 세운 자세로 아무렇게나 말을 내던졌다.

"——자, 잠깐, 잠깐, 잠깐! 너무 자유롭잖아, 뭐야 그거?! 네 기분 따라 『시험』의 사정을 멋대로 정하는 거냐?!"

"시끄러, 인마. 원래 이곳의 재량은 나한테 일임되었다고, 인마. 그런 내가 안 하겠다면 안 하는 거지."

그 방약무인한 말에 스바루는 절로 말문이 막혔다. 놀란 스바루 앞에서 남자는 "그리고 말이다." 하고 말을 이었다.

"——의욕이 없을 때의 나는 안 놀아 줘. 너, 할 수 있겠냐?"

스바루는 후왁 하고 불어오는 오한을 온몸에 받았다.

젓가락마저도 품속에 갈무리하고 무장 일체를 버린 남자는 입 끝을 일그러뜨리고 있다. 그 표정은 틀림없이 웃음이었지만 여태까지 짓던 웃음과는 질적으로 달랐다.

사나우면서도 밝은 분위기가 있던 웃음이 아니다. 거무칙칙하고 피비린내 나는, 음침한 살의를 두른 짐승의 미소였다.

"……아."

자그맣게, 신음하는 소리가 들렸다.

쳐다보니 스바루가 아니라 옆에 있던 에밀리아가 낸 소리였다. 자신의 하얀 목에 손을 짚고서 보석 같은 눈을 부릅뜨고 경악에 빠져 있었다.

무릎이 허물어져 바닥에 주저앉는 에밀리아. 자신이 설 수 없다는 사실도, 호흡을 잊고 말았던 것도, 이 순간에 깨달았다는 듯이──.

"하──."

그리고 그것은 에밀리아의 모습에 호흡을 '떠올린' 스바루도 마찬가지였다. 목에 손을 짚고 무릎 꿇은 채 필사적으로 산소를 폐에 집어넣는다. 산소가 혈액에 순환한다.

주위에 호흡을 떠올리게 해 줄 누군가가 없었으면 안력만으로도 질식사했었다.

"열심히 머리 쥐어짜서 이길 방도 찾으라고, 인마. 겁나 새끈이랑 같은 수는 안 통한다. 자고 있는 야한 여자 정도라도 아닌 한은. 꺼져, 나는 자련다."

낮은 음색에 장난기는 없이 그 말만 마친 뒤, 남자의 머리가 뚝 떨어졌다. 잠시 기다리니 서서히 들려오는 것은 자고 있어도 시끄러운 남자의 코골이였다.

어떻게 보면 그 인품을 하나도 배신하지 않는 요란한 코골이 —— 그러나 그 사실에 웃을 여유라곤 이 자리에 남은 그 누구에게도 없었다.

"빨리, 돌아가자아."

한시라도 빨리 이 자리를 벗어나고 싶다.

그런 본능에 거스르지 않으며 주장하는 메일리. 소녀의 말을 계기로 스바루 일행은 부상자를 데리고 『시험』에서 퇴각할 수밖에 없었다.

5

"——그렇구나. 그것이 두 번째 『시험』에서 털레털레 도망쳐 온 이유란 말이지."

"……신랄하심다, 언니분."

"그만둬, 그 말투. 거기 자고 있는 애의 스승님 설이 진실미를 띠잖아."

"그건 소름 돋네. 조심할게."

오싹해지는 충고에 힘없이 어깨를 으쓱이니 그 대답에 람은 작게 한숨 쉬었다.

장소는 4층으로 돌아와 『녹색 방』에 있던 람과 다른 방에서 합류한 참이다. 같은 방에 있는 사람은 에밀리아와 베아트리스와 메일리, 마지막으로 대충 굴려 둔 샤울라다.

——길고 긴 계단을 내려와 2층에서 도망쳐 온 일행은 일단

율리우스와 아나스타시아 두 사람을 『녹색 방』에 업어다 옮기고, 정령의 치료에 그들의 몸을 맡겼다.

그리고 사정을 모르는 람에게 3층과 2층의 이야기를 공유한 와중이었다.

"듣기만 해도 어처구니없는 시험관이 있는 모양이지만⋯⋯ 에밀리아 님만은 그 기준을 맞춘 거지? 한 명만이라도 서고를 보고 올 수는 없었어?"

"아, 그렇구나. 나만이라면 1층에 올라갈 수 있었을지도⋯⋯ 『작대기꾼』 님한테 물어볼래?"

"⋯⋯아니, 그만두자. 언짢을 때에 자극해서 괜히 경을 치고 싶지 않고, 만약 에밀리아땅 혼자만 위에 갈 수 있다고 들어도 그 왜, 위험해."

"엄─청 조심할 건데?"

"위험해." "위험하네." "위험한 것이야."

에밀리아의 결의에 스바루와 람과 베아트리스가 동시에 찬물을 끼얹었다. 다만 별달리 과보호 때문에 그 의욕을 꺾은 것은 아니다.

"2층의 『시험』이 저랬던 이상, 그다음도 위험할 확률이 부쩍 늘어났어. 에밀리아땅 혼자만 보냈다가 돌아올 수나 있을지 모를 노릇이니⋯⋯."

"그럼 역시 다 같이 『작대기꾼』 님을 넘을 때까지 힘낼래?"

"그러고 싶은, 부분은 있지만⋯⋯."

그것이 가능한지는 논의할 여지가 있다. 최고 전력인 에밀리아가 허들을 내리고 또 내려서야 비로소 통과한 실정이다. 실제로 율리우스는 쓰러진 노릇이고──.

"그 녀석, 너무 풀 죽지 않으면 좋겠는데……."

"율리우스, 걱정돼?"

"어떨까. 걱정되는 거야, 뭐, 걱정되지만…… 그렇게 간단한 것도 아니려나."

『작대기꾼』과의 정면 승부에 완패하고 기사검이 깨진 순간 율리우스가 지은 표정. 그 모습을 돌이켜 보면 스바루의 불안이 과하지는 않을 것이다.

검술은 통하지 않고, 애들 장난처럼 희롱당하던 끝에 기사검까지 부러졌으니──.

"대신할 검은 용차에 준비했지만 그런 문제가 아닐 거잖아."

"검은 다시 벼리면 돼. 베티는 그 고집을 이해하지 못하겠어."

"베아코도 내가 만들어 준 손수건이나 벙어리장갑이나 앞치마를 소중히 여기고 있잖아? 그게 찢어진 상황, 그 상급판 같은 이야기야."

"……벽창호라는 투로 말해서, 잘못했어."

폭언을 솔직하게 반성한 베아트리스. 스바루는 그 머리를 쓰다듬어 주고 한숨을 쉬었다.

『녹색 방』에서 깨어난 뒤, 율리우스가 무슨 반응을 보일지 상상이 가지 않는다. 어울리지도 않게 낙담할지, 아니면 그답게 꿋꿋하게 행동할지. 어느 쪽이든 뭐라 말을 붙이면 될지 알 수가 없어서 마음이 무겁다.

게다가 마음에 걸리는 거라면 율리우스만이 끝이 아니다.

"아나스타시아…… 에키드나의, 그 필사적이던 모습은 대체……."

스바루의 뇌리에 의문으로 강하게 들러붙은 것이 율리우스와 『작대기꾼』의 일대일 대결에 끼어들어 원호하던 아나스타시아=에키도리의 판단이었다.

그 순간, 스바루를 포함한 전원이 어떻게든 율리우스를 원호하려고 타이밍을 재고 있었다. 그 원호를 맨 처음 실행한 게 에키드나였다는 점이 예상 밖이었다.

지금까지 보낸 여정, 그리고 탑에 도착한 이후에도 에키드나는 아나스타시아로서의 행동을 잊지 않으며 그 육체를 염려한다는 약속을 지켰다고 생각한다.

그랬는데 지금 와서 갑자기 그런 행동에 나선 이유는 무엇인가.

"＿＿＿＿."

수문도시에서 처음 정체를 밝혔을 때, 에키드나는 아나스타시아와의 관계성과 아나스타시아의 육체가 떠안은 천성적인 장애에 관해 스바루에게 설명했다.

게이트가 불완전한 아나스타시아의 몸은 밖에서 마나를 흡수하는 것이 불가능하기에 자신의 오드를, 생명을 축내는 것 말고 마법을 쓸 방법이 없다고.

"그런데, 왜 그 녀석은 그렇게까지 해서 율리우스를 구하려고 한 거지?"

계산적으로 무슨 꿍꿍이를 꾸미며 나온 행동── 그렇게 보이지는 않았다. 그 필사적인 모습 뒷면에 있던 것은 틀림없이 율리우스의 몸을 애타게 염려하는 마음이었다.

"──아나스타시아 님과 기사 율리우스도 걱정되지만 더 규명해야 할 문제가 따로 있어."

"시험관, 『작대기꾼』 말이지."

"그래. 야박한 것 같지만 람으로서는 『시험』이 어찌 되는지 그쪽이 더 중요한걸. ──그걸 넘을 수 없으면 렘을 되찾을 수단에 이르지 못해."

스바루의 사고에 끼어든 람이 어떻게 보면 냉혹한 의견을 입에 올렸다.

그녀의 말은 스스로 인정한 대로 약간 배려심이 부족했다. 하지만 스바루는 그 사실을 탓할 마음이 들지 않았다.

"──────."

평소와 다름없어 보이는 람의 표정. 그 뒷면에 느껴지는 희미한 조바심. 그것은 잃어버린 여동생을 되찾을 가능성에 손이 가닿았음에도 딱 한 걸음이 미치지 않는다는 사실에 비롯한 초조감이리라.

"키나가시에 외눈, 빨강 머리에 파란 눈동자…… 유달리 자기주장이 심한 복장인데."

"짚이는 인간이 있거나 해? 실물을 보지 않으면 이미지가 안 잡힐지도 모르지만, 분명히 말해서 괴물처럼 강해. 라인하르트 급일지도 몰라."

"악몽이구나."

"하지만 스바루가 하는 말은 거짓말이 아니야. 라인하르트의 진짜 힘은 본 적 없지만…… 응, 그만큼 강했다고 봐."

믿기 어렵다는 뉘앙스를 머금은 람의 맞장구에 에밀리아도 첨언했다.

"바루스와 에밀리아 님의 말을 믿기로 하면, 기사 라인하르트와 동급의 적……. 지상 최강과 대등하다는 말을 듣는 사람은, 지금의 세계에는 각국에 한 명뿐이야."

"라인하르트가 왕국 최강이고, 다른 세 나라에도 각각 최강이 있다는 뜻인가."

"볼라키아 제국 일장(一將)『푸른 뇌광(雷光)』세실스 세그문트, 구스테코 성왕국의『광황자(狂皇子)』, 그리고 카라라기 도시국가의『예찬자』하리벨. 하지만 다들 특징이 달라."

"긴 빨강 머리는 없어?"

"성왕국의『광황자』만은 특징이 알려지지 않았으니 알 수 없지만."

"황자, 황자라……. 그런 분위기는 아니었을걸?"

물론 '광(狂)' 자 부분만 짚으면 절대 아니라고 단언할 수 없지만, 아름다운 생김새였다고는 해도 왕족다운 기품이 있었다는 말은 할 수 없다.

그건 야생의 아름다움, 황야에 있으니까 용납되는 종류의 미술품이다.

"그렇다면, 세상에 이름이 알려지지 않은 무예가 쪽……."

"복장은 카라라기의 민족의상이었어. 젓가락도 잘 쓰고 있었던 것이야."

"본래 사용법과 너무 달라서 잘 쓰고 있었다고 해도 될는지 모르겠군……."

게다가 그 남자와 '세상에 알려지지 않은 무예가' 라는 인상은, 아무리 애써도 스바루 머릿속에서는 연결될 건덕지가 없었다. 그만한 실력자가, 그것도 그토록 인간성이 짙은 인물인데 세상에 알려지지 않고 넘어갔다는 점에는 위화감이 앞선다.

더구나 이 플레아데스 감시탑의 기묘한 구조에 편입된 남자가, 과연 보통사람이겠느냐는 의문이 내내 따라다니고 있어서——.

"아, 오빠들 잠깐 괜찮아?"

"응?"

"발가벗은 언니, 슬슬 깰 것 같은데에?"

방구석에서 얌전히 샤울라에게 무릎을 빌려주던 메일리가 손을 들었다. 메일리의 말대로 샤울라는 무릎베개에 머리를 실은 채로 괜히 요염하게 꿈틀꿈틀 몸을 틀면서 "으응——, 아응——." 하고 신음하기 시작했다.

그리고 전원의 주시를 받으면서 천천히 그 눈을 뜨고 뇌까렸다.

"스승니임…… 혼자 두지 마요……. 이제, 외로운 건, 싫습다……."

"초장부터 애틋해지는 말 하지 마라! 사실 너 깨어 있지!"

"체엣——임다. 기특한 말 하면 스승님 잡아둘 수 있을 줄 알았는데 야박하셔라. 근데 근데요, 그런 면도 저는 사랑해요."

"걱정해서 손해 봤다……."

긴 다리를 들어 올렸다가 세게 내리는 동작으로 샤울라가 가볍게 일어섰다. 그녀는 묶은 긴 머리를 찰랑이며 두리번두리번 방 안을 둘러보다가, "으음?" 하고 갸우뚱했다.

"어라? 왜 이런 곳에 있어요? 확실히, 저희는 스승님의 극적인 발상으로 『시험』을 돌파하고 위로 가서……."

"아아, 그건 꿈이 아니야. 현실이다."

"거기서 스승님이 저를 껴안고, 이제 놔주지 않을 거라고 웃어 주며……."

"그건 꿈이네! 두 번째 『시험』이 시작되자마자 기절했었어!"

스바루는 꿈 이야기를 하는 샤울라에게 호통 치며 기절 직전에 일어난 사건을 상기시키려고 했다. 하지만 샤울라는 "기절~?" 하고 왠지 우습다는 듯이 콧방귀를 뀌었다.

"제가 기절이라니, 그런 볼썽사나운 상황이 있을 리 없잖아요. 몇백 년 만에 스승님이랑 재회해도 기절까지는 하지 않았다구요? 그런 제가 기절했다니, 웃다가 배꼽이 빠지겠네요!"

"아냐. 의심하고 싶어지는 기분은 알겠지만 진짜로 기절했었어. 스바루랑 메일리가 엄—청 걱정했었어. 믿어 줘."

"에엑! 스승님이 저를?! 에헤헤헤헤, 믿을래요."

"쉽네……."

"내가 덤 취급인 거, 왠지 어엄청 섭섭해애."

표정이 실실 풀린 샤울라가 좋아하며 의견을 뒤집자 스바루와 메일리가 동시에 복잡한 표정을 지었다. 곧 샤울라가 "어라라?" 하고 반대쪽으로 고개를 갸우뚱한 채 물었다.

"하지만 기절이라니 무슨 일이 있었던 거죠? 제가 쓰러진다는 건 예삿일이 아닌데. 그런 상황이면 스승님 외에는 몰살당해도 이상하지 않은데요……."

"당신이 바루스……가 아닌, 스승님에게 과도한 기대를 보내고 있는 건 알겠지만, 사실이래. 천천히 돌이켜 봐. ……눈앞에, 길고 긴 계단이 있어."

"길고 긴 계단……."

기억을 더듬어 되살릴 셈인지 람이 최면 요법처럼 차분한 목소리로 말하기 시작했다.

"맞이하는 건 하얀 방, 바닥에 꽂힌 강철검. 그것을 잡은 순간, 그 자리에 있던 전원의 마음에 울려 퍼지는 기묘한 목소리──."

"두근두근……."

유난히 감정을 살린 람의 언변에 샤울라와 에밀리아가 완전히 감정 이입하고 있다. 샤울라는 몰라도 에밀리아는 무슨 일이 일어났는지 잘 알 테지만, 스바루는 말허리를 끊는 것을 우려해 지적하지 않았다.

"그때, 방 안에 나타나는 사람의 그림자. 그것은 붉은 장발에 파란 눈동자를 가지고 이국의 의상을 입은 남자……."

"히야아아아아아!"

핵심 장면에 이른 순간, 샤울라가 비명을 지르며 뒤로 뛰었다. 그대로 스바루에게 달려들 듯이 날아왔지만 그럴 줄 예상했던 스바루는 허리를 낮추어 몸통째로 듬직하게 받아냈다. 이번에는 쓰러지지 않는다.

대신 샤울라의 부드러운 살결이 바이스처럼 옥죄었다.

"아파파파파! 기, 기억이 난 거냐! 기억 난 거지?!"

"어, 어, 어, 어째서 그 녀석이 여기에 있는 거예요! 스승님 일행이 죽었다고 그랬는데! 살아 있었어! 역시 죽여도 죽지 않는 녀석이었어요!"

"뭐어?! 너, 무슨 말을……."

아파서 눈물을 글썽거리던 스바루는 샤울라가 무슨 말을 꺼낸 건지 되물으려다가──그 순간, 깨달았다.

샤울라의 말이 가리키는 의미를.

그 언급에, 이 탑에 온 뒤로 해당하는 인물은 딱 한 명뿐이다.

그것은──.

"『작대기꾼』! 『작대기꾼』 레이드임다! 그 짐승! 악마! 또 제 가슴 팍팍 주무르려고 살아 돌아온 거예요──!"

6

──레이드 아스트레아.

그것은 전설에 이름을 남긴 검사의 이름이다.

마수를 베고, 검호를 베고, 용을 베고, 끝내는 마녀를 베었다는 대검사.

『검성』이라는 이름을 최초로 받은 인물이자 세계를 구한 삼영걸 중 한 명이기도 하다.

라인하르트 반 아스트레아를 포함해, 『검성』의 계보인 아스트레아 가문의 영광을 시작한 인물이자 지금도 검에 목숨을 건 자들이 최고로 선망하는 대상──.

믿기 어려운 일이기는 했다. 그 이름은 400년이나 전에 사라졌을 생명의 이름이다.

이곳이 수백 년 전부터 존재하고, 마녀와 인연이 있는 인물의 손으로 만들어진 탑이 아니라면 그런 가능성은 일소에 부쳤으리라.

그러나, 이곳에는 400년 전을 아는 산증인이 있다.

그러나, 이곳은 400년 전에 살던 『현자』가 만들어낸 탑이다.

그 고약한 성격을 감안하면 최강의 파수꾼으로 초대 『검성』을 두고 그를 넘어 보라며, 딱 말할 성싶지 않은가──.

그 사실을 수확 삼아 스바루 일행은 급히 『녹색 방』으로 되돌아갔다.

상대가 레이드 아스트레아인 것을 알았으면 그 대책을 강구해야 한다. 다행히도 그 『검성』은 일화에 부족함이 없는 남자라고 들었다.

그리고 이 또한 다행히도, 일행 중에는 과거의 위인에 대해 해박한 인재가 있었다.

물론, 그에게 패전의 영향이 남아 있을 것은 상상이 간다. 그러나 상대의 정체를 알면 그 수치도 씻길 것이라. 당연하다. 상대가 안 좋았던 것이다.

여하튼 상대는 『검성』―― 라인하르트와 같은 성을 가진 자이자 그 성을 만들어 낸 시조에 해당하는 인물이다.

그렇게 여기면 그 패전도 수월하게 넘길 수 있을 터인데――.

"――그, 바보 자식."

그런 위로의 말을 품고 『녹색 방』에 돌아온 스바루는 잠긴 목소리로 중얼거렸다.

방 안쪽에서 부상자를 눕히는, 정령이 만들어 낸 풀 침대―― 네 개 있는 침대에는 각각 렘과, 아나스타시아와, 가장 안쪽에 파트라슈가 있고.

아나스타시아와 파트라슈 사이에 있는 한 곳, 그곳이 비어 있었다.

풀로 엮인 침대 위에 부러진 기사검만이 놓여 있었다.

7

――계단을 두드리는 신발 소리와 피부를 찌르는 검기에 남자는 천천히 눈을 떴다.

수면을 방해받았다는 분노는 없다. 애초에 인생이란 언제 어디서나 전장인 법.

이 몸은 항상 사선 위에 있다고 결심하면, 거기서 무슨 일이 일어나더라도 마음이 어지러워지지 않고 있을 수 있는 법이다. 거기에 얼마나 장난기를 품을지는 다른 이야기지만.

"_____."

계단을 올라오며 서서히 그 모습이 보이기 시작한다. 검기에 기억이 있었다. 발소리, 발놀림에도 마찬가지로 기억이 있다. 좀 전에 있던 일이다. 잊을 까닭이 없다.

다만 그건 상대 또한 마찬가지일 테니 기묘하게 느껴졌다.

좀 더 영리한 상대인 줄 알았는데——.

"_____."

"캇!"

그런 인상은 올라온 상대의 눈을 보고 지워졌다.

대신에 목을 울린 것은 치미는 충동이었다.

그 충동을 혀 위에 대차게 튕기고 거칠게 빨강 머리를 벅벅 긁었다.

그리고——.

"이번에는 장난으로는 끝나지 않는다, 인마."

"_____."

의미가 있을 것 같지는 않았지만 일단 의리상 말을 던졌다.

그 말에 상대는 한 번 눈을 감았다가 바로 모든 감정을 내던졌다.

그리고 망설임 없이 손을 뻗어—— 바닥에 꽂힌 검을 뽑고서 자세를 잡았다.

"루그니카 왕국, 근위기사단 소속—— 율리우스 유클리우스."

이름을 밝힌 기사는 상대가 눈을 가늘게 뜬 순간 사납게 달리기 시작했다.

　그 모습에 남자는── 레이드 아스트레아는 모질게 뺨을 일그
러뜨리고 읊조렸다.

　"그 하찮은 감투를 내세우는 중에는, 내 놀이 상대도 못 돼."

제5장 『율리우스 유클리우스』

1

──아마 그 누구도 믿지 않을 것이다.

「내 이름은 나츠키 스바루! 로즈월 저택의 머슴이자, 여기 계신 왕 후보── 에밀리아 님의 첫째 기사!」

그 순간, 왕성의 홀에 있던 전원을 적으로 돌린 허풍쟁이.
큰소리친 당사자조차도 왠지 들뜬 감정과 기세에 홀렸다는 진실을 숨기지 못하던 발언── 그 말에 단 한 명, 감명을 받은 남자가 있었다는 것을.

2

주워 든 선정의 검은 왠지 울고 싶어질 만큼 손에 착 달라붙었다. 마치 검에 자신이 선택받았다고 착각할 것만 같이.
그렇게 가슴을 펼 수 있는 이유라곤 지금의 자신에게 하나도 없건만.

"쉭——!"

부러진 애검과 비교하면 살짝 폭이 두껍고 칼끝도 무겁다. 그러나 그 점을 감안하며 검을 휘두르면 다소의 차이는 금세 수정할 수 있다.

싸울 때 손에 익은 무기만 쓰는 상황이라곤 단정할 수 없다. 온갖 사태를 예상해 되도록 검을 가리지 않고 싸울 수 있게 수련해왔다는 자부심이 있었다.

"재미없네, 인마."

그 자부심을 실은 날카로운 찌르기를, 남자는 하품과 함께 뒤로 뛰어 가볍게 피했다.

거리가 벌어진다. 앞으로 나아가며 발재간으로 따라붙는다.

전투 중, 종합적으로 검술을 평한다면 중요한 요소는 검을 어떻게 쓰느냐가 아니라 어디로 발을 옮기고 어떻게 발을 놀리느냐다. 최적의 위치에 가장 빨리, 최고의 형태로 뛰어들기 위해.

따라서 검술의 수련을 시작했을 적에는 가장 먼저 발재간을 교육받기 마련이다.

운이 좋아 좋은 스승을 얻었다고 생각한다. 스승의 검술은 지금의 자신과 비교하면 다소 떨어지는 감이 있었지만 그것은 나이상 어쩔 수 없는 범주에 있었다.

그러나 본인의 실력 이상으로 타인의 재능을 기르는 역량이 뛰어난 인물이었다. 검술의 실천만이 아니라 그 기술의 발상과 계승의 역사, 그런 이야기를 좋아하는 사람이었고.

자연히 자신 또한 그 이야기를 듣기를 즐기며 실천할 수 있음을 영예롭게 느꼈다.

"―――――."

도약을 따라잡아 착지 지점을 노리고 검격을 날렸다.

상하좌우로 교란을 섞으며 진짜 노림수는 수직 아래에서 올려치는 베기다.

"교본대로냐, 인마."

치명적인 궤적을 남자는 쉽사리 작대기로 비껴냈다. 1초에도 미치지 못하는 찰나의 공방으로 바늘에 실을 꿰는 것만 같이 섬세한 기술을 펼치는 남자. 상궤에서 벗어난 무예였다.

"――크."

경악하며 신음한다. 검격이 머리 위로 힘차게 빗나간다. 발생한 빈틈을 내주지 않으려 몸을 돌리며 의식에 명령해 바람 칼날을―― 아니, 미정령(微精靈)의 조력은 없다. 그냥 빈틈만 생겼을 뿐이다.

"캇!"

날아온 앞차기가 옆구리에 곧게 꽂혔다. 맨발의 발끝이 내장 틈새로 후비듯이 파고들어 체내의 장기가 일제히 비명을 질렀다.

날아간다. 한순간 스스로 충격의 방향으로 뛰어서 관성에 휘둘리는 사태를 막았다.

그러나 발차기의 관통력은 죽일 수 없다. 시야는 빙글빙글 회전하며 충격이 뇌에 고통과 구역질을 전달하는 가운데, 육박하는 바닥에 발을 내리찍고 적을 놓치지 않고자 고개를 들었다.

억지로 폐를 쥐어짜 체내에 남아 있는 산소를 모조리 토해 냈다. 몸의 내용물을 한 번 완전히 비우고 가빠진 호흡에 억지로 평정을 일깨웠다.

"＿＿＿＿＿."

뱉는다. 다 뱉었다. 이로써 아직 더 싸울 수 있다. 싸울 수 있어야 한다.

10미터가량 떨어진 위치에 빨강 머리 남자가 웃으며 서 있다.

재차 그리로 뛰어들었다. 따라붙어 검격을 날려 최소한 그 여유로운 웃음이나마 떼어 내어야만. 그다음부터가, 진짜 싸움이
＿＿＿.

"폼 재지 마라. 싸움질에 거짓이고 진짜고 있겠냐, 인마. 동화책이라도 읽었어?"

"＿＿아."

눈 깜빡할 새에 거리가 좁혀져 아연실색했다.

비유 없이 눈을 깜빡인 직후였다. 남자는 10미터를 한순간에 좁혀 코끝에 작대기를 들이대고 있었다. 부주의하게 그것을 떨치고자 움직이는 바람에 호를 그린 두 가닥 젓가락질에 가슴과 머리를 맞았다.

날카로운 충격. 아픔보다 일격의 예리함에 의식이 달아났다. 어금니를 깨물고 놓치려던 의식을 필사적으로 긁어모아 힘차게 바닥을 디뎠다.

"으으, 아!"

순간적으로 낮은 목소리로 포효하고 반월의 참격을 남자에

게 날렸다. 남자는 그 공격을 춤이라도 추듯이 우아하게 회피하고, 볼에 팔꿈치를 찍었다. 다시, 의식이 휘청거렸다.

따라서 몸이 가장 친숙한 일격을 선택했다.

불과 얼음의 동시 영창, 거기에 검격을 더한 세 방향 일제 공격
―― 불발.

준정령(準精靈)과의 계약은 끊겼다. 그렇기에 불과 얼음의 원호는 없어서, 내지른 것은 수도 없이 거듭한 수련 끝에 『가장 뛰어난 기사』라고 불릴 경지에 다다른 예술적인 칼질뿐이었다. 행여 상대가 범상한 인물이라면 그것만으로도 충분히 해치우기에 충분했으리라.

"퉤이."

기사 검술의 최고봉이 심심파적으로 휘두른 작대기에 가볍게 튕겨 났다.

올려 친 무릎이 명치에 꽂히자 신음과 함께 위액이 딸려 나왔다. 곧장 몸이 허물어지려던 순간, 정면에서 날아온 연격이 쓰러지지 못하게 막았다.

"오오?"

충격에 앞이 아니라 뒤로 쓰러지려다가 잽싸게 뻗은 손으로 몸을 지탱했다. 즉시 후방으로 회전할 기세로 발차기를 날리자, 남자는 뜻밖이라는 목소리를 흘리며 그 공격을 피했다.

바로 거리를 벌린다. 코피가 터졌다. 하얀 소매로 닦았다. 제복이 유달리 붉은 염료로 선명하게 더러워졌다.

상관없다. 날카로운 숨을 내뱉고, 오른손에 잡고 있는 검에 온

마음을 실었다.

닿는다. 닿게 해야만 한다. 강하게, 강하게 존재해야만 한다.

"한심스럽구만, 인마. 칼 들고 뭔 그 짝이냐, 인마. 나는 칼 든 지 3개월밖에 안 지났다고, 인마. 나는 빛 벨 수 있는데 넌 뭘 벨 수 있어?"

"지금, 여기서, 당신을———."

"되는 소리를 해라, 인마. 할 수 있겠냐, 네가. 못하지, 너는. 닿을 때까지 휘두르지 못해. 닿을 때까지 휘두르지 않았어. 될 때까지 휘두르지 못해. 될 때까지 휘두르지 않았어. 할 일을 안 했는데 하고 싶은 말만 떠들지 마라, 인마."

반론 대신에 한 번, 강하고 강하게 검격을 날렸다.

그 검격에 대한 대답이라는 듯이 쏟아진 열을 넘는 타격에 얻어맞았다.

"부족하다고, 인마. 모자란다고, 인마. 네가 올 곳이 아냐. 이 자리가 아니라고. 네가 놀 자리가 아니야. 안 불렀어."

강해야만, 한다. 검으로 그 사실을 증명해야만 한다.

이름을, 가문을, 가족을, 주군을, 전우를, 친구를, 영혼으로 이어진 정령을 잃고서.

남은 것은 이것뿐이다. 남은 것은 자기 자신뿐이다. 내가 나로서 만들고, 실체가 없는 이것만이 남았다.

이것만이 자신의 존재 증명이니까———.

"기분 나쁘다고, 인마. 잘생긴 탈을 뒤집어쓴 거냐, 인마. 원숭이처럼 남 흉내만 내서 만족하냐, 인마. 검이나 너나 재미없어."

검의 정점을 목표로 둔 적이 있었다.

그 지점이라면 목표로 할 수 있는 게 아닐까 생각한 적이 있었다.

금방 그것은 과한 소망이었다고 포기했다.

빨강 머리 소년이 거대한 사명을 짊어지고 있음을, 그 눈을 보고 깨달은 순간에.

"아무도 너 따위 보지 않아. 기대하지 않는다고. 내가 놀아 주는 줄 알고 어리광 피우지 마. 때리고 차도 재미가 없어, 너하고는."

동경하는 마음이 있었다. 빛나는 이야기가 넘치고 있었다.

그것들과 대등해지려면, 지금의 자신으로는 한없이 부족하다 여겼다.

그렇기에 열심히, 발버둥 치며, 언젠가 그때에 놓아 보낸 꿈에도 닿겠다는 마음에.

"————."

안대에 가려지지 않은 파란 눈이, 더벅머리로 길게 기른 불꽃색의 머리카락이, 과거 꿈을 포기한 계기가 되었던 소년과 그 뒤에 품은 수많은 동경의 대상 중 하나와 겹친다.

언젠가 닿고 싶다고 빌며 노력에 소홀치 않고 보내 왔다고 여겼다.

"부족해, 인마. 완전 부족해. ——인생, 날로 먹지 마라."

닿고 싶다고 빌던 동경의 대상이 악담을 내뱉으며 작대기 하나로 자신을 때려눕혔다.

검조차 휘둘러 주지 않고, 휘두른 검을 대는 것조차 이루지 못한 채로. 거듭해 온 노력은 무의미했다고, 연신 흘린 피와 땀은

헛수고였다고. 갑자기 무너진 자신의 인생 속에서 유일하게 이것만은 남았다고 믿던 것마저도 짓밟혀서.

서서히 무언가가 치밀었다.

그것을, 그 이상으로 솟구치는 것이 지워 없앴다.

"캇! 참는 거냐. 더더욱 재미없네, 인마."

몸통을 얻어맞았다. 숨이 막힌다. 머리카락을 잡고 좌우로 이리저리 휘두른다. 그대로 바닥에 처박히고 구르는 순간 안면이 걷어차여 날아간다. 원반처럼 빙글빙글 돌면서 바닥을 미끄러져 끝이 없는 하얀 세계를 끝없이 굴러간다.

바닥을 후려쳤다. 몸을 벌떡 일으켜 걷어차였던 방향을 보았다. 그 얼굴에 날아든 남자의 무릎이 직격했다. 격돌하는 순간, 무릎에 이마를 맞대어서 이마가 깨지는 와중에도 남자를 튕겨 내는 데에 성공했다.

간격이 생겨났다. 자세를 회복──해야 할 텐데, 몸이 움직이지 않는다.

"후, 큭……."

온몸이 비명을 지르고 있었다. 특히 머리에 입은 피해가 크다. 어질어질 흔들리는 의식은 안정되지 않아 긴장을 풀면 곧장 머리 내용물이 쏟아질 것 같다.

검, 검은, 어디로 간 것인가. 확인하듯이 천천히, 자신의 오른손에 힘을 주었다. 거기에 칼자루의 감촉이 또렷하게 있었다. 안도했다.

놓을 수 없다. 이것만은. 이것조차도 놓아 버리면 무엇을 포기한 꼴이 되는가.

──혹시 지금, 자신이 쥐고 있는 것은 '검'의 모양을 가진 다른 물건인가.

"────."

이 삶이 틀리지 않았다고. 이것이야말로 자신이 갈 길이라고 믿으며 걸어 왔다.

지금도 그렇다. 그 믿음이 흔들릴 일은 평생 있을 수 없으리라 여겨 왔다.

그렇기에 그 믿음이 이 손아귀에서 빠져나간 이유는, 옳고 그름과는 다른 문제일 터.

──아니면, 틀렸던 것인가?

살아가는 방식을 그르치고, 선택할 길을 잘못 들고, 믿을 것을 잘못 보았기에 이 꼴인가.

이름을, 가문을, 가족을, 주군을, 전우를, 친구를, 영혼으로 이어진 정령을 잃고서.

유일하게 이것만은 줄 수 없다고 남았던 그것마저 하잘것없는, 매달리기에 부족한, 버팀목으로 삼지도 못할 허깨비라면.

──강한 모습으로 당신을 보필하겠다고 주군에게 맹세했다.
──강함을 느낀다는 말을 유일하게 남은 친구에게 들었다.

모든 것을 다 잃어버린 세상에서 그 '강함'만이 이 몸을 지탱하는 유일한 것인데.

그 '강함'만이 여리고 나약한 자신이 가진, 사라지지 않는 '확실'이었는데.

"──미혹이 검에 나왔다, 너."

"──────."

자문자답하느라 시간을 얼마나 허비했을까.

필시 1초에도 미치지 못할 찰나. 하지만 그 찰나의 틈새가 있으면 그 시간은 남자에게── 검성에게 적을 무한히 도륙할 기회를 내준 거나 마찬가지다.

쇳소리가 울렸다. 눈을 부릅뜨니 거기에 바닥을 구르는 검이 비쳤다.

이 손에서 미끄러져 끝내 검까지 잃고.

이름도, 긍지도, 검까지 잃어버렸는데, 여기에 서 있는 자는 그럼 무엇이란 말인가.

"천검에 이를 자격 없다. ──네게는 쫄따구라는 이름도 못 줘."

메마른 목소리로 차갑게 선고한 『검성』이 작대기를 바른손으로 잡으며 허리를 낮추었다.

처음으로 『검성』이 자세를 잡은 순간이었다.

작대기가 으르렁대며 검격── 그것은 틀림없이 검격이다.

절대적인 검격이 펼쳐져 충격파에 휩쓸리면서 날아갔다.

주먹과도, 발차기와도, 여태까지 나온 어느 폭력과도 다른 일격.

이것은 폭력이 아니다. 이것이 검의 정점, 검의 최고봉, 진정한 '강함'이 펼치는 검술.

빛에 휩싸여 의식이 날아간다.

죽음을 보는 것인가. 죽음을 초월한 무언가를 보는 것인가. 그조차 알 수 없다.

단지 날아가는 순간, 아스라이 작은 목소리가 들렸다.

"율리우스──!"

거친 목소리는 왠지 비장감에 차 있었다.

필사적으로 긴 계단을 뛰어 올라왔다가 결정적인 순간에 맞닥뜨린 것만 같이.

그런 음성이 외치고 있었으니 생뚱맞게 웃음이 샘솟았다.

가장 뛰어난 기사. 루그니카 왕국, 근위기사단. 유클리우스 가문의 장자이자 차기 당주. 왕선 후보자, 아나스타시아 호신의 첫째 기사.

──율리우스 유클리우스.

"하."

지금의 자신에게 그 이름으로 불릴 자격이 있는 것일까.

그런 의문을 끝으로, 율리우스의 의식은 빛에 휩싸여 뚝 끊겼다.

3

──길고 긴 계단을 뛰어 올라가 도착한 순간에는, 이미 때가 늦었다.

"율리우스──!"

가쁘게 호흡하며 과로를 호소하는 폐를 혹사해 쥐어짜내듯 외치고 있었다.

하지만 목소리에, 말에 상황을 바꿀 만한 힘은 그리 쉽게 깃들지 않는 법이다.

──하얀 빛이, 안 그래도 하얀 공간을 더욱 강렬한 백색으로 칠해 간다.

원리는 불명이다. 빛조차 벤다고 호언장담하던 한 칼이라서 그런지, 아니면 검사의 파격적인 인간성에서 비롯한 기예라서 그런지, 참격은 충격파를 동반하며 공간을 일소했다.

그 검격의 사선상에 있던 인물 또한 빛에 휩싸여 훨훨 날아갔다.

그리고 말 그대로 눈 깜빡할 새에 빛이 꺼졌다. 하얀 빛이 걷힌 공간에 펼쳐진 것은, 한쪽 소매에서 팔을 뺀 빨강 머리 남자의 장신과── 마치 주검처럼 나뒹구는 보라색 머리 검사의 모습이었다.

"여어. 치어 왔냐, 인마."

그 광경에 방문자── 스바루가 말문을 잃고 있을 때, 빨강 머리 남자가 스스럼없이 말을 건넸다. 남자는 아까 나눈 대화 같은 건 잊은 표정으로 숨결 하나 흐트러짐 없이 상어처럼 웃었다.

그리고 때려눕힌 검사── 율리우스를 손가락으로 가리키며 말했다.

"늦었다, 인마. 벌써 정리했고, 거치적거리니까 얼른 가지고 가라."

"……레이드 아스트레아."

"뭐냐, 인마. 남의 이름 가지고 뭘 떠보고 그래, 인마. 이름 대지 않는 편이 멋있다는 내 주의에 딴죽 걸지 마라."

이름을 불렀다고 언짢아지는 『작대기꾼』──이 아니라 레이드.

그 엉뚱한 주장에 스바루 쪽도 불만을 느끼지만 뚜렷한 행동으로 나서지는 않았다. 레이드로부터 시선을 떼지 않으며 쓰러진 율리우스에게로 천천히 다가간다.

"딱히 안 잡아먹어, 인마. 그렇게 힐끔힐끔 안 노려봐도."

"미안하지만 곰을 상대할 때는 눈을 돌리지 말라는 게 고향의 상식이거든."

경계하는 시선을 레이드에게 보낸 채로 스바루는 몸을 기울여 율리우스의 호흡을 확인했다. 의식은 상실했지만 입가에 댄 손바닥에는 호흡의 반응이 있었다.

"……다음에는 봐주지 않겠다고 한 말에 비해서 온정이 있군."

"그렇지도 않아. 넌 젓가락에 죽는 것보다 젓가락에 지고 도망치는 편이 더 촌스럽다고 생각하지 않냐? 나는 그런데. 그딴 한심한 몰골 보일 바에는 죽는 편이 낫지. 그러니까, 젓가락으로 꺾고 나서 돌려보내 주지."

"온정이 있다는 말은 취소하마, 망할 자식."

"캇! 치어에게 무슨 말 들어도 까딱도 안 해. 그리고 오늘은 더이상 시험해 줄 마음도 없다. 덤벼들 거면 때려눕혀 주겠다만. 네 아래 있는 그놈처럼."

레이드는 오른손으로 배를 긁으면서 왼손의 젓가락으로 스바루와 율리우스를 번갈아 가리켰다.

"빌어먹을……!"

"그래그래, 그렇게 해야지. 조용히 업고는 오기 어린 말이라도 던지고 가. 그걸로 직성이 풀린다면, 인마. 그편이 편하고 영리한 거야. 재미는 없지만."

레이드가 털썩 앉아서 파란 눈을 냉혹하게 반개하고 말했다. 그 승자의 즐거움을 받으면서 스바루는 쓰러진 율리우스를 간신히 업었다.

"──다음에는 누구 좋은 여자라도 데리고 와라, 인마. 그 겁나 새끈이라도 좋다고."

끝까지, 단 한 번도 사람의 이름을 부르지 않은 채 레이드는 손을 살랑살랑 흔들었다.

그런 레이드의 장난질 같은 태도에 스바루는 말 그대로 찍소리도 못하고 그냥 도망치는 수밖에 없었다.

4

"……허억, 허억."

한 걸음씩, 한 계단씩, 확인하듯이 밟으면서 계단을 내려간다.

축 처진 율리우스를 업고서 허덕거리는 호흡과 함께 길고 긴 계단을 한 단 한 단 밟으며 내려간다.

"빨리, 데리고 돌아가지 않으면…… 에밀리아도, 베아코도 걱정할 거야."

『녹색 방』에서 율리우스의 부재를 깨달은 일행은 전원이 흩어져서 탑 안을 찾아다니기로 했다. 3층에 가거나, 4층의 각 방에 급행하거나, 샤울라는 아래층에 있는 요제프와 용차 쪽으로 보내는 등, 다양하다.

다들, 율리우스를 걱정하고 있다. 레이드에게 패배하고 부러진 기사검을 두고 사라진 속내가 어떨지.

이들이 그런 우려에 마음 아파할 성격임은 새삼스레 의심할 여지도 없다.

그러나 스바루만은 달랐다. 스바루만은, 바로 이해되었다.

기사검을 놔둔 율리우스가 어디로, 무엇을 하러 갔는지.

그것은 필시, 스바루만이──.

"──많이, 흔들리는군."

"아──! 정신 들었냐!"

등에서 난 목소리에 아래층으로 뻗으려던 다리를 멈추었다. 그 부름에 등에 업힌 율리우스가 "아아." 하고 꿈지럭하더니 물었다.

"여, 기는……."

"두루뭉술하게 표현하면 계단 위, 좀 더 구체적으로 말하면 긴 계단 위, 더 구체성을 늘리면 4층과 2층 사이의 계단을 지나 도망치는 중이다."

"에두른, 표현이로군. ……나는, 네게 업혀서?"

"오냐. 말해두지만 이 짧은 시간에 이거 두 번째다. 두 번 다시 하고 싶지 않다고 마음먹은 지 30분 뒤에 또 이 짓거리 하는 내 기분, 네가 알겠냐?"

"어쩐지, 승차감이 불편하다 했지……."

"너, 떨어지고 싶어?"

희미하게 숨이 꺼지듯이 율리우스가 웃은 기척이 등 너머로 닿았다. 그 빈정대는 말투에 반론하면서 스바루는 살며시 긴장을 늦추었다.

솔직히 스바루는 율리우스의 첫마디를 예측할 수 없었다. 두려워했다고 해도 과언이 아니다. 그래서, 그 첫마디가 자포자기가 아니라는 사실에 안심하고 있었다.

"무슨 일이 있었는지, 기억은 제대로 하고 있어?"

"……한심한, 이야기다마는. 쉽사리 적에게 쓰러지고, 그대로 자비를 받은 끝에 아나스타시아 님과 네게 폐를."

"……그 작자 상대로 참패한 걸 탓할 만큼 악마가 아니라고."

몹시 율리우스다운 말에 스바루는 한숨짓고 계단을 내려가는 발길을 재개했다.

의식이 돌아온 율리우스는 조금 전과 비교하면 훨씬 나르기 쉬웠다. 거기에 발걸음을 무겁게 하던 불안도 걷힌 덕에 남은 계단도 기세 타고 갈 수 있을 성싶다.

"……아나스타시아 님은, 무사하신가. 쓰러지신 것하고, 그 정령의 방에서 치료받던 모습은 지켜봤지만."

"생명에 지장은 없다는 게 현재의 진단 결과야. 네 쪽이 훨씬 죽을 뻔했을 정도지. 그 작자 상대로…… 그 이전에, 그 안대 자식이 누구인지 알면 놀랄걸."

"──레이드 아스트레아."

확신에 찬 음성에 스바루는 순간 놀라서 호흡과 발이 멈추고 말았다. 하지만 금세 얼버무리듯이 호흡도 발도 움직임을 재개했다.

"용케, 용케 알아냈잖아. 우리 쪽은 그 뭐냐. 샤울라가 알고 있었거든. 걔는 400년 전에 면식이 있을 테니 아는 게 당연하지만…… 아무래도 거북해하는 건 사실인 모양이더라. 얼굴 보자마자 실신한 것도 그게 이유라더군."

"뭘, 알아챌 여지는 많이 있었지. 불꽃 같은 빨강 머리에, 파란 눈동자. 그만큼 탁월한 검술…… 검술이라고 해도 되려나. 나는 그 사람이 검을 휘두르게 하지도 못했어. 단순히 실력자라고 표현하도록 할까.『작대기꾼』이라는 것도 문헌에 보이는 그 사람을 가리키는 표현이야."

"그, 젓가락으로 싸운다고 옛날부터『작대기꾼』이라 불리던 거야?"

"정확히는, 무기를 가리지 않는다는 의미로 말이지.『작대기꾼』을 자칭하던 시점에서 감은 잡았지만…… 확신을, 가질 수 없어서. 전하지 못해 미안하다."

미안하다는 뉘앙스로 말하는 율리우스에게 스바루는 아무 대답도 하지 못했다.

율리우스야 알아챌 여지가 있었다고 말했지만 스바루 생각에 그 말은 너무나 가혹한 소리다.

레이드 아스트레아── 초대『검성』이라는 남자는 400년 전에 죽었을 인물이다.

옛날이야기와 전설에 이름을 남긴 과거의 위인과 조우했다는 발상이, 특징이 일치한다고 쉽게 떠오를 리가 없다.

알아챌 가능성이 있다면, 그건 스바루에게 따져야 옳았다.

이 감시탑에서 시행되는 『시험』이, 어딘지 에키드나의 묘소에서 받은 『시련』과 가까운 면이 있다는 이야기는 에밀리아와도 나누던 이야기다. 그렇다면 스바루야말로 이 탑에서 시행되는 『시험』의 가능성을 생각나는 대로 모조리 열거해 두었어야 했다.

그 의무를 게을리한 결과, 그 2층 『엘렉트라』의 패주로 이어진 것이니까.

"후. 어떠한 원리인지 과거로부터 되살아난 전설적 검사와의 만남……이라. 응당 이 기적적인 만남을 기뻐해야 하겠지만……."

"심정은 이해한다. 전설의 영웅이, 실물이 저래서야 오죽 실망했겠냐. 『현자』라는 평판이 있던 샤울라도 그렇고 이 감시탑은 실망을 너무 많이 주고 있어."

"……심정을, 이해한다라."

왠지 목소리가 갈라진, 자조적인 말이었다.

율리우스가 뇌까린 그 말을 지척에서 들은 스바루는 배려심이 부족했다고 어금니를 깨물었다.

그러나 "그나저나." 하고 그 언동은 언급하지 않았다.

"확실히 금화에 새겨진 게 초대의 『검성』이라고 했지만 이것도 실물과는 딴판이었어. 성별까지 다르던 샤울라야 다른 사람이니까 어쩔 수 없다고 쳐도, 이쪽도 갭이 꽤 심해. 금화 쪽은 더 아저씨처럼 생겼는데…….”

“역사적으로 레이드가 삼영걸로 꼽힐 공적을 세운 것은 더 나이를 먹어서지. 금화에 그려진 모습은 아마도 정확할 거다. 위에 있는 그 사람이, 역사보다 젊은 거야.”

“그러고 보니 레이드는 샤울라를 본 적 없는 눈치였지…….”

화제를 돌릴 셈이었는데 생각지 못한 곳에서 의문 중 하나와 연결되었다.

율리우스의 이야기와 조합하면, 확실히 샤울라와 레이드는 지인끼리 만난 것치고는 반응의 차이가 심하다. 물론 두 사람의 성격상 어디까지 근거가 될 수 있을지 의문이다.

“그 말이 옳다면, 마녀와 싸우던 건 전성기가 지난 다음이란 뜻인가. 그리고 우리는 그 젊은 전성기의 그 녀석을 돌파해야 하고.”

“앞날이 고생길, 아니면 불가능한 난행으로 느껴지는군.”

“힘겨운 건 틀림없지. 근데 대책을 강구하면 샛길은 분명히 있을 거야. 실제로…….”

레이드 공략을 위한 실마리를 찾다가, 그 대목에서 스바루는 다음 말을 망설였다.

지금 이 순간에 그 말을 율리우스에게 전해야 하는지 마음이 제동을 걸었기 때문이다.

하지만 그 반응은 한발 늦었다.

“실제로…… 뭐가 말이지.”

"아니, 그게……."

"스바루."

레이드를 관찰하던 중에 돌파구가 보였다는 변명은 금세 간파당한다.

따라서 스바루는 짧게 이름을 부르는 소리에 체념했다.

"……너랑 아나스타시아 씨가 쓰러진 뒤에, 에밀리아가 『시험』을 돌파했어."

"―――."

"다만, 그 있잖아. 단순히 힘을 겨뤄서 그놈을 때려눕힌 건 아니야. 다양한 우연이 편들어 주기도 했고…… 에밀리아가, 그 뭐냐. 특수했기 때문이지."

그냥 승리했다고 하기에 그 결과는 조금 마뜩잖은 점이 있다.

『시험』으로서는 에밀리아가 시험관인 레이드에게 각오와 실력을 인정받았다고 해야 하겠지만, 그 실상은 목격한 사람이 아니라면 설명하기 어렵다.

똑같은 방식으로 이기라고 해 봤자 에밀리아 말고는 누구도 할 수 없는 일이니까.

"아무튼 이것저것 복잡한 요소가 뒤얽힌 결과, 에밀리아는 『시험』을 통과했어. 다만 그놈은 본인만 통과를 허락한다고 해서, 우리 전원이 위에 가려면 전원이 이겨야만 한다는 건 마찬가지…… 오히려, 더 악질이야."

"―――."

"그래서 작전을 가다듬을 필요가 있어. 나 같은 건 베아트리스와의 콤비 전투를 인정받지 못하면 시도도 못해. 메일리는 애초에 『시험』에 도전할 이유가 없고. 대화로 그 부분을 인정받아야지……. 영 부담스럽지만."

"――――――."

"그러니까, 저기, 너도 다시 싸우면 가망이 없는 건 아니야…… 라고 해도 그 뭐냐. 이번 같은 방식이 아니라. 그러니까 다음은 내 스타일에 따라서……."

"――――――."

"……어이, 듣고 있냐? 율리우스, 응?"

빠르게 설명하던 중에 율리우스의 응답이 없어서 미심쩍게 여겼다. 바로 등에 있는 율리우스를 부르자 몇 번째쯤 되었을 때 살짝 숨을 죽이고 대꾸했다.

"――아, 아아, 괜찮아. 듣고 있다마다. ……그래, 에밀리아 님이."

"그건 미묘하게 지나간 대목이지만…… 그래. 그게 있으니까, 이건 돌파가 절망적인 시험인 건 아니야. 너무 부담 갖지 말라고."

"부담? ……에밀리아 님이 『시험』을 넘으실 수 있었다면, 그 사람은……『검성』 레이드는 넘을 수 없는 장애물이 결코 아니다. 그걸 알아낸 건 큰 수확이야."

"오, 오오, 그래. 그런 거야. ……그 점을 알아줬으면 됐어."

율리우스는 생각 외로 에밀리아가 『시험』을 극복했다는 사실을 유연하게 수용했다. 그 반응에 조심조심 설명하던 스바루는 괜히 헛물켠 느낌을 맛보았다. ──아니, 이러면 되는 거다.

자신이 걸려 넘어진 장애물을 다른 사람이 먼저 돌파했다.

그 소식에 율리우스의 마음이 다칠 거라는 걱정을 할 필요는 없었다. 율리우스에게 지나치게 부정적인 면모를 기대했다고 할 수 있다. 어쩌면 스바루 자신의 잣대로 율리우스 유클리우스라는 기사를 잴 게 아니었다고 해야 할까.

그런 감상을 스바루가 품은 것과 율리우스가 긴 숨을 내뱉은 것은 동시였다.

율리우스는 "그럼." 하고 가벼운 투로 말을 꺼냈다.

"슬슬, 내려 줄 수 없을까. 마냥 네게 업히고만 있어서는 멀미가 날 것 같군. 지룡과 달라서 네게 『바람막이의 가호』는 없는 모양이니까."

"진동과 바람은 참으면서 고맙게 업히기나 해. 힘든 건 사실이지만 부상자더러 알아서 걸으라고 할 만큼 야박해질 수야 있나. 에밀리아땅한테 혼난다."

율리우스의 제의에 고개를 저은 스바루가 몸을 흔들어 업은 자세를 고쳤다.

하루에 두 번이나 『검성』 레이드에게 쓴맛을 본 몸이다. 첫 번째 패전 뒤, 치료도 충분치 않은 상태로 재차 전투에 임한 이상, 이미 육체는 한계에 가까울 터.

설령 레이드의 공격이 오로지 율리우스의 마음을 꺾으려던 것이었어도.

그렇기에 스바루는 율리우스를 업은 채로 앞으로 절반, 대략

200단은 남았을 계단을 끝까지 내려갈 각오를 굳히고 있었다. 하지만——.

"——아니, 너에게 그렇게까지 수고를 끼칠 수는 없다. 기절한 상태라면 또 몰라도 다행히 깨어났지. 계단 정도는, 스스로 내려갈 수 있어."

"시답잖은 오기 부리지 마라. 애초에 우겨 봤자 늦었다고. 업히는 걸 누가 볼까 봐 창피하다는 거면 같이 있던 전원이 벌써 다 봤어. ……기절했던 샤울라랑 아나스타시아 씨만은 보지 못했지만."

"그럼, 그게 이유다. 두 사람에게…… 특히, 아나스타시아 님께는 이런 모습을 보여드릴 수 없어. 내려 줘."

"말꼬리 잡지 마라. 애초에……."

"——내려 달라고 하잖아!"

——격발은, 갑작스러웠다.

"어어?!"

독 오른 목소리가 귓불을 때린 직후, 스바루는 계단 벽에 어깨부터 부딪치고 있었다.

원인은 등에 있던 율리우스가 억지로 몸을 틀었기 때문이다. 순간적으로 벽을 향해 몸을 돌려서 망정이지 하마터면 계단에서 떨어져도 이상할 게 없었다.

그러나 그렇게 자기 몸만 지키는 게 한도였던 바람에——.

"——크."

"너…… 바보 자식! 도대체, 뭔 생각하고 자빠졌어!"

벽에 기대어서 돌아보니 조금 아래 계단에 쓰러져 있는 율리우스를 발견했다. 스바루의 등에서 떨어져 계단을 몇 단 미끄러진 것이다.

"내가 뭐랬어! 야, 거기 있어, 바보야. 지금 간……."

"오지 않아도 돼!"

"_____."

"……혼자서, 설 수 있다. 손을 빌릴 필요는, 없어."

황급히 계단을 내려가려던 발이 얼떨결에 멈추었다.

바닥에 무릎으로 서서 손을 뻗어 스바루가 달려오는 것을 제지한 율리우스. 깊이 숨을 내뱉고는 그 얼굴을 굳히면서 간신히 몸을 일으켰다.

그렇게 벽에 기대서 등을 문지르듯이 천천히, 천천히 허리를 들어 무릎을 폈다. 벽에 기댄 채로나마 일어섰다.

"말한, 대로지? 혼자서 서는 것쯤, 거뜬하다."

왠지 되는 대로 내뱉는 것만 같은 그 어조에 스바루는 순간적으로 말이 나오지 않았다.

율리우스는 그대로 몸을 반전해 오른쪽 반신을 벽에 기댄 채로, 숫제 아기가 바닥을 기는 속도로 느릿느릿 계단을 내려가기 시작했다.

한 걸음, 한 걸음씩, 땅을 다지듯이——.

"조금, 시간은 걸릴 것 같지만 네 손을 번거롭게 할 필요는 없어. 그보다 아래층의 여성들이 걱정된다. 내 행방을 찾는 사람이 도저히 너뿐일 것 같지 않아서 말이야."

한 걸음, 또 한 걸음.

"가능하면, 먼저 설명하러 가 주지 않겠나. 물론 변명은 내가 직접 하는 게 도리겠지. 너는 어디까지나, 나를 찾았다는 사실만 전해서 안심시켜 주면 돼."

천천히, 천천히, 한 걸음씩.

"……변명하는 게 부담스러운 일인 건 인정하지만. 피해갈 수는 없는 길이다. 그 거친 길을 조금이나마 터 주면 나로서는 네게 크나큰 은혜를 느낄 수밖에 없어. 너는 나에게 더 이상 빚을 내주기 싫을지도 모르겠지만."

돌아보지 않는 채로 계단을 혼자, 홀로 내려가려는 율리우스가 말을 거듭한다.

발걸음은 느릿느릿해도 멈춰 서 있는 스바루와의 차이는 확실하게 벌어지고 있다.

좁히려 마음먹으면 금방 좁힐 수 있는 거리다. 율리우스의 청에 따라 준다 쳐도, 한 번은 추월할 필요가 있다. ──그렇기에 스바루는 발을 움직였다.

"에밀리아 쪽에 먼저 말해 주면 된다 이거지."

"맞아. 만약 아나스타시아 님이 깨어나셨으면…… 아니다. 그만두지. 아무튼 너에게 부탁하고 싶다."

스바루는 급한 발로 계단을 내려가며 점차 율리우스를 따라잡았다. 계단에 울리는 발소리에 율리우스는 안도와 비슷한 한숨을 내뱉고, 스바루에게 먼저 가라고 채근했다.

──아니, '먼저 가라.'가 아니다. '먼저 가 있어 줘.'라고,

채근한 것이다.

그런 율리우스의 속마음을, 스바루는 약간 이해했다고 생각했다.

그 마음을 이해한 까닭은, 스바루가 다른 동료와 다르게 바로 율리우스가 레이드에게 도전하러 갔다고 깨달은 이유와 같다.

바로 언젠가 스바루가 떠안은 것과 왠지 비슷한 감정이다.

그렇기에 그때, 스바루는──.

"──아아, 젠장! 젠장, 젠장, 젠장할! 바보 자식! 나나 너나 왕바보 자식이야!"

짜증스럽게 내뱉고서 스바루는 계단을 펄쩍 뛰어 율리우스 쪽으로 갔다.

추월할 작정으로 그런 것이 아니다. 벽에 기대어 발걸음이 비틀대는 율리우스의 왼팔을 잡고는 거칠게 어깨에 걸쳐 몸을 받쳤다.

"뭣…… 스바루, 무슨 생각…….."

"시끄러! 뭐가 혼자 설 수 있단 거야! 다리 후들대는 거 다 보인다! 그런 녀석을 두고 얼른 가라는 소리를 어떻게 받아들여! 에밀리아에게 혼나기 전에 내가 나 자신에게 염증이 나겠다!"

"하지만, 나는…….."

"나도 정말 손 거들지 않아도 된다면 거들지도 않아. 안 그래도 내 두 손에는 이것저것 많이 들려 있단 말이다. 네가 진심으로 싫다면 내가 참고 넘기지 못할 만큼 한심한 꼬락서니로 비틀비틀 걸으면 안 되지!"

침을 튀기는 스바루의 고함에 율리우스가 침묵했다.

한 번은 뿌리치려던 율리우스가 머뭇거리느라 저항할 힘을 잃은 순간, 스바루는 억지로 어깨를 부축한 채로 걷기 시작했다.

"네 속내를 안다며, 아는 척하는 소리는 안 하련다."

"————."

"근데, 지금 네가 혼자서 이 계단을, 기다란 이 계단을 혼자서 걸어 내려갈 필요는 없어. 어깨쯤은 빌려줄 거고, 빚이라고도 생각하지 않아."

빚은 무슨 빚이란 말인가.

그 이야기를 꺼내면, 스바루는 율리우스에게 도대체 얼마나 많이 빚을 진 셈인가.

맨 처음 빚을 따지면 아마 왕성의 연병장부터 시작할 텐데.

──율리우스가 레이드에게 이기지 못할 줄 알면서도 덤빈 이유는, 이해한다.

그때의, 그때의 스바루와 마찬가지다.

그때의 스바루는 이기지 못할 줄 알아도 율리우스에게 덤볐다. 몇 번 쓰러져도, 맞아도, 질리지 않고 일어나서 계속 덤볐다.

그 외에는 가슴속에서 치미는 격정을 토해낼 방법이 없었기 때문이다.

그리고 그때, 스바루는 모든 것이 다 끝난 그곳에서, 에밀리아와 말다툼 끝에 결별한 그곳에서, '혼자'가 되어 괴로웠다. 울고 싶었다.

──그러니까 율리우스를 이 계단에 혼자 둘까 보냐.

속이 뜨겁다. 그때와 똑같이.

그때와 다르게 이 격정을 어디다 토해내면 되는지 알지 못한 채로.

"──스바루."

"뭐야."

"……미안하다."

"시끄러."

그 말이 화풀이로 들리지 않았으면 좋겠다고 생각하면서, 대답했다.

두 사람은 천천히 계단을 내려가 4층으로 돌아갔다.

──두 사람을 발견한 에밀리아가 안도한 것은 그 뒤로 10여분 뒤였다.

제6장 『탑 공동생활 지침』

1

"──율리우스는 얌전히, 여기서 상처가 나을 때까지 쉬고 있을 것! 반드시 꼭!"

꼴이 엉망인 율리우스를 『녹색 방』에 밀어 넣은 에밀리아가 언성을 높여 말했다.

2층 『엘렉트라』에서 4층으로 이어지는 긴 계단, 그곳을 어깨를 부축하며 끝까지 내려온 스바루와 율리우스. 두 사람을 맞이한 에밀리아가 안도한 직후에 나눈 대화였다.

마음의 전환이 빠른 것은 미덕이며, 불문곡직하는 방식이라는 점도 달가웠다. 이유도 묻지 않거니와 변명할 기회 또한 없는 신속한 행동이었다. 사실은 에밀리아도 율리우스와 나누고 싶은 말이 산더미처럼 있을 텐데──.

"──꼭 해야 할 말은 분명히 스바루가 했을 테니까. 그러니 지금은 일단 쉬고, 다른 얘기는 나중에 하면 돼. 안 그래?"

풀 침대에 앉은 율리우스에게 스바루가 "그렇댄다." 하고 어깨를 으쓱였다. 허리에 손을 짚고서 콧김을 씩씩대는 에밀리

아. 그런 모습도 귀엽다.

"물론이다. 이미 너와 에밀리아 님에게는 지나치게 폐를 끼쳤어. 이 마당에 이르러 당부를 어기는 몰염치한 행동은 할 수 없지. 순순히 따르다마다."

"알았다는 한마디면 될 걸 장황하게……."

"진짜로 그래! 우리는 괜찮아. 다친 쪽은 율리우스니까 꼭 안정을 취하라는 말이야! 폐는 얼마든지 끼쳐도 돼. 동료인걸."

"————."

"파트라슈, 율리우스를 부탁해. 만약 또 뭔가 이상한 일이 있으면 큰 소리로 울어서 우리를 불러 줘."

에밀리아는 율리우스의 에두른 사과의 뜻을 딱 잘라 버리고, 방 안쪽——『녹색 방』에서 부상을 달래는 파트라슈에게 말을 건넸다.

『녹색 방』은 한 번에 들어갈 수 있는 인원에 제한이 있기에 부상자가 증가한 현재로서는 스바루와 에밀리아가 남아 있을 수 없다. 그 때문에 안에서 정령의 치료를 받는 누군가가 주위 상황을 보는 것이 최선이다. 그리고 이번에 그 역할은 파트라슈에게 위탁된 셈이다.

"에밀리아 님께서 이렇게까지 말씀하시니 체면이 말이 아니군. 얌전히 고개 숙이고 있기로 하지."

"잃어버린 신뢰는 좀처럼 되찾을 수 없어. 그 점에서 항상 신뢰 부분 톱인 파트라슈에게 이길 수 있는 녀석은 없다고. 무슨 일 있으면 가차 없이 물어 버려."

파트라슈는 그르렁대며 쾌히 부탁을 받아주었다. 에밀리아 진영에서 으뜸가는 '뭘 좀 아는 여자'는, 조금 전 율리우스를 혼자 보낸 사태에 책임을 느끼는 눈빛이다.

"거 봐라. 파트라슈도 '다음에는 절대 그대를 놓치지 않으리라'라고 말씀하셨다."

"어째선지 정말로 그렇게 말하는 것처럼 보이기도 하니 신기하군."

"하지만 우리 무투파 내정관의 통역에 따르면 대체로 그런 뉘앙스가 맞을걸. 숙녀니까 어미는 '이어요'일지도 모르겠지만."

마음이 서로 통하는 덕에 요즘은 오토 없이도 파트라슈의 기분을 알 수 있다. 물론 그렇게 말하면 파트라슈에게 꼬리로 얻어맞으므로 아가씨 마음은 복잡한 것이었다.

"얌전하게 상처 치료에 전념하도록 하겠어. 이렇게 아가씨들에게 둘러싸여 유유히 정양하는 것도 호강하는 셈이니."

"말해두지만 지금 이 방에 있는 여자는 아나스타시아 씨 말고 전원 내 거다."

"나는 아직 스바루 것이 되지 않았거든. ……생각해 봤는데, 내 기사님이니까 스바루가 내 것이지 않아?"

"그거 엄청 기쁘고도 창피한 평가인데!"

입술에 손가락을 짚은 에밀리아의, 듣기에 따라서는 대담하게 느껴지는 발언에 스바루가 일희일비하면서 방에 남는 율리우스 쪽을 재차 쳐다보았다.

고뇌의 고개를 넘는 데에는 시간이 걸린다. 하지만 적어도 그 첫 걸음을 내디딜 만한, 마음의 여유를 있는지 없는지를 확인하듯이.

"일단 쉬는 동안 아까 기억이 떠올라서 머리 잡고 데굴데굴 구르고 싶어질지도 모르지만, 파트라슈가 보고 있다는 거 잊지 마라."

"안심하도록. 그런 추태는 보이지 않아. ──우아하지 않으니까."

"……상태 회복됐나 보구만."

"후."

답변에 그다운 멋이 있어서 스바루는 일단 안도하고 미소를 띠었다.

──그 긴 계단에 율리우스를 혼자만 두지 않기를 잘했다.

조금이라도 위안이 되었다면, 스바루도 왕성에서 많은 사람 앞에서 개망신을 당한 경험에서 배운 보람이 있다.

"──파트라슈, 부탁한다."

마지막의 마지막에 애롱에게 다짐한 뒤, 스바루와 에밀리아는 『녹색 방』을 나섰다.

떠날 때, 파트라슈가 율리우스 쪽에 몸을 기울이고, 그 감시 태세에 율리우스가 쓴웃음 짓는 기척이 전해졌다. 역시 파트라슈는 지시에 충실, 현명한 용이다.

율리우스의 정신 상태를 봐도, 파트라슈의 충룡 정신을 봐도 『녹색 방』에 남은 사람들 걱정은 하지 않아도 될 것이다.

"……문, 얼려서 가둬 둘래?"

"에밀리아땅의 무한한 발상에는 놀라기만 할 뿐이지만, 그건 최종 수단으로 놔두고 싶은데. 그랬다가 『녹색 방』의 정령이 성나면 무섭잖아."

"응, 그렇지. 후후, 말만 해 봤을 뿐. 농담이야."

귀엽게 혀를 내밀고 농담을 사과하는 에밀리아. 그 반응에 미소를 띠지만, 스바루도 그 생각은 선택지 중 하나로서 가슴에 간직했다는 사실은 말하지 않았다.

"어쨌든 『녹색 방』은 방 책임자인 정령에게 맡기자. 보니까 파트라슈의 상처도 많이 나은 모양이고, 율리우스도 오래 걸리지는 않을 것 같아."

"응, 그렇더라. 율리우스의 상처는…… 겉보기만큼 심각한 상처가 아니니까 아마 금방 나을 거야. 레이드가, 그런 식으로 한 것 같아."

"……힘 조절이 능숙하다라. 율리우스에게는 못할 소리군."

말을 가려서 한 에밀리아의 추측에 스바루는 머리를 긁으면서 동의했다.

무기가 젓가락이라는 점은 궁극의 장난질에 불과하지만, 그걸로 율리우스만 한 실력자를 갓난아기처럼 다룰 만큼 레이드의 전투력은 걸출하다.

초대 『검성』, 현자 및 신룡과 협력해 『질투의 마녀』를 쓰러뜨린 장본인── 그런 직함을 가진 전설의 영웅쯤 되면, 옳다구나 수긍할 수밖에 없다.

그 인간성이 '전설의 영웅'으로 추앙받을 만한지는 또 다른 이야기지만.

"일단, 우리가 할 이야기는……."

"──기사 율리우스의 상처가 아물 때까지, 그 두 번째 『시험』이란 것을 돌파할 방법을 찾아내야만 한다는 거잖아?"

스바루와 에밀리아의 대화에 냉담한 목소리가 끼어들었다. 쳐다보니 통로 벽에 등을 기대고 둘이 돌아오기를 기다리던 람이 건넨 말이었다.

『녹색 방』의 인원 제한에 실려 통로에서 기다리던 람에게 속마음을 정확히 적중당한 스바루는 자신의 뺨을 주물주물 만지며 물었다.

"내 얼굴, 그렇게 속마음이 자세하게 드러날 만큼 버라이어티가 풍부해?"

"얼굴에 걱정거리가 치덕치덕 붙어 있었을 뿐이야. 지금 바루스가 걱정할 상대나 이유라곤, 저 방 안 말고 없잖아. 그뿐인 이야기야."

"안 그래. 이 안에만 한정하지 않고, 함께 있는 녀석들은 다들 걱정하고 있다고. 에밀리아땅이랑 베아코는 물론, 언니분도."

"핫!"

엄지를 든 스바루의 대답에 람이 콧방귀를 뀌었다.

그리고 뒤돌아 걷기 시작하는 람. 스바루가 그 반응에 입술을 삐죽이고 토라지자, 옆의 에밀리아가 입가에 손을 짚고 키득키득 웃다가 말했다.

"괜찮아. 스바루 마음, 람은 알아주고 있으니까."

"그거야말로 바라는 게 너무 많은 느낌이지만 에밀리아땅이 그렇게 말한다면야, 뭐."

스바루는 살짝 미소 지은 에밀리아를 흘긋대다가 목뼈를 뚜둑 꺾으면서 람의 뒤를 쫓았다. 람이 가는 방향은 4층에 있는 작은 방 중 한 곳이었다.

그 방에 발을 디디자 말이 날아왔다.

"……늦었어. 너무 기다리게 해. 율리우스는 괜찮아 보이던 것이야?"

"안심해. 일단 고비는 넘긴 눈치더라. 책임감이 쓸데없이 강한 녀석이니 이것저것 고민이야 많겠지만…… 이제 자포자기 하지는 않겠지."

"스바루가 그렇게 말한다면야 뭐, 그렇게 믿어도 좋을 것 같아. 그러면 그러는 대로 문제는 하나로 추릴 수 있으니 고마운 것이야."

율리우스의 안부 확인을 받은 베아트리스가 끄덕였다. 베아트리스의 발언에 스바루도 끄덕이고는 방 안을 둘러보았다.

4층에는 빈 방이 여러 군데 존재하지만 이곳은 스바루 일행의 짐을 옮긴 방으로, 이 플레아데스 감시탑에서 공략 팀의 거점이라고 해도 좋다.

그 거점에 빙 둘러앉아 얼굴을 맞대고 있는 것은 스바루와 에밀리아, 그리고 람과 베아트리스. 그 밖에는——.

"그 자식에 대해서 너한테 자세한 이야기를 듣고 싶은데, 샤울라."

"으히이, 스승님 무서워요! 근데 근데요, 그런 식으로 엄하게 대하시는 것도 전 싫어하지 않아요. 싫다는 것도 좋다는 마음의 반영이라잖아요."

"그렇대, 스승님. 엉큼하긴."

"억울해!"

꾸물꾸물 몸을 뒤트는 샤울라와, 완전히 그 옆을 지정석 삼은 메일리도 있다. 샤울라의 괴상한 언동에 람이 누명을 씌우는 것도 완전히 판에 박혔다.

"어쨌든 우선은 다들 율리우스를 수색하느라 수고 많았어. 관두라고 하긴 했는데, 어차피 나중에 본인이 사과할 테지만 일단 무사해."

"괜찮아. 율리우스 본인에게도 말했지만 무사히 발견된 것만 해도 다행이니까. 그치. 다들 그렇지?"

"에밀리아 님과 같이 보시면 곤란합니다."

"어?! 무슨 소리니?!"

스바루가 이야기를 선도하며 진행하려 했지만, 벌써부터 에밀리아와 람 사이에 의사 교란이 발생하고 말았다.

"보고를 듣기로, 두 번째 『시험』은 탑에 찾아온 전원이 넘을 필요가 있습니다. 그런데 기사 율리우스는 독단으로 두 번째 도전을……. 이건 한 발 삐끗하면 아나스타시아 님 진영과의 협력 관계에도 균열이 갈 수도 있는 행위입니다."

"율리우스 한 명의 행동으로, 전원의 도전이 실패할지도 몰랐으니까?"

"네. 그리되었을 경우, 지금까지 걸어온 여정은 전부 허사가 됩니다. 2층에 있는 시험관이 저희를 무사히 돌려보내 줄지도 미심쩍고요. ……저기, 사이비 현자도 포함해서."

에밀리아에게 설명하던 람의 눈이 힐끔 샤울라 쪽을 보았다. 설마 자신에게 창끝이 향할 줄은 몰랐는지 샤울라는 "저요?" 하고 본인을 손가락으로 가리켰다.

"사이비 현자라니 진짜 섭섭해라! 현자라고 제가 주장하던 게 아녜요! 제 이름은 스승님이 붙여 준 샤울라뿐입니다! 스승님 외길이에요!"

"일편단심이구나. 그렇대, 스승님."

"날 보며 말하는 짓 그만둬! ……네 주장이 틀린 건 아니지만."

다소 말이 과한 경향은 있어도 람의 추측은 최악의 경우를 고려하면 틀린 말이 아니다. 율리우스의 행동은 스바루 일행 전체를 위험에 처하게 했다.

율리우스가 두 번째 『시험』의 개요를 빠짐없이 파악하지 못했음을 가미해도── 오히려 가미했기에 더욱 경솔했다고 할수 있다.

"기사 율리우스답지 않다고, 하기에는 람은 그분을 너무나 모르지. 『폭식』의 피해를 감안해도 저런 행동을 하지 않을 사람이라 여겼었는데."

"그거야, 나도 같은 의견이지만…… 모르겠다는 거랑 내 생각은 또 별개야. 그 녀석이 사고 친 것은 남자의 홍역 같은 거니까."

'누구나 한 번은 경험하는 병'. 이번 율리우스의 독단을 그렇게 표현하는 데에는 망설임이 들지만, 홍역이나 수두는 어른이

된 뒤에 걸리는 편이 피해가 더 크다.

표출된 순간이 치명적인 상황이라면 더더욱.

"그게 치명적이 되지는 않았다. ……이번은, 그걸로 넘어가 줘."

"──람은 그냥, 남에게 발목이 잡히기 싫을 뿐이야."

람은 스바루에게서 눈길을 떼고 작은 목소리로 중얼거렸다.

"그래서어, 싸우고 싶을 뿐이야아? 아니면 대화가 하고 싶은 거야아? 어느 쪽인지 정해 주지 않으면 나도 못 맞춰 주겠는데에."

그때, 불편해지려던 자리 분위기에 메일리가 제동을 걸었다. 샤울라 옆에 다가붙어 자신의 땋은 머리를 만지작거리는 메일리는 나른한 눈초리로 방의 전원을 쳐다보며 말했다.

"가능하면 싸움은 그만두자아. 난 아픈 것도 무서운 것도 싫어하거어든."

"너는…… 아니, 정론이야. 그 방관자 포지션에 도움받는군."

"그래애? 우후후후, 그렇다면 감사해 주라아."

스바루의 감사에 메일리는 나이 어린 소녀답게 천진한 미소를 지었다.

어린 소녀이기는 해도 메일리의 전체를 조망한 의견은 귀중했다. 돌이켜 보면 2층의 『시험』에서 퇴각할 수 있던 것도 메일리의 진언이 있었기 때문이다.

"앞으로도 그런 식으로 부탁한다. 냉정한 녀석의 시각이란 중요해."

"약삭빠르기는. 그런 말 해도 내 일은 모래바다를 지나면 끝이잖아? 달리 도움될 만한 일은 할 수도 없고오."

"그렇지도 않은데? 생각할 머리는 하나라도 더 많은 편이 고맙고, 모래바다에서 살아남은 것도 포함해서 탑 안에선 같이 죽고 같이 사는 거야. 재수가 없는 셈 치고 내 의존을 받아 줘."

스바루의 당당한 의존 선언에 메일리는 잠시 어안이 벙벙했다.

"……페트라가 마음을 놓지 못하는 이유를 알겠네에."

"——응? 페트라가 어쨌다고?"

"아무것도 아냐아. 그보다 발가벗은 언니에게 얘기를 듣고 싶은 거지이?"

고개를 휙 돌리고 일어선 메일리가 샤울라의 등을 꾹꾹 밀었다. 그 가냘픈 팔의 완력에 밀린 것은 아니겠지만 샤울라는 총총 앞으로 나서서 스바루 코앞에 무릎을 꿇고 앉아 고개를 꾸벅 숙였다.

"모자란 몸입니다만 영원토록 잘 부탁드리겠슴다."

"기특한 태도라 고맙구나. 그럼 결혼 예물 삼아서 묻고 싶은 게…… 아파파파! 에밀리아땅?! 베아코?! 왜 좌우에서 옆구리 꼬집었어?!"

"딱히." "아무것도 아닌 것이야."

아무것도 아닌데 옆구리를 꼬집혀서는 못 배길 노릇이지만, 에밀리아와 베아트리스의 태도에 더 이상 추궁하기가 망설여졌다.

"아, 아무튼 위에 있던 것은 레이드 아스트레아가 확실했어.

그래서 당시부터 아는 산중인인 네게 얘기를 듣고 싶어. 그 녀석은, 어떤 녀석이야?"

"인간쓰레기요."

"그건 전에 들은 소리고 실제로 이 눈으로 확인도 했어."

입술을 뒤틀고 미소녀가 지어서는 안 될 표정으로 고인을 그리워하는 샤울라. 그 고인이 같은 건물 위층에 있다는 사실은 따로 치고, 좋은 추억이 없는 건 확실하다.

얼굴을 보자마자 거품을 물고 기절할 정도니까 당연하지만.

"우리는 그 녀석을 기필코 돌파해야만 해. 2층의『시험』을 넘기 위한 힌트를 하나라도 더 늘리고 싶은 참이란 말이지."

"짚이는 것, 뭐든지 좋으니 얘기해 봐.『검성』레이드의 성격, 버릇, 인간관계, 좋아하는 것, 싫어하는 것, 약점. 그렇지. 약점이 듣고 싶어. 이야기해."

"되게 들이대는데요! 약점 같은 거 알면 제가 찔러서 복수했다구요! 즉, 약점은 없어요!"

"쯧, 쓸모없긴."

"스승님보다 더 행세하네요, 이 애……."

그렇게 중얼거린 샤울라가 꽤 고압적인 람의 태도에 입술을 삐죽였다. 하지만 람의 눈초리 한 번에 목을 움츠리고 터덜터덜 스바루 뒤로 돌아들어 가 방패로 삼았다.

"왜 숨는 거야. 확실하게 네 쪽이 더 세다고."

"세고 약한 게 문제가 아녜요. 아마 스승님이 겁먹고 있어서 그래요. 그 겁이, 스승님과 일심동체인 저한테 전해지고 있는 거라구요."

"네가 겁쟁이인 걸 내 탓하지 마."

등에 부드러운 감촉이 닿는 게 조마조마해서 스바루는 샤울라의 목덜미를 잡고 싫어하는 그녀를 억지로 원래 위치로 되돌렸다.

그리하여 질의응답이 재개되지만——.

"음— 저기…… 결국 샤울라는 『시험』에 관해서는 아무것도 모르는 거지?"

"모르는 건 아녜요. 단지 지금은 아직 말할 때가 아니란 것뿐이죠. 아마도, 모든 답은 탑의 수수께끼가 풀렸을 때에 밝혀질 걸요."

"그렇구나……. 엄—청 두근두근하네."

"순박한 에밀리아땅을 속이지 마."

"『검성』의 약점을 알 수 없다고 쳐도 버릇 같은 건 없어? 싸우고 있을 때의 버릇이라도 있으면 그쪽으로 돌파구를 찾아낼 수 있을지도 몰라."

"버릇 말입니까. 그리고 보니 제가 성희롱당한 복수로 레이드를 죽이려 했을 때, 그 녀석, 곧잘 자기 엉덩이 긁으면서 싸웠었어요! 이건 버릇 아닐까요?"

"그건 그냥 약 올리는 건데……."

"그것 말고는, 미인한테 약해요. 제 추측으로는 미인이라면 통과할 수 있을 거예요."

"그렇다면 나랑 율리우스만 남게 되잖아……. 간과할 수 없는 사태군."

"스, 스바루도 보기에 따라서는, 노력하면, 그 남자의 눈을 멀게 하면, 아마, 저기, 통과할 수 있을지도 모른다고 생각하지 못할 것도 없을 터인 것이야……!"

"너 귀엽네."

별로 쓸모가 없는 질의를 주고받던 가운데, 스바루는 어떻게든 상처 입히지 않으려는 베아트리스를 껴안아서 머리를 이리저리 쓰다듬어 주었다.

"어쨌든 간에 에밀리아가 인정받은 건 그냥 우연인 것이야. 그 남자가 방심했고, 에밀리아의 공격이었으니까 맞은 거지."

"어째서?"

"에밀리아가 죽일 맘으로 때렸더라면, 그 남자는 맞지 않았을걸. 그러니까 그건 남자의 방심이고, 에밀리아의 승리인 것이야."

"어라? 지금, 나, 칭찬받고 있어?"

"칭찬이야."

"아, 역시. 후후, 고마워. 엄—청 기뻐."

베아트리스의 추측과 거기서 파생된 찬사에 에밀리아가 기뻐하고 스바루가 베아트리스를 더욱 쓰다듬었다.

"그나저나 살의의 유무로 대응력이 바뀐다고 말로 표현하면 멋진데, 실물이 저 모양이니. 진지하게 할 생각이 얼마나 있는지 원."

"……발상을 바꿔야겠어. 바루스의 말마따나 진지하게 할 생각이 얼마나 있는지 모를 상대지만, 진지해지게 하면 안 돼."

"진지해지게 하면, 안 된다?"

고심하던 람이 스바루의 말을 포착하고 중얼거리자, 스바루는 눈썹을 모았다. 그 말에 람은 여전히 생각에 잠긴 채 "그래." 하고 말을 이었다.

　"에밀리아 님이 시험관에게 인정받은 것은 상대의 양보를 끌어내고, 그다음에 조건을 충족했기 때문…… 시험의 돌파 조건이 꽤 엉성하지."

　"애매한 조건이라는 데에는 같은 의견이야. 시험관의 기질이 반영되고 있어."

　"그러니까 시험관을 즐겁게 하면서 시험으로서 성립될 조건을 제시한다. 그런 연후에 시험관을 패배시키는 것이 2층을 돌파하는 조건인 거야."

　람의 말을 받아 스바루는 속으로 옳거니 손뼉을 쳤다.

　에밀리아가 '한 걸음이라도 움직이면' 이라는 조건을 달고, 방대한 공격 횟수와 약간의 행운을 이용해서 간신히 따낸 승리 —— 레이드의 방심도 포함해서 가장 조건이 느슨한 단계에서 쟁취한 승리가 그거다. 무력으로 따내는 승리는 이미 불가능하다 여겨도 무방할 것이다.

　"그렇다고, 가위바위보로 이기면 된다는 걸로 할 수도 없을 테고……."

　"그, 레이드가 수긍할 조건을 발견해서 그걸로 노력한다…… 역시, 이 『시험』도 그 점을 고민해야 하는 어려운 시험이구나."

　"어렵다기보다 이건 3층과는 다른 의미로 심술궂은 시험이라고 봐."

지력(이 세계에 없는 지식)을 시험받은 뒤, 이번에는 무력(세계 최강급)을 시험받는 줄 알았더니, 본론은 다른 부분에 있었다고 추측되는 『시험』.

요컨대 2층의 『시험』도 3층과는 취지야 다르지만 감시탑을 만들어낸 『현자』의 고약한 성미가 발휘된 것이 틀림없다.

남은 것은———.

"———뭐 어때요. 너무 조바심 내지 말고 천천히 하면 되지."

"천천히 하라 그래도 말이지."

생각에 골몰하는 이들을 둘러본 샤울라가 책상다리 자세로 속 편하게 말했다. 그 말에 스바루는 얼굴을 찌푸렸지만 그녀는 신경 쓰지 않은 채 그저 눈을 초롱초롱 즐겁게 빛내고 말했다.

"스승님들이 있고 싶은 만큼, 쭉, 쭉, 쭈욱——— 있으면 돼요. 저는 몇백 년이나 스승님이 와 주기를 기다리고 있었으니까."

"그건……."

"얼마든지 시간을 들여서 『시험』을 순서대로 끝내 나가면 돼요. 저는 그것을 쭈욱——— 지켜보고 있어요. ———며칠, 몇 년, 몇백 년이든."

그것은 감히 농담이라고 웃어넘기지 못할, 무게 있는 말이었다.

가벼운 투로, 웃으면서 스바루 일행——— 아니, 스바루에 대한 호의밖에 없는 태도로 꺼낸 말에는 샤울라가 보낸 400년의 무게가 있다.

이곳에서, 『현자』의 말에 따라 감시탑을 지켜 온 파수꾼으로서 지닌 무게가.

샤울라는 말했다.

『시험』을 끝내지 않고 나가는 것을 금지한다고. 그리고 그 규정을 어긴 순간, 설령 상대가 스승님이라며 따르는 스바루여도 봐주지는 않는다고.

호의적이니까, 친근하니까, 그게 곧 아군이라는 말은 아니다.

플레아데스 감시탑 공략에서 별지기를 맡은 샤울라 또한——.

"——여기서 저랑 같이 즐겁게 지내면 돼요!"

——신뢰할 수 있는 아군 같은 게 아니라고, 그 웃음으로 통감했다.

2

——결국, 2층 『엘렉트라』 공략 회의의 결론은 유보되었다.

대화가 흘러가는 중에 구체적인 타개책이 나오지 않았다는 이유도 있지만 결론을 뒤로 미룬 가장 큰 원인—— 그것은 스바루의 배 속에서 우는 거지였다.

"생각해 봤더니 나, 이틀이나 의식 없었다가 부활하자마자 바로 탑의 공략에 착수했었잖아……. 그야 배랑 등가죽이 붙을 만도 하지."

대화가 정체했을 적에 배가 요란하게 절규하는 바람에 비로소 스바루는 자신이 얼마나 공복 상태에 놓여 있었는지를 깨달았다.

배가 고파서는 싸움도 못 한다. 꼭 그 말이 아니어도 공복은 사고력에도 영향을 미친다. 그 결과, 스바루의 허기를 계기로 일단 그 자리는 접기로 한 것이다.

"솔직히 배가 울어 준 덕에 살아난 부분도 있으니……."

2층의 타개책은 몰라도 왠지 모르게 감시탑에서 『시험』의 출제 경향, 출제자의 심술보가 보이기 시작한 동시에 은근히 드러난 샤울라의 위험성—— 원래부터 그녀의 전투력은 위험시해야 했지만, 당사자의 골 빈 태도와 스바루에게 허물없이 대하는 모습에 긴장은 흐려지고 있었다.

「——여기서 저랑 같이 즐겁게 지내면 돼요!」

며칠이든, 몇 년이든, 몇백 년이든——.

켕기는 기색 하나 없이 단언한 샤울라의 모습에 잊어 가던 위험성을 겨우 떠올릴 수 있었다. 그렇게 말해야 할까.

"할 마음은 없지만, 만약 탑 공략을 중단하고 탈출하게 될 경우, 걔가 적이 되는 건 확실하다는 룰도 있는 모양이니 말이야……."

그런 사태는 피하고 싶다. 전력상으로든 심정적으로든.

그 외에도 탑의 공략으로 눈길을 돌리면 모든 점에서 불안이 고개를 쳐든다.

이미 스바루 일행은 이 플레아데스 감시탑까지 오느라 1개월 이상을 소비했다. 척척 거침없이 『시험』을 처리하고 탑 공략을 끝낸다 쳐도, 프리스텔라로 귀환하는 데 같은 시간이 걸린다고 보면 최단이어도 3개월 가까운 여행이 된다.

물론 오래 걸린다고 중도에 손을 떼는 짓은 샤울라와 적대할 것도 고려해서 하고 싶지 않지만, 에밀리아와 아나스타시아가 참전한 왕선에는 기한이 있다.

다 합쳐서 3년── 이미 1년하고 약간 더 경과해서 남은 기한은 2년 미만이다.

쓸 수 있는 시간은 물론, 쌓아야 할 시간도 무한일 수는 없으니까.

"하지만 그런 내일의 내일 걱정만 하고 있어도 답이 나오지 않아. 우선 중요한 건 오늘을 지난 내일인 것이야. 그러기 위해서도……"

"지금은, 배가 든든하게 밥을 먹어 두란 말인가."

"그거야."

베아트리스가 스바루의 말에 척 손가락을 세웠다.

주림을 호소하는 배 때문에 대화가 종료된 뒤, 식사 준비를 마칠 때까지 남은 시간을 스바루는 탑의 산책── 거주구가 된, 3층의 순회에 쓰고 있었다.

베아트리스는 그런 스바루와 동행해 손을 꼭 잡은 채 걷고 있다.

정기적으로 손을 잡는 것은 게이트에 장애가 있는 스바루로부터 계약 정령인 베아트리스가 직접 마나를 징수하기 위해서다. 명목 빼고 그냥 손을 잡고 싶다는 이유도 있다.

"그리고 요 이틀, 내가 드러누워 있었을 때에는 너도 불안했지? 오늘은 안심하고 나에게 찰싹 붙어서 응석 부려도 돼."

"당치 않은 소리 하지 마. 이건 스바루가 드러누웠을 동안 땡땡이치던 몫의 마나를 징수하려고 넉넉하게 거두고 있을 뿐이라고. 특히 이 탑 안에서 항상 베티는 만반의 준비를 하고 싶은 것이야. 준비 부족은 피하고 싶어.”

“말은 그렇게 하면서 마나 징수하지 않을 때도 누워 있던 내 손을 잡고 있었다던데?”

“그건 마나랑 무관하게, 베티의 마음이 만족하기 위한 거니까 관계없는 것이야.”

마나 징수와는 무관하다고 베아트리스가 가슴을 폈지만, 도리어 그쪽이 더 흐뭇한 데다가 낯 뜨거운 느낌이라는 점을 스바루는 지적하지 않았다.

어쨌든, 베아트리스의 생각에는 스바루도 쌍수 들고 찬동한다.

스바루와 베아트리스 콤비의 강점은 잔재주에 있다. 그것은 2층의 『시험』에도, 아직 무엇이 기다리는지 알 수 없는 1층의 『시험』에도 도움이 될 터다.

“좋아, 베아코. 나는 신경 쓰지 마. 내게서 쭉쭉 마나를 빨아서 살쪄라……!”

“딱히 많은 마나를 징수한다고 베티는 토실토실 살찌지는 않아! 그리고, 별러 봤자 스바루가 원래 가진 마나의 양은 뻔한 수준인 것이야.”

“야야, 그러면 어떡하라는 건데.”

“그ー러ー니ー까! 최소한 배 부르게 먹고 천천히 쉬어서 체력 회복과 마나 저장, 그리고 베티 상대에 힘쓰도록 해. 그게 스바루의 사명이라고.”

“완전히 자리보전하는 환자 꼴에다, 역시 같이 놀아 주지 않아서 쓸쓸해하는 네 본심이 살짝 섞여 있었잖아…… 엇.”

답답함 반, 흐뭇함 반의 재주 좋은 표정을 지은 스바루. 그런 두 사람에게로 통로 앞에서 누군가가 불쑥 모습을 보였다. "아." 하고 눈이 동그래진 에밀리아다.

그 손에는 은빛의 금속제 용기―― 양동이가 들려 있었다.

"양동이인가. 에밀리아땅은 참, 이럴 때에도 열심히 하네. 노래 연습?"

"후훗. 무슨 소리 하는 거니, 스바루도 참. 확실히 양동이 선생님은 항상 노래 연습을 도와주시지만 지금은 그럴 때가 아닌 것쯤은 알잖아."

"하긴 그렇지. 그럼 웬 양동이?"

"그건, 양동이 선생님이 본래 할 일을 하시게 하려는 거야."

스바루의 의문에 에밀리아가 '에헴' 하고 미소 지으며 손에 든 양동이를 내밀었다. 양동이에는 찰랑찰랑 물이 채워져 있다. 과연, 양동이 선생님이 본래 역할로 복귀했다.

그러나 그 역할이 이루어진 것 자체에 의문이 생긴다.

"이거, 물이 어디서 난 거야? 탑 주위는 모래바다밖에 없던 게?"

"아, 그건 착각이야, 스바루. 탑보다 쭈욱, 쭉 더 나아가면 대폭포가 있을 테니까. 거기에는 물이 엄―청 많이 있으니……."

"그렇게까지 해서 고작 양동이 한 통의 물을 길어 온 건가. 나를 위해서."

"스바루를 위해서라면 그 정도야 해 주고도 남지만 그게 아니야. 실은 있지, 그『녹색 방』의 정령이 깨끗한 물을 내주거든."

'굉장하지?' 하고 에밀리아가 왠지 으쓱거렸지만, 스바루로서는 그 진상 바로 앞에 나왔던 말 한마디가 더 기뻤다.

스바루를 위해 대폭포에 물을 길으러 갔다 와 주는 것도 불사하겠다. 그 말이 기뻤다.

"그 기쁨을 곱씹으면서, 말하겠는데…… 그 방의 정령은 진짜 굉장한걸. 상처 치료만이 아니라 그런 것까지 해 주는 건가."

"물을 만드는 것뿐이라면 나랑 베아트리스도 마법으로 어떻게 할 수 있지만……."

"사구나 감시탑 주위는 독기의 영향이 너무 짙은 것이야. 그 독기에 오래 접촉한 마나를 마실 물로 삼는 건 가능하면 피하는 편이 현명해."

에밀리아의 설명을 베아트리스가 보충하고 스바루는 그 내용에 수긍했다.

지금까지 거친 여로에서 마실 물은 마법으로 충당해 왔다. 마나만 있으면 구태여 무거운 물을 대량으로 나를 필요도 없다. 마법이 이토록 편리할 수가 없다.

"대기 오염이 아니어도, 독기가 원인이 되는 마나 오염 같은 사태도 염두에 둘 수 있나. 역시, 섭취하면 몸에 안 좋기라도 할까?"

"몸에 극적인 변화가 생길지는 알 수 없어. 하지만 많이 섭취하면 그만큼 내부에 독기를 축적하게 돼. 그리되면 최악의 경우 스바루처럼 마수를 끌어당기는 체질이 되어도 이상하지 않은 것이야. 몸서리 쳐져."

"스스로 말하는 것도 뭐하지만 이 체질은 꽤 살기 각박하니까……."

스바루는 요소요소마다 이 체질을 활용하는 감이 있지만, 중대국면 외에 도움이 될 일은 거의 없다. 오히려 살짝 하이킹하러 산에 들어갔다가 깜빡 마수에 둘러싸일지도 모르는 것이다. 이런 체질은 없는 편이 당연히 낫다.

 "그래서, 물은 되도록 『녹색 방』의 정령이 정화해 준 샘물을 쓰고 있어. 스바루가 자고 있던 이틀 동안에도 그렇게 보내 왔던 것이야."

 "헤에, 그랬구나."

 플레아데스 감시탑 내의, 알려지지 않은 생활환경의 설명에 스바루는 감탄할 따름이다.

 "그렇지만 물은 확보할 수 있어도 결국 식량에는 한계가 있지. 사구에 가기 전 마을에서 준비한 식량은 기껏해야 1개월분이잖아."

 "응…… 그렇지."

 "하긴 1개월이나 이런 곳에 있을 작정은 없지만."

 한순간 불안한 눈빛을 띤 에밀리아에게 스바루는 웃어 주었다.

 기한은 있으며 난제는 다수. 그러나 꽁무니 빼고만 있어도 해결되지 않는다.

 "여하튼 고작 하루 만에…… 뭐, 나는 출발이 늦었으니 정확히는 3일째지만, 그걸로 첫 번째 『시험』은 통과했고, 두 번째도 에밀리아땅이 가뿐하게 돌파했잖아."

 "가뿐하진, 않았지만……."

"지금은 허풍을 떨 상황이니 가뿐하다고 해도 돼."

스바루는 성실한 에밀리아에게 으스대며 손가락을 세웠다가, 잡고 있던 베아트리스의 손을 끌어서 정면에 세우고 그 머리에 자신의 턱을 실었다.

그리고 스바루와 베아트리스, 둘의 시선이 에밀리아를 쳐다보았다.

"상대가, 과거 최강의 『검성』이든 말든 관계없어. 그런 안대 성희롱 젓가락 자식, 내 잔재주랑 베아코의 힘으로 매타작하고 냉큼 돌파해 주겠어."

"그런 것이야. 매타작할 거야."

"매타작……."

"매타작이라니 요즘 못 듣는 말일세."

"치사해! 지금 그거! 스바루랑 베아트리스가 말해 놓고!"

스바루와 베아트리스가 연계해서 판 함정에 에밀리아가 얼굴을 붉히며 화냈다.

이골이 난 교환에 새로운 패턴이 섞이자 에밀리아는 살짝 불만스러운 기색을 남기면서 어쩔 수 없다는 양 한숨을 쉬었다.

"응, 알겠어. 알겠습니다. 어쩐지 스바루가 하는 말 들으면 그게 간단한 일처럼 느껴져. 하지만 그게 엄—청 믿음직스럽더라."

"그래, 믿고 기대하고 의존하고 사랑해 줘도 돼. 난, 그걸 위한 네 기사."

"그렇지. 의존하고 있습니다, 내 기사님."

"지금, 사랑해 달라는 부분이 부정되지 않아서 동요했어……."

"──?"

너스레에 섞은 사랑의 속삭임이 스리슬쩍 넘어가서 헛물켠 느낌을 맛보았다. 그렇다고 정면으로 반응해도 동요할 테니, 안 하면 됐을 일이지만.

어쨌든──.

"새삼스럽지만 에밀리아땅에게 물을 가져오라 시키는 것도 이상한 이야기지. 이거야말로 기사가 할 일…… 같지는 않지만, 주종 관계에선 종 쪽이 할 일일 테니까."

"괜찮아. 스바루는 내 기사님이지만, 딱히 주종 관계가 되고 싶은 게 아닌걸. 스바루는 내 옆에 있어 줬으면 해. 그것만 지켜 주면 되니까, 병석에서 갓 일어난 동안은 얌전히 응석 부려 줘."

"대체 뭐야, 에밀리아땅! 그렇게 응석을 받아주면 기뻐서 죽는다고?!"

"그리고, 오늘 저녁 식사 당번은 나야! 하나부터 열까지 전부 하고 싶어!"

"어느 쪽이나 다 진심 같은 게, 에밀리아의 어려운 부분인 것이야."

씩씩 의욕 만점인 에밀리아의 발언에 베아트리스가 한숨을 쉬었다. 그런, 평소하고 전혀 다를 바 없는 두 명의 태도에 스바루 또한 위안을 받았다.

주저앉고 있을 여유라고는 없다며 다독이는 느낌이 들어서.

3

"지도가 없으니까 뭐하지만, 있으면 분명히 속이 울렁거릴 배치구만, 이 탑. 난 이렇게 설계 단계부터 거치적거리는 느낌의 건물은 엄청 싫단 말이지⋯⋯."

식사 시간이 되기 전의 여가를 활용해 베아트리스와 함께 감시탑의 내부 배치를 파악하던 스바루가 머릿속에 어렴풋이 매핑한 탑의 구조에 그런 감상을 뇌까렸다.

"무슨 소리를 하나 싶은 것이야. 애초에 『시험』의 성질이 그토록 심술궂은데 만든 인간의 일그러진 성격을 새삼스레 신경 써 봤자 별수 없어. 새삼스러워도 너무 새삼스럽지."

"아! 방금 그거, 스승님 험담이에요! 이 꼬맹이, 탑 만든 스승님을 험담했어요! 꼬맹이라고 어리광을 받아줬더니 기어오를 뿐이에요! 여기선 어른답지 않은 수준으로 꾸짖어 줘야 해요! 그리고 남은 어리광 권리는 저한테 주면 되구요!"

"시끄러⋯⋯."

딱 기회를 잡았다는 기세로 베아트리스의 허물을 꼬집는 샤울라. 아니 애초에 베아트리스의 발언은 허물이고 뭐고 아니지만, 설명하기 귀찮다.

"이 녀석들─, 언제까지고 장난치며 떠들지 마. 샤울라도 얌전하게 있어."

"에─, 납득 못하겠어요. 차별입니다. 꼬맹이 차별이에요～."

"정말로 나쁜 짓 한 거라면, 스바루라도 제대로 꾸짖을 거야.

그리고 조그만 아이가 소중하게 취급받는 건 당연한 일이야. 나도 샤울라도 그건 참아야지."

"당연하다는 듯이 베티를 어린애 취급하는 점이 납득되지 않는 것이야……."

"자자, 여기선 연상의 도량을 보여 줘."

스바루는 불만스러워하는 베아트리스를 달래면서 쓴웃음 지었다.

식사 때문에 거점에 다시 집합한 일동. 그 자리에는 일단, 의식이 없는 렘과 아나스타시아를 제외한 전원이 모여 얼굴을 맞대고 있다. 즉──.

"──식사 전에 한마디만. 괜찮을까요, 에밀리아 님."

가장 늦게 방에 들어왔던 율리우스가 그렇게 말문을 열었다.

『녹색 방』에 던져진 신세로 치료에 전념하던 율리우스였지만 식사 자리에 이렇게 얼굴을 내민 것은 별달리 공복이 이유일 리 없다.

율리우스의 물음에 자리를 관장하던 에밀리아는 "응." 하고 끄덕였다.

"물론, 얼마든지. 하지만 딱히 나한테 양해를 구할 필요는 없는데."

"아나스타시아 님이 부재 중이신 지금, 이 자리에서 가장 존중받을 분은 에밀리아 님입니다. 그리고 이미 제 방종으로 폐를 끼친 다음. 이 마당에 또 그럴 수는 없지요."

에밀리아의 말에 고개를 가로저은 율리우스의 혀가 매끄럽게 움직였다.

정중한 태도, 성실한 생각은 더더욱 평소의 그답다. 하지만 그 발언을 그다지 호의적으로 받지 못하는 입장인 사람도 이 자리에 있었다.

"기특한 마음가짐이야. 그 정도는 전부터 알고 있기를 바랐는데."

"람⋯⋯."

"무모하고 고집쟁이인 건 바루스만으로 충분해. 특히, 멀쩡할 거라 기대하던 상대가 선수를 치면 실망하는 게 당연하지. 앞으로는 이런 일 없었으면 좋겠어."

냉엄한 표정의 람이 신랄하게 율리우스의 독단을 평했다.

그 목소리와 싸늘한 눈빛은 여느 때와 같지만 딱딱한 표정만은 평소보다 더 굳어 보였다. 매서운 언동에도 그녀다운 배려가 옅은 것처럼 느껴졌다.

"람, 방금 말은 지나쳐."

"⋯⋯죄송합니다, 에밀리아 님. 앞으로 조심하겠습니다."

주의받은 람이 얌전히 사과했다. 평소보다 여유가 없는 람의 태도를 탓하는 것도 잘못이다. 람은 율리우스를 싫어하는 것도, 미워하는 것도 아니다.

그저, 진심으로 렘을 구하고 싶기에, 그 일에 모든 것을 바치려 할 뿐.

"람 여사에게도, 다른 분들에게도 큰 폐를 끼쳤습니다."

그것을 알기에 율리우스도 람의 신랄한 말은 본인 소행에 대한 훈계로 받으며 반론하지 않고 머리를 숙여 일을 수습했다.

식사 전의 시간을 빼서 율리우스가 하고 싶었던 것은 이 절차였다.

율리우스의 독단으로 벌인 행동의 진의는 스바루도 왠지 모르게 알고 있다. 그렇기에 스바루는 율리우스를 용서했지만, 그것을 율리우스 본인이 용서할 수 있을지 없을지는 다른 문제다.

그 때문에 이는 처음 한 걸음으로서 필요한 의식이었다.

"네! 율리우스는 사과했습니다. 나는 그 사과하려는 마음을 받아들이겠습니다. 그래서, 이 일로 무엇이 나쁘냐는 이야기는 내 안에서 끝."

에밀리아가 손뼉을 치고 율리우스의 사과에 그렇게 말했다. 그 말에 스바루는 물론 베아트리스도 끄덕였다.

"나는 뭐, 하고 싶은 말은 한 다음이니까. 더 이상은 무사의 자비로."

"베티도 무사의 자비야. 이다음 활약으로 만회하면 되는 것이지."

"──미안하다."

둘의 대답에 눈을 감은 율리우스가 그렇게만 중얼거렸다.

스바루와 베아트리스에 이어 율리우스의 사의에 메일리가 반응했다. 바닥에 다리를 대충 깔고 앉은 채로 자신의 땋은 머리를 손가락으로 만지작거리면서 말했다.

"죽지 않고 넘어갔으니 그거면 된 거 아냐아? 나는 딱히, 기사 오빠는 신경 안 써."

"스승님이 노 프러블럼이라고 하니, 저도 노 프로요. 노 팬티예요."

"노 팬티는 딴소리잖아……."

무관심하게 느껴지는 메일리의 말은 배려에서 나온 말이라기보다 본심 같았다. 그에 뒤따른 샤울라도 필시 진심으로 아무래도 상관없다는 축이리라.

그리고——.

"————."

직접적인 사과에도 아무 말도 하지 않은 람만은 용서한다고도, 용서하지 못한다고도 하지 않았다.

그저 몸에 걸친 로브 앞섶을 여미고 시선을 내려 음식을 보았을 뿐이다.

그리고 그 반응을 율리우스도 조용히 받아들였다. 율리우스 말고 다른 이들도. 이것만은 당사자 간의 문제, 다른 사람이 참견할 계제가 아니니까.

"——그러면, 다시 음식을 들자. 오늘은 나랑 람이 준비했답니다."

"불은 쓰게 하지 않았으니 조금 남자 취향이라는 점 말고는 멀쩡할 거야."

"응, 맞아. 엄—청 멀쩡해. ……멀쩡하다니 표현이 이상하지 않니?"

마음을 다잡고 선도하던 에밀리아의 말 뒤에 이어진 보충에 에밀리아가 갸웃했지만 람은 따로 감싸 주지 않았다.

어쨌든 그런 대화를 거쳐 감시탑에서 드는 귀중한 식사가 이루어졌다.

참고로 이번 여행의 멤버 중에 멀쩡히 요리를 할 줄 아는 사람은 1년간의 사용인 생활로 요리 스킬을 체득한 스바루와, 뭘 시켜도 능히 해내는 율리우스. 그리고 의외지만 멀쩡한 요리도 하려면 할 수 있는 람까지 세 명이었다.

덧붙여 프리스텔라로 갈 때는 스바루, 오토, 가필 남자 세 명이 가위바위보로 요리 당번을 정하는 방식이었다.

그건 아무튼——.

"——빤히 쳐다보긴. 무슨 불만이라도 있어?"

"……아니, 1개월이나 여행하고서 뭐하지만, 아직도 람이 요리할 수 있다는 게 익숙지 않다 싶어서."

"무슨 소리를 하나 싶더니……."

의미심장한 스바루의 시선과 변명에 람이 어이없어하는 내색을 숨기지 않은 채 탄식했다.

"저택에서 람이 주방에 서지 않은 건, 못해서 그런 게 아니라 그냥 안 했던 거야. 찐 감자라면 또 몰라도 그냥 요리 당번은 프레데리카와 페트라에게 양보해 주고 있어."

"그러냐. ……뭐, 그렇지."

"그래, 그렇지. ……왜, 찐 감자만은 특별한 걸까."

자기 말에 자기가 의문을 품는 분위기로 람이 불편한 표정을 지었다. 그 옆얼굴을 바라보면서 스바루 또한 자그마한 탄식을 흘렸다.

모든 가사 작업에서 람은 렘보다 못했다.

하지만 렘의 기억이 세상에서 날아간 사태를 계기로, 스바루는 그 관계성이 그냥 액면과 같은 의미가 아니었음을 깨달았다.

기실 람은 메이드 업무에만 그치지 않고, 무엇을 시키든 웬만한 수준 이상으로 잘할 것이다. 그리고 렘을 상실했다고 능력에 변화가 생긴 것은 필시 아니다.

즉, 람은 렘이 건재할 적부터 하고자 마음만 먹으면 지금과 똑같이 할 수 있었다. 그러지 않았던 것은 타고난 게으름이 원인 ──이 아닐 것이다.

"────."

스바루는 그 부분을 구태여 파헤칠 뜻이 없었다.

지금의 람은 필시 알지 못할 일. 그리고 그 진의는 렘이 무사히 돌아온 뒤에도 거론할 필요가 없는 일이라고, 그리 생각한다.

"그건 그렇고…… 상상은 갔었지만, 네 먹는 모습은 품위가 한 톨도 없네."

"우걱우걱…… 아? 스승님, 방금 뭐라 했어요?"

얼굴을 찌푸린 스바루의 말에 볼을 빵빵 부풀린 샤울라가 눈을 깜빡였다.

이 세계, 본인의 미소녀성을 낭비하는 인물이 결코 적지가 않지만, 샤울라는 그중에서도 톱클래스다. 릴리아나에 필적한다고 해도 좋다.

"발가벗은 언니는 참, 먹성이 대단하네에. 그렇게 배가 고팠던 거야아?"

"배고팠다기보다 이게 너무 맛있어요! 저, 별로 식사에 집착하지 않는 줄 알았는데 이 맛을 위해서라면 반마(半魔)에게 제자로 들어가는 것도 불사할래요!"

"어? 제자라니 나한테? 요리의?"

메일리의 지적에도 손을 멈추지 않던 샤울라가 입에 든 것을 단숨에 삼키고 에밀리아를 척 손가락으로 가리켰다. 그 행동에 에밀리아가 놀랄 때, 샤울라가 연방 끄덕이고 말했다.

"이만한 요리, 제법 대단한데요. 제 눈은 못 속이죠. 저도 요리 솜씨 키워서 스승님의 위장을 꽉 잡고 오늘 밤은 재우지 않을 겁니다."

"야심이 그냥 흘러나오네에."

"샤울라, 네 마음은 알겠어. 근데 말이야, 요리의 길은 엄―청 혹독하고 험해. 그런데도 각오가 있다면 나도 진지하게 제자 입문을 고려해 볼게."

"에밀리아땅도 이상한 곳에서 가끔 뻔뻔하더라."

애초에 오늘 요리도 7할 정도는 람의 솜씨일 텐데. 요리의 극의를 아는 척하는 에밀리아와 초짜 요리에 지나치게 감명받은 샤울라가 자못 코믹하다.

"그나저나 식량 사정이 고민거리였는데⋯⋯."

나직이 뇌까린 스바루는 머리를 감싸 쥐었다.

바라보는 방향에는 울음 섞인 함박웃음으로 음식을 입에 욱여넣는 샤울라와, 그런 샤울라의 먹성에 모성이 자극받아 요리를 추가할지도 모를 에밀리아가 있다.

1개월. 식량의 잔량도 포함해서 계산한 제한 시간이었지만.

"이런 식으로 먹으면 더 짧을지도 모르겠어……."

샤울라의 식사 페이스를 보면서 스바루는 중얼거렸다.

4

식사가 끝나고 샘물을 이용한 목욕(주로 몸만 닦음)을 끝마치자 이날은 해산, 취침 시간이 찾아든다.

상황을 돌아보면 밤새우며 탑의 공략 회의로 왈가왈부하는 편이 올바른 공략 팀의 모습일지도 모르겠지만, 현재 그런다고 타개책이 나올 거라 여기기도 어렵다.

내일 일은 내일의 자신에게 기대——하는 것은 조금 경솔한 생각일지도 모르지만.

"실제로 해결안이 툭 튀어나올 문제인 것도 아니지. 시간을 좀 두고 싶어."

『시험』의 내용이 내용이다. 최악의 경우 내일도 대책 없이 2층에 도전할 가능성도 고려할 만하다.

생각하기보다 부딪혀서 깨져라 작전—— 정말로 깨져서는 곤란하지만 적어도 그 시험관인 초대『검성』에게 상대를 죽일 작정은 일단 없는 것으로 추측된다.

혹은 대화에서 공략의 실마리를 찾아낼 수 있을지도 모른다. 결과적으로는 에밀리아가 대화로 양보점을 끌어낸 것처럼.

"그러는 데에도 머리가 돌아갈 여지를 남겨 둬야 말이지. 그러니 든든히 먹고 든든히 쉬어서 만반의 상태로 임해야 돼.”

스바루는 두 손으로 볼을 잡아당기고 다양한 불안 요소를 억눌러 둔 채 그렇게 생각했다.

그런 이유로 오늘 밤은 해산. 각자, 침실로 쓰는 용차로 돌아가서 내일을 대비해 잠을 청할 흐름이 되지만.

“스바루, 베티는 에밀리아랑 같이 용차에 있을 거야.”

“오오, 알았어. 미안하네, 베아코. 밤늦게 자지 마. 키가 크지 않으면, 조그만 채로 남아서…… 그거 귀여운데. 좋아, 밤늦게 자라, 베아코.”

“걱정하지 않아도 베티는 더 이상 커지지 않는 것이야. 계속 귀여운 채로 있어. 그러니까 빨리 자도 끄떡없는 것이야.”

하품하고 손사래 치는 베아트리스와 헤어진다. 떠날 때, 베아트리스는 에밀리아와 손을 잡고 오늘 밤은 잘 자라며 스바루 곁을 떠나갔다.

“에밀리아땅, 베아코를 잘 부탁해. 내일 또 보자.”

“응, 내일 또 봐. ……스바루도 너무 밤늦게 자면 안 돼.”

밤늦게 자는 것 자체는 탓하지 않는 에밀리아가 그 말만을 남기고 대계단을 지나 아래층으로 갔다. 그 모습을 배웅하던 스바루는 가볍게 기지개를 켰다가 발소리를 내며 4층의 통로를 걸었다.

목적지는 알기 쉽다. 넝쿨로 덮인 문이 있는, 『녹색 방』이다.

거기서——.

“스바루인가?”

"……음, 너냐."

방 앞, 거기서 마주친 율리우스가 스바루의 모습에 눈을 동그랗게 떴다.

율리우스도 마침 『녹색 방』에 들어가려던 참이라 다가온 스바루의 모습에 눈을 가늘게 떴다가 금세 이해한 기색으로 끄덕였다.

"그렇군. 아무래도 너도 나와 같은 목적으로 이 방에 온 모양이야."

"목적의 상대는 다르겠지만. ……오늘 밤은 양보해 줄까?"

"……아니, 이 자리는 나야말로 네게 양보하지. 생각해 보면 너는 오늘 아침까지 이틀이나 의식이 없었어. 무사하다는 보고만은 했지만 아마 그녀도 밤을 애태우고 있었겠지."

"……뭐, 양보해 주겠다면 순순히 양보받겠다만."

우아하게 격식 차린 말에 스바루는 머리를 긁고 힐끔 율리우스를 쳐다보았다.

그 얼굴에서 무리하는 기색은 찾을 수 없지만 원래 스바루는 남의 마음을 헤아리는 게 쥐약이다. 표정 뒤로 진의를 숨기면 간파할 수 없다.

"너는 그걸로 되겠어? 옆에 있어 주고 싶을 텐데."

그러므로 스바루는 별수 없이 탄식과 함께 솔직한 생각을 입에 담았다.

그 말에 율리우스는 "그렇지." 하고 희미하게 웃었다.

"가능하면 아나스타시아 님께서 깨어나시는 모습을 옆에서 지켜보고 싶은 건 사실이야. ……다만 깨어나셨을 때, 처음에 무어라 말씀을 드릴지. 그리고 망설임도 있어."

"첫마디는, '걱정했습니다. 일어나셔서 다행입니다.' 아냐? 문제는 두 번째부터겠지. 그건…… 뭐, 너 하기 나름이지."

"후."

"왜 웃은 거야. 꽤 성실하게 대답했는데."

그럭저럭 진지한 답변이었는데 율리우스의 마음에 차지 않은 모양이다. 그 반응에 스바루가 섭섭하다는 표정을 짓자 율리우스는 뒤로 돌아섰다.

"네 발상은 자유롭군. ──그 점이, 나는 부러워."

"바보란 소리를 듣는 것 같아서 열 받네. 야, 어디 가?"

"이 자리는 네게 양보하마. 용차로 돌아가 쉬기로 하지. 오늘은 조금, 지쳐서 말이야."

떠나가는 율리우스가 돌아선 채로 손을 들고 말했다.

조금 지쳤다고 『시험』을 에둘러서 언급할 수 있을 만큼은 회복했는지, 아니면 그게 그냥 허세인지 역시 스바루는 알기 어렵다.

알기 어려웠지만──.

"──율리우스, 역시 너는 아나스타시아 씨가 일어나는 걸 기다리는 편이 나아. 내 쪽의 용무가 끝나면 깨울 테니, 그렇게 해라."

"───────."

"말해 두지만 후회한 횟수는 내가 너보다 더 많을 거다. 그런 내가 하는 조언이라고. 조금은 정색하며 받아 줘."

통로 깊이 사라지는 등에다 스바루는 끝까지 말을 건넸다.

율리우스의 대답은 없었지만 안 좋게 받아들이지는 않으리라. ──적어도 스바루 쪽은 그 정도 신용을 하고 있었다.

"……실례할게."

스바루는 고개를 돌려 율리우스에 대한 배려를 끊어낸 뒤, 문을 밀어젖혀 『녹색 방』 안에 발을 디뎠다. 옅은 빛이 어렴풋이 밝힌 실내는 여전히 다량의 녹색에 지배되어 있으며, 풀로 엮인 침대 위에는 두 소녀가 누워 있다.

가까운 침대에 아나스타시아, 안쪽 침대에 렘이 있다.

"그리고 가장 안쪽에는 네가 있고."

파트라슈는 문안하러 온 스바루를 쳐다보며 그게 당연하다는 듯이 자연스러운 태도다. 거기에다 애룡은 살짝 자신의 침상을 절반 비워서 스바루가 앉을 공간── 렘이 잠든 풀 침대, 그 바로 옆자리를 준비해 주었다.

"너란 녀석은 진짜로, 내게는 아까운 지룡이야."

쓴웃음과 함께 뺨을 긁은 스바루는 파트라슈의 배려에 따라 침대 옆에 앉았다.

그리고 누워 있는 렘의 잠자는 얼굴에 부드럽게 미소를 건넸다.

"렘이 밤을 애태웠다고 율리우스는 그랬지만……."

그 말은 틀렸다.

이유는 간단하다. 이렇게 누구의 방해도 받지 않고 렘과 대화할 시간을 고대한 것은, 렘이 아니라 스바루일 것이기 때문이다.

5

──스바루는 가볍게 어깨가 흔들리는 감각에 이변을 깨달았다.

"──우?"

숙이고 있던 고개를 든 스바루는 천천히 몸을 일으켰다.

부상한 의식이 현실을 따라잡고 꿈의 틈새에서 서서히 빠져나온다.

"자고, 있었나?"

스바루는 턱에 손을 짚고 자신의 의식이 잠에 빠져 있었다는 사실에 놀랐다.

『녹색 방』에서 잠자는 렘의 얼굴과 이야기를 나누다가, 어느 틈에 잠든 모양이다. 풀 침대에 얼굴을 묻고 있었던 탓에 뺨에 풀 자국이 묻어 있는 걸 손가락으로 만지니 알 수 있었다.

"나도, 웬만큼 지쳤었다는 뜻인가……어, 파트라슈?"

자각을 못하던 피로감을 언급하던 스바루는 깨어난 원인──스바루의 어깨를 꼬리로 친 파트라슈를 돌아보았다. 도대체 무슨 이유로 자신을 깨운 것이냐고.

그러나 그 이유는 애룡에 묻지 않고도 한눈에 알 수 있었다.

"……이봐, 이게 뭐야?"

시야 끝, 느닷없는 위화감에 그쪽을 두 번 쳐다봤다가 스바루는 아연실색해서 중얼거렸다.

실내에 있던 두 개의 침대, 그중 한쪽── 아나스타시아가 자고 있던 쪽이 비어 있다. 그 사실에 스바루는 핏기가 싹 가셨다.

"그, 그만큼 율리우스에게 잘난 척하는 소리를 해놓고……."

말뚝잠을 자던 끝에 아나스타시아가 없어지는 걸 알아채지 못했다. ──아니, 문제는 그걸로 끝날 이야기가 아니다.

"일어나서, 그래서……? 어디 갔지? 화장실인가? 나도 깨우지 않고?"

아나스타시아── 엄밀히는 에키드나지만, 방에 자고 있는 스바루에게 아무 말도 하지 않은 채 멋대로 『녹색 방』을 나갔다고 짐작되는 상황이 좋지 않다.

왜, 그런 행동을 한 것인가. 율리우스의 독단전행과는 다른 요인일 테지만.

"아직 침대는 살짝 따뜻해. ……찾아야겠군."

풀 침대의 온기에 더해 파트라슈가 깨워 주었다는 점도 있다. 아마 아나스타시아가 나간 것은 그다지 오래전이 아니다.

"파트라슈! 렘을 보고 있어 줘! 그리고 깨워 줘서 고마워!"

짧게 응답하는 울음소리에 스바루는 손을 흔들고 『녹색 방』 밖으로 허겁지겁 나갔다.

당황한 머릿속에서 아나스타시아의 행선지는 상상도 가지 않았다. 스바루라면 첫 번째로 확인하고 싶은 것은 에밀리아와 베아트리스의 무사 여부── 그리 생각하면 역시 율리우스에게 가야 할까.

"아니, 지금은 알맹이가 에키도리란 말이다. 그렇게 뻔할 리가 없어. 그렇다면……."

인원이 부족하다. 졸았다는 자신의 추태를 드러낼 각오를 하고, 좌우간 다른 멤버에게도 말을 붙여서 아나스타시아의 위치를──.

"──하?"

찾아야 한다고, 아래층으로 부르러 가려던 스바루는 헛숨을 들이켰다.

그것은 아연실색한, 멍해진 반응 때문에 무심결에 새어 나온 숨결이었다. 있어서는 안 될 것, 있을 수 없는 것을 본 순간에 흐르는, 얼빠진 목소리였다.

"────."

부릅뜬 스바루의 시야를 무언가가 유유히 가로지른다. 그것은 하얀 두 날개를 펼치고 그다지 넓다고는 할 수 없을 통로를 화려하게 날아가는, 새 한 마리였다.

"어떻게…… 탑 안에, 새가?"

있을 리 없는 새의 모습에 스바루는 멍하니 중얼거렸다.

플레아데스 감시탑의 벽면에 밖과 통하는 창문 같은 것은 하나도 없다. 탑은 완전히 바깥세상과 단절된 건물이며 안팎을 연결하는 것은 5층에 있던 대문뿐이다.

"──아! 자, 잠깐!"

강렬한 이변의 낌새에 스바루는 멀어지는 새를 허겁지겁 뒤쫓기 시작했다.

한순간, 망설임이 있었다. 이 자리에서 새를 쫓아야 할지, 아니면 누군가를 부르러 가서 아나스타시아의 부재와 새의 존재를 털어놓고 조력을 청해야 할지.

하지만 스바루는 새를 쫓는 쪽을 택했다. 여기서 새를 놓치는 쪽이 리스크가 더 크다는, 말로 표현할 수 없는 직감의 선택에 따라서.

물론, 나는 새는 스바루의 부름에 날개를 쉴 만큼 착하지 않다. 스바루를 팽개치듯 유유히 통로를 비상하며 깊이, 더 깊이 모습이 멀어진다.

그 뒤를 애타게 쫓고, 쫓다가, 이윽고──.

"──?! 사라졌어? 이게, 뭔."

통로 가장 안쪽에 다다른 시점에서 스바루는 뒤집힌 목소리를 냈다.

감시탑의 형상에 따라 원을 그리는 모양새인 4층 통로. 하지만 그것은 한 바퀴 돌 수 있게 연결되지는 않았고 반 바퀴 정도 도는 지점에서 벽으로 막혀 있다.

시계로 말하자면 12시와 6시 부분에 벽이 있고, 좌우 어느 쪽이든 거기서 길이 막히는 식이다. 그 점을 알고 있었기에 스바루는 새가 문을 열지 못하는 한, 방에 들어가지도 못할 테니 반드시 잡을 수 있으리라 짚고 있었지만──.

"벽에 부딪쳐서 떨어진 것 같지도 않아. 이건 어떻게 된 거야……?"

사라진 새의 발자취, 아니 날개자취를 알 수 없어 스바루는 곤혹스럽게 주위를 둘러보았다.

안타깝지만 새가 들어갈 만한 방은 눈에 띄지 않는다. 출현도 갑작스러웠고 그 퇴장도 갑작스럽다. 마치 꿈이라도 꾼 것처럼 뭐에 홀린 기분이다. 단——.

"——이거, 깃털이지?"

통로에 떨어져 있던 하얀 깃털을 주운 스바루는 새가 실존했다는 증거를 획득. 이것을 가지고 돌아가 다른 사람들에게 새의 실존을 호소할 수도 있다. 하지만 아무 해결도 되지 않는다.

사라진 아나스타시아의 단서로는 아무것도——.

"아니, 가만……. 여기에 깃털이 떨어져 있다는 말은 뭔가가 있을 터……."

그런 생각에 스바루는 깃털이 떨어져 있던 주변의 바닥과 벽을 닥치는 대로 조사했다. 더듬더듬, 돌로 된 바닥과 천장, 가까운 방 등을 조사하며 벽을 밀기도 해 보았다.

그러나 어디에도 장치 같은 것은 없고 시간만이 지나서 조바심을 느꼈다. 역시 사람을 불러오는 편이—— 하고 생각했을 때였다.

"아——?!"

깃털이 떨어져 있던 지점을 손바닥으로 쓴 순간이었다. 손가락이, 바로 옆에 있던 벽을 스쳤다 싶은 순간, 그 벽을 쑥 통과했다.

눈의 착각이 아니다. 쭈뼛쭈뼛 손을 뻗으니 벽에 닿지 않았다.

"하지만, 여기 벽은 조사했을 텐데……."

조사하다 빠트린 것은 아니라는 생각에 스바루가 새삼 벽을 만지니 그 벽은 스바루의 허리보다 위로는 실체가 있고 그보다 낮은 지점에는 환상이 깔려 있었다.

입구를 막은 것처럼 보이는 환상── 이전, 페텔기우스가 이끄는 마녀교가 바위굴에 만든 은신처에 이러한 장치가 있었다는 기억을 떠올렸다.

"호랑이굴에 들어가야…… 아니 몇 번이나 말하냐, 나는."

엎드려 기면 환상의 벽을 지날 수 있다.

스바루는 한순간 주저했다가 그 벽을 지나 건너편에 도전했다. 아마도, 새는 저공비행으로 이곳을 지나 이 앞에 간 것이다.

이곳이 밖과 연결되어 있거나, 혹은 탑의 다른 장소로 이어져 있다면──.

"푸앗!"

벽을 지나가는 동안의 암흑은 생각보다 길게 이어지지 않았다.

환상의 벽을 넘어 지나간 뒤, 얼떨결에 스바루는 수면에 얼굴을 내민 것처럼 호흡했다. 이유 없이, 어둠에 가라앉는 심경으로 숨을 멈추고 말았었다.

그리고 얼굴에 바깥바람이── 찬바람이 닿았음을 깨달았다.

"──오."

눈꺼풀을 들어 천천히 어둠에서 바깥세상에 눈을 순응시켰다.

거기에 펼쳐진 광경은 상상을 초월할 만큼 높은 장소에서 엿보이는 밤의 사구. 이를 내려다보는, 별이 반짝이는 검은 하늘.

그리고──.

"────."

감시탑의 발코니라고 불러야 할 공간에서 바람에 보랏빛 머리를 휘날리는 아나스타시아와, 그 주위를 무수한 새들이 둘러싸고 있는 광경이었다.

6

"──터널을 빠져나오자, 그곳은 설국이었다."

중얼거린 헛소리는 이 기묘한 광경을 설명하는 데 아무런 기여도 하지 못했다.

스바루가 빠져나온 곳은 벽이지 터널이 아니고, 눈앞에 펼쳐진 것도 설국(雪國)이 아니라 찬바람이 부는 모래바다의 밤이다. 검은 하늘에는 반짝이는 별들이 떠 있으며 감시탑의 발코니에서는 검은 바다 같은 사구의 광경을 멀리까지 내다볼 수 있다.

모든 것이 다 스바루의 말과 맞지 않다. 그 대신에──.

"──나츠키?"

힘없는 스바루의 말에, 바람에 머리카락을 나부끼는 인영이 뒤돌아보았다.

웨이브진 연보라색 머리카락을 살며시 손으로 누르는 소녀. 연두색의 동그란 눈에 어둠 속에 도드라질 만큼 살결이 하얀, 고운 용모── 찾아다니던 그 사람이었다.

"……밤에 산책하기에는 안성맞춤인 절경이군."

스바루는 초장의 놀람을 혀 뒤에 숨기고 아나스타시아에게 어깨를 으쓱였다. 그 몸짓과 첫마디로 꺼낸 화제에 아나스타시아는 조그맣게 "그라네." 하고 웃었다.

"전망이 좋은 건 사실이데이. 그치만도 기껏 좋은 전망도 막상 경치가 새까맣다니 유감스럽데야. 멀찍이 마을이 보이기만 캐도 달랐을 낀디."

　"이건 이거대로 밤의 바다 같아서 나쁘지 않지만. 그리고, 뭐니 뭐니 해도……."

　말하면서 스바루는 한눈에 내다볼 수 있는 경치가 아니라 머리 위를 손가락으로 가리켰다. 그에 따라 아나스타시아가 하늘을 쳐다보았다. ——온 세상에 별이 박힌 밤하늘이 있었다.

　"공기가 차갑고 맑으니까 별이 되게 잘 보여. 로맨틱하지?"

　"별이 이쁘다는 건 사실이다카이. ……탑의 이 높이쯤 되믄 모래바다에 쌓여 있던 독기보다 높아지는 걸까. 그래서, 지금까정 안 보이던 별이 보이나 보다."

　스바루의 지적에 머리 위를 쳐다보는 아나스타시아가 입술에 부드러운 미소를 띠었다. 그 반응을 확인하면서 스바루는 그녀로부터 5미터 정도 거리에서 멈춰 섰다.

　그리고——.

　"그래서, 이 상황의 해명은?"

　"해명?"

　"심야, 몰래 침실을 빠져나가서 아무도 모르는 비밀 통로를 지나 이런 곳에서 밤바람을 쐬면서 새들과 논다……. 수상하기 짝이 없잖아."

　이상하다는 표정의 아나스타시아에게 스바루는 턱짓하며 추궁했다.

새들——그렇다. 새들이다.

이 자리에, 이렇게 얼굴을 맞댄 것은 스바루와 아나스타시아 둘이지만 발코니에는 두 사람 외에도 많은 관중이 있다.

미동도 없이 상황을 조용히 지켜보는, 인공물 같은 새들이었다.

——그것은 한두 마리 같이 얌전한 수가 결코 아니다.

발코니 테두리에서 날개를 쉬는 새, 그 수는 족히 쉰에 이른다. 무리를 이룬 수준이지만, 이를 무리라고 부르는 데에 저항감이 드는 건 모인 새의 종류가 통일되지 않았기 때문이다.

하얀 새가, 파란 새가, 검은 새가, 얼룩새가, 큰 새가, 작은 새가, 깡마른 새가, 살찐 새가, 다종다양 잡다하게 통일감이 없는 새들이 한곳에 모여 있다.

그 사실도 제법 괴이하지만 그 이상으로 스바루가 섬뜩함을 느낀 점은 이 광경을 이루는 새들의 거동이었다.

이만큼 많은 새가 있는데도 지저귀기는커녕 날갯소리 하나 들리지 않는다.

이 통일감이 없는 새들은 '침묵'이라는 의사 아래에 통일되어 머무르고 있었다.

"나츠키가 고래 불안스레 여기는 기도 별수 없지만도……."

그런 스바루의 염려에 아나스타시아는 뺨에 손을 짚었다.

"비밀 통로라는 말은 호들갑스럽지 않나? 실제로 나츠키도 왔다 안 카나?"

"그건…… 새가 나를 인도했달까, 그거라고."

"그라케 말하믄 내도 똑같데이. 밤에, 탑 안을 어슬렁어슬렁

산책했는디. 그랬더니 새가 날아오는 기 아이가. 뭔가 싶어 쫓아왔더니 여기라카이."

두 손으로 새를 본뜨고 하늘을 휘적대던 아나스타시아가 눈웃음 지었다.

당연하지만 수긍이 가는 설명이 아니다. 부정할 근거는 없지만 그런 편리한 이야기가 있을까 보냐. 자기 자신은 제쳐 두고 스바루는 그렇게 결론 내렸다.

"이 새는……."

"이 아들, 대체 뭘까."

"윽──. 그건, 내가 묻고 싶은 말이야."

말을 휙휙 피해 넘기는 아나스타시아의 태도도 그렇지만 그저 멀리서 대화를 지켜보기만 할 뿐인 새들의 눈초리도 불편하다. 새의 눈은 감정을 읽어내기 어렵다.

이 새들은, 발코니는, 아나스타시아는 도대체 무슨 생각을 하는 것인가.

"이 녀석들, 『모래시간』을 넘으려 할 적에 날아가던 새일까."

"람 씨가 『천리안』으로 시야를 빌린 아들이긋제. 그 마수의 꽃밭하꼬 조우한 뒤, 어떻게 됐는지 모르긋지만도…… 제대로 도착한 모양이네."

살며시 쓴웃음을 띤 아나스타시아가 쓰다듬던 새의 목을 손가락으로 간질였다. 그래도 새의 반응은 없어서 놀아 주는 보람이 없다는 양 한숨지었다.

"이 아들은 계속 이렇데이. 내도 막막해하던 참이다."

"그 말을 믿는 건, 내 경험상 좀 무리로군."

"경험이라믄?"

"내 경험상, 섣불리 이런 상황에 맞닥뜨리면 대개 생명이 위험한 게 철칙이야."

스바루의, 섣부른 행동에서 비롯한 임사 경험은 제법 풍부하다.

오래된 것을 꼽자면 저택의 야밤 배회 중에 렘에게 맞아 죽은 경험부터 시작된다.

그 뒤에도 이것저것 있었던 사건을 생략하고, 스바루의 경험은 섣부른 행동=죽음을 의미하는 것이라고 결론짓고 있었다. 그 경험에 따르면, 지금 상황은 꽤 위험해서——.

"안심하그라. 고로코롬 무서운 생각 안 하고, 내한티 나츠키에 대한 적의는 읎어. 이 탑의 다른 누구에게도…… 아, 시험관들은 별개지만도."

"샤울라와 레이드, 말인가."

이름을 꺼내자마자 아나스타시아가 씁쓸한 표정으로 침묵했다.

그 반응에 스바루는 "아." 하고 목소리를 흘렸다.

"자고 있었으니 듣지 못했지? 2층의 시험관…… 그 녀석은 레이드 아스트레아다. 초대 『검성』. 아무래도 과거로부터 불려서 나왔다, 같은 구조 같더군."

"듣기만 해도 기가 차는 설계구마이, 이 탑. ……창조주는, 무슨 생각을 하고 있었는지."

스바루의 설명에 아나스타시아는 기가 찬다는 코멘트 끝에 나지막이 덧붙였다. 그 말투에서 카라라기 사투리의 억양이 빠진 느낌에 스바루는 숨을 죽였다.

　여태까지 거의 아나스타시아로서 다루고 대했다는 생각은 있다. 하지만 이렇게 눈앞에 있는 그녀의 본질은 역시——.

　"——지금, 여기에 있는 것은 나랑 너뿐이야. 속 터놓고 이야기하지 않겠어?"

　"음……,"

　"솔직히 남의 가죽 뒤집어쓴 너랑 대화하고 있어도 결판이 안 나. 무슨 말을 들어도 내가 너를 신용하는 건 불가능해. 그러니까……."

　"——아나를 연기하는 내가 아니라, 나 자신과 말하고 싶다는 건가."

　그 순간, 스바루의 제안에 응하듯이 아나스타시아의 분위기가 싹 바뀌었다.

　둘러싼 분위기가 일신되어 모습은 변함이 없는데 대치하는 존재감이 명백한 변질을 보였다. 눈에 깃든 감정이, 사고가 엮어내는 표정이 전환되고 있었다.

　"————."

　그 변화에 숨을 죽이는 스바루 앞에서 아나스타시아—— 아니, 아나스타시아를 연기하던 인공정령 에키드나가 발코니의 난간에 등을 기대고 돌아보았다.

　그리고 그 난간에 앉은 하얀 새의 머리를 쓰다듬으면서 말했다.

　"——여기서, 이렇게 단둘이 이야기하는 건 정말 처음이지."

　스바루의 제안을 받아들이고 애잔하게 미소를 지었다.

"이쪽에 오지는 않으려고?"

"아니, 높은 곳 별로 익숙지 않은 데다가 안전 대책이 불완전하니까 싫어."

"딱히 경계 없이 다가오더라도 밀어 버리지 않는데?"

"그 말버릇 때문에 신용할 수 없는 거야. 그런 점은 오리지널이랑 판박이군."

지상 수백 미터 높이에, 기껏해야 허리 높이 정도의 난간이 생명줄. 그런 장소에 악의 없이 권하는 에키드나가 스바루의 거절 문구에 눈썹을 찡그렸다.

"알겠나? 몇 번쯤 말했지만 그 오리지널의 마녀라는 치와 나를 너무 동일시하지 말아 주지 그래. 분명히 말해서 모르는 인물과 비교당하는 건 불쾌하기 그지없어. 그것이 나 자신의 조물주여도 말이지."

"그 말투도 어쩐지……. 하긴. 미안하다. 노력해 볼게."

외견도 목소리도 아나스타시아인 채로 에키드나는 스바루에게 그렇게 호소했다.

솔직히 그 지적조차 스바루가 아는 악질 마녀의 어조와 똑같았지만, 스바루도 에키드나와 닮았다고 들으면 명예 훼손을 강하게 호소하고 싶은 바다.

"그런데 너, 용케 그 새를 경계도 하지 않고 만질 수 있네. 확 모여들어 온몸이 쪼여 죽는 게 무섭지 않아?"

"그런 네 상상이 훨씬 더 두려운데. 설마, 그것도 경험에서 나온 말이라고 하진 않겠지?"

"겉모습은 귀여운 토끼가 힘차게 달려들어서…… 그렇게 된 적이 있어서 말이야."

그렇기에 그 이후로 동물이 여러 마리가 한데 모여 있는 광경에는 거리낌이 있다.

수도 없이 『사망귀환』 경험을 하면서 편했던 죽음은 한 번도 없었다고 확실하게 단언할 수 있지만, 개중에서도 유달리 끔찍한 죽음이었던 것이 그 기억이다.

"……실제로 얼굴이 해쓱한 것을 보니 억지로 강요는 안 하겠어. 나도 이 새가 친근한 건 아니야."

스바루의 안색이 어지간히 나빴는지 에키드나는 이내 작은 새들로부터 손을 떼었다. 그리고 무릎 위에 두 손을 올린 뒤 "자, 그럼." 하고 새삼 스바루 쪽을 응시했다.

"속을 터놓자고 너는 내게 제안했는데…… 이렇게, 아나로서의 행동을 잊어 본 나와, 도대체 무슨 이야기를 하고 싶다지?"

"일단, 이 장소와 새의 관계."

"그에 관해서는 아나로서 대답한 것과 같은 답변밖에 줄 수 없어. 나는 여기서, 너와 비슷하게 새에게 인도받았지. 그때까지, 짚이는 구석이라곤 하나도 없었다고. 다만……."

"다만?"

변함이 없는 답변에 낙담할 뻔했지만, 살짝 걸리는 것을 남긴 데에 스바루의 눈썹이 올라갔다. 그 반응에 에키드나는 잠깐 망설이다가 말을 이었다.

"나는 솔직히 말해, 너에게 같은 말을 묻고 싶었어."

"나에게, 같은 말?"

"아나를 연기하고 있었으니까 농담으로 들렸을까? 나는 인도받은 것처럼 여기에 발길을 옮겼지. 그리고 지금, 이 장소에서 너와 대화하고 있어. ……탑에 돌아가는 입구 앞에 선, 너와."

"―――."

"너는, 이 탑의 관리자였던 샤울라와도 면식이 있었지. 적어도 상대는 완전히 그렇게 여기며 너를 대하고 있어. 그 점을 더해 이런 곳에서 단둘이 된 상황에 말하는 건 비겁하다 싶지만……."

에키드나가 하는 말에 압도된 스바루는 발언을 끼워 넣지 못했다. 에키드나는 한 번 말을 끊고, 아나스타시아의 얼굴인 채로 질문을 제시했다.

그 질문은――.

"――나츠키 스바루, 너는 정체가 뭐지?"

"정체가 뭐냐니, 뭔데, 그 질문……."

"이야기는 프리스텔라에 가기 이전으로 돌아간다. 1년 전, 네가 백경 토벌과 『나태』 토벌을 달성한 논공식 다음이야. 아나는 너를 조사했었어."

에키드나가 밝힌 그 뒷사정은 아나스타시아 진영에 취한 왕선 전략의 일환일까.

대립 후보인 에밀리아, 그 기사로 서훈된 스바루를 조사하는 행위는 이런 싸움에서 정석이라 할 만한 것이리라.

하지만 호신 상회를 이끄는 대상인, 아나스타시아 호신조차도――.

"네 내력은 알 수 없더군. 최소한의 정보가 고작이었다고 아나가 투덜거렸었어. 그에 관해서는 너라기보다는 네 주위 인물이 무언가 했던 결과라고는 생각하지만."

스바루의 정보 통제. 그런 행위에 얽혀 있을 사람이 진영 내에 있다면 필두로 꼽을 인물은 로즈월, 차점으로 오토와 클린드 정도일까.

"어쨌든 간에 추적이 가능했던 것은 왕선이 시작되기 직전, 왕도에서 일어났다는 작은 사건에 관련됐다는 것 정도. 기사 라인하르트가 후보자 중 한 명인 펠트를 찾아냈을 때, 너를 봤다는 증언을 받았지. 하지만 그게 다야."

그 이전의 기록은 존재할 리가 없다.

따라서, 에키드나── 이 경우에는 아나스타시아지만, 아나스타시아의 조사는 스바루의 발자취를 거의 완벽하게 추적했다.

그것이 본인들에게 불충분한 결과라는 사실을 제외하면.

"────."

에키드나의 눈매가 가늘어지고 스바루는 무슨 말을 해야 할지 답하기 곤궁했다.

여태까지, 『사망귀환』의 정보를 전달할 수 없어 그에 밑받침한 정보 공유를 하지 못해서 괴로워하던 경험은 많다. 그러나 이러한 경우는 처음이다.

나츠키 스바루가 어떤 자인가. 출신 성분이 불분명한 인물이라는 점이 족쇄가 되는 건.

"나는……."

"……라고, 이렇게 주절주절 읊어 봤는데."

"——아?"

진지한 표정으로 스바루가 어떻게든 말을 짜내려는 순간, 에키드나가 두 팔을 벌렸다. 그 어조가 너무나 가벼워서 스바루는 멍해졌다.

그런 스바루의 반응에 에키드나는 "응." 하고 만족스럽게 끄덕였다.

"아나와 나의 너에 대한 인식은 내력은 모르지만 큰 공을 연달아 올린 신진 기사…… 그것이, 프리스텔라 이전까지의 인상이야. 그 인상이, 프리스텔라에서 마녀교와의 싸움과 이 감시탑에 온 뒤의 경험으로 또 조금 바뀌었다는 자각이 있지."

"————."

"이렇게 밤늦게 둘이서 아무도 보지 않는 공간에 함께 있는 상황에 불안을 느껴서 경계했다고 해도 그건 어쩔 수 없는 일이라고 용서해 줬으면 해."

에키드나가 펼친 팔을 오므리고 미소와 함께 갸웃했다.

그렇게 그녀의 이야기를 얼떨떨한 채로 다 들은 스바루는 메마른 입술을 우물우물 움직이며 어떻게 받아들여야 할지 진지하게 고민했다.

하지만 고민하는 중에 문득 깨달았다.

——무릎 위에 얹힌 에키드나의 손에, 손끝이 하얘질 만큼 힘이 들어가 있음을.

"……너, 혹시 진짜로 겁먹었던 거야?"

"──그 발언은 섭섭하군. 너는 샤울라와 원래 어떤 관계지?"

스바루의 질문에 에키드나는 대답하지 않고 다른 질문으로 받아쳤다.

"샤울라와는 여기서 만난 게 처음이야. 아무것도 몰라."

"3층의 『시험』, 그토록 빨리 네가 해명해 낸 것은 우연일까?"

"……우연이야."

"그렇다면, 네가 이렇게 언뜻 봐서는 알 수 없도록 위장된 비밀 통로를 지나 우연히 나밖에 없는 상황에서 말을 걸어온 것은?"

치근치근 얄밉게 되풀이하는 것은 에키드나가 스바루에게 던지는 원망이다.

질문을 거듭함으로써 스바루에게 이렇게 말하는 것이다.

"역지사지란 거냐……."

"그런데도 나는 다양한 요인을 보아 네가 적대적인 존재일 가능성은 낮다고 어림잡고 있어. 이렇게 속내를 밝힌 것은 그 마음을 나타내려는 성의라고 여겨 줘."

에키드나는 밋밋한 가슴에 손을 짚고서 자신의 심경을 이야기했다고 태도로 표시했다.

스바루로서도 그 기개를 높이 사서, 또한 자신의 수상한 내력과 행동을 돌아보고 에키드나의 말에 끄덕여 주고 싶은 마음은 굴뚝같았다. 굴뚝같지만──.

"──아무래도 내 조물주는 네 마음에 큰 상처를 남긴 모양이야."

인공정령 에키드나의 행동거지가 『탐욕의 마녀』인 에키드나와 비슷하다고 여기면 여길수록, 아무리 성의를 다해도 진심으로 믿기 어렵다.

이야말로 진정한 마녀의 잔향이라고 해도 된다.

"네, 주장은, 알았어. 납득은, 했고. 믿을지 말지는, 따로 치고서……."

"네 갈등은 아주 잘 전해지고 있어."

"여기서 나랑 네가 만난 건 우연으로 치고 말이야. 그럼 여기는? 이 발코니 같은 장소는 무엇 때문에 있다고 생각해?"

"그에 관해서는 가설이 있지. 3일 전…… 모래바다에서 있던 일은 기억할까?"

"3일 전이라고 하면, 탑에 도착하기 전의 야단법석이 떠오르는데……."

"그 야단법석 때, 꽃단장곰에게 쫓기는 우리를 하얀 빛이 엄습했지. ──그건, 아무래도 샤울라의 소행이었던 것 같잖아. 그럼, 이 장소는."

"──그 녀석이, 모래바다를 감시하기 위한 저격 포인트?"

에키드나의 가설이 가 닿기 전에 스바루는 손가락을 딱 튕겼다.

그 추측에는 수긍이 간다. 실제로 샤울라는 원거리에서 자칭 『헬즈 스나이프』로 탑에 접근하는 자를 저격해 왔다. 창문도 없어 밖을 볼 수단이 없는 감시탑 어디에서 그러고 있었는지 고민했었지만──.

"아마도 이런 장소는 탑의 외벽 곳곳에 있겠지. 보아하니 이 공간은 우리가 탑에 접근하려고 시도한 방향과는 어긋나 있어."

"새는?"

"새에 관해선 의문이야. 이렇게 만져도 반응이 없어. 단지 체온은 있는 모양이니까 인공물인 것은 아니야. 가능하면 해체해 보고 싶지만……."

옆에 있는 새를 내려다보는 에키드나가 잔혹하게 눈을 가늘게 떴다. 그러나 그녀는 뻗으려던 손가락을 거두고 그 손끝을 가만히 쳐다보았다.

"아나의 몸을 더 이상 혹사할 수 없지. 네가 새 목을 비틀어 주면 얘기가 쉽겠지만……."

"그거야, 꼭 필요하다면 하겠는데……."

이세계에 불린 지 1년 남짓, 스바루 또한 새나 산토끼를 사냥한 경험은 있다. 물론 먹기 위한 살해와 실험을 위한 살해는 기분상 차이가 많이 나지만.

"죽인 뒤, 먹는 걸로 치면……."

"맞아, 남은 식량의 문제도 있었지. 그럼 스무 마리 정도 부탁하고 싶은데."

"아무리 그래도 죽이면 이 무수한 새들에게도 움직임이 나타나지 않을까?"

"……그건 부정할 수 없다는 우려가 있군."

스바루의 불안에 에키드나도 입가에 손을 짚었다.

새들은 뒤숭숭한 대화를 속행하는 두 사람에게 반응이 없지만 그 시선만은 변함없이 이 자리의 외부인이라고 할 수 있는 스바루 일행에게로 쏠려 있다.

조장(鳥葬)이라는 단어가 뇌리에 스쳐서 스바루는 에키드나의 급한 결단을 만류했다.

"할 거라면 준비하고 나서 하자. 일단 지금은 나중에 미루고."

"도망칠 기색도 없다라. 알았어. 그걸로 좋아. ……실제로, 이 새들을 조사해서 얻을 수 있는 게 있다고 생각하기도 어려우니."

"그, 탐구심과 지식욕이 앞선 바람에 나온 발언이라는 분위기 그만둬 줘."

"──음?"

마녀의 됨됨이를 진짜로 모르는 눈치의 에키드나지만, 그런데도 역시 오리지널에 가까운 행동 양식을 유지하는 것처럼 보여서 마음을 놓을 수 없었다. 그러므로 스바루는 그 부분을 무시하고, 마녀답지 않은, 정령 에키드나의 부분에 질문을 던졌다.

"확인은 그다지 자주 하지 않았지만, 아나스타시아 씨는 어때?"

"……여전히 변함이 없어. 아나는 지금도, 이 몸의 깊은 곳에서 잠자고 있지. 이만큼 오래 몸에 깃든 적은 없으니 나도 조바심이 나지 않는다고 말할 순 없겠어."

"조바심이라."

"전에도 얘기한 바와 같아."

에키드나는 빌린 몸의 밋밋한 가슴을 만졌다. 그 내부에 아나스타시아가 지금도 잠자고 있다는 뉘앙스와 함께 그녀는 눈을 감았다.

"아나의 몸에 깃든 지 벌써 한 달 이상이 지났어. 낙관하던 것은 아니지만…… 아나의 생명을 계속 축내고 있다는 자각은, 역시 무거워."

"————."

"그러니 나는 한시라도 빨리 아나에게 몸을 돌려줘야만 해."

에키드나는 자신과 아나스타시아가 놓인 상황을 그렇게 마무리했다. 그 내용에 스바루는 그녀들의 처지를 너무 가볍게 여겼음을 깨달았다.

동시에, 아나스타시아가 선천적으로 떠안은 핸디캡이 너무나 크게도 느껴졌다.

"그런 몸으로…… 그런 엉망인 상태로 왕이 될 수 있는 거야?"

"그 말은 자신의 주인을 위해서도 아나더러 권리를 포기해 달라는 의미일까?"

"윽——! 웃기지 마! 그런 소리가 아냐! 나는……."

"아나는 결코 물러나지 않아. 포기도 하지 않아. 나는 그 사실을 안다."

앞으로 내디디며 언성을 높이려던 스바루에게 에키드나는 딱 잘라 말했다.

그 기세에 눌린 스바루가 눈을 깜빡였다. 그리고 쭈뼛쭈뼛 입술을 달싹였다.

"……아나스타시아 씨는 그렇게 해서까지 자기 나라를 원하는 거냐. 손에 넣자마자 바로 놓게 될지 모르는데도."

"남보다 짧을지도 모르지만 아나 본인은 그 짧은 시간을 타인의 몇 배나 잘 활용할 줄 알아. 그리고 아나에게는 왕좌를 포기할 수 없는 이유가 있지."

힘없는 스바루의 목소리에 에키드나는 아나스타시아에 대한 신뢰를 담아서 말했다.

그리고 이야기하는, 왕좌를 포기할 수 없는 이유.

그것은——.

"——소망을 받았기 때문이야."

어느 틈에 난간에서 몸을 일으켜 세운 에키드나가 걸어와 발코니 중앙에서 스바루와 정면으로 마주 보고 있었다.

검은 눈을 똑바로 들여다보는 연두색 눈동자가 고한 말에 스바루는 움직이지 못했다.

플레아데스 감시탑의, 『시험』의 그것과는 또 다른 무게가 스바루를 짓눌렀다.

움직이지 못하고, 말이 나오지 않는다. 에키드나 또한 아무 말도 하지 않는다.

그렇게 움직임이 멈춘 두 사람을 대신해 날갯소리만이 차가운 밤을 가른다. 날갯소리는 후방을 지나와 날개를 쉬는 새들의 무리에 참가했다.

또 새롭게 한 마리, 새가 발코니로——.

——등 뒤에서.

"_____."

스바루는 여전히 감시탑의 외벽을 등지고 서 있었다. 그 등 뒤에서 새가 날갯짓한다면, 그것은 곧 감시탑 내부에서 나는 소리다.

에키드나가, 스바루가 새의 날갯짓에 인도받아 여기에 발길을 옮겼다.

그렇다면 당연히 세 마리째 새의 날갯짓에도.

"──방금 이야기는, 무슨, 뜻이지?"

왠지 멍하니, 믿음의 근본이 흔들린 것만 같은 음성이 발코니에 울렸다.

우두커니 선 남자의 목소리에 새들은 일제히 날개를 펼쳤다. 그리고 소낙비처럼 어마어마한 날갯소리와 함께 주저 없이 날아올랐다.

밤하늘로, 어둠에 휩싸인 사구의 바다로.

대해원에 남겨진 듯한 심경의 스바루와 에키드나.

──그리고 율리우스 유클리우스를 남기고.

제7장 『■ ■ ■ ■ ■ ■』

1

무수한 날갯소리에 버림받은 밤의 발코니에 심연이 깔렸다.

인공물 같은 새들은 시야가 좋지 않은 밤하늘로 날아오르는 것을 두려워하지 않고 날개를 펼쳤다.

마치 기댈 곳 없는 하늘에 떨어지는 쪽이 이 자리에 남는 것보다 훨씬 마음이 편하다고 말하기라도 하듯이.

만약 그것이 사실이라면 스바루도 완전히 같은 의견이었다.

──그 정도로 숨 막히는 이 상황은 예상 밖이며, 최악의 장면이나 다름없었다.

"──방금 이야기는, 무슨 뜻이지?"

긴박감으로 팽팽한 공간, 거기서 율리우스는 한 구절도 다름없이 똑같은 말을 반복했다.

직전의 멍하게 뇌까린 말과는 내용이 동일하지만 음성에는 살짝 힘이 돌아왔다. 그 사실이 율리우스의 강인한 심지를 서글프게 증명하고 있었다.

──어디서부터 이야기를 듣고 있었던가.

율리우스의 물음에 대해 스바루는 정지하려던 사고를 억지로 움직여 그 문제에 이르렀다. 어디서부터 이야기를 듣고 있었던가, 그 점이 중요하다.

직전까지 주고받던, 아나스타시아=에키드나와의 대화 내용은 결코 마음의 대비 없이 들려 주어도 될 만한 게 아니다. 애초에 이 감시탑 공략에서 스바루와 에키드나 사이에 공유한 비밀은 뿌리가 지나치게 깊다.

『인공정령』, 『탐욕의 마녀』, 『폭식의 권능』으로 다양한 요인에 미치는 문제다.

스바루는 그 요인들이 복합되어 생긴 상황의 자세한 속사정을 율리우스에게 감추겠다고, 이야기해 봤자 혼란을 낳고 괴롭힐 뿐이라고 판단했다.

개중 으뜸가는 것이 아나스타시아의 정신이 잠들었으며 현재 그녀의 몸에 깃든 것은 인공정령 에키드나라는 사실이었다.

그것을——.

"——아, 참, 나츠키도 못쓰제. 고로코롬 훤히 보이는 태도는."

"……아?"

경직된 스바루, 그 가슴을 에키드나가 가볍게 손가락으로 찌르고 해사하게 미소 지었다.

그 어조와 태도, 몸짓은 아나스타시아를 완벽하게 트레이스해서 순간적으로 스바루는 무슨 일이 일어났는지 몰라 눈을 동그랗게 뜨고 얼떨떨해 했다.

그런 스바루를 내버려 두고 에키드나는 춤추듯이 그 자리에서 빙글 돌았다.

"미안하데이, 율리우스. 하지만도 따돌리려는 기하곤 다른기라. 내는 그냥 이 여행에서 돌아간 다음 문제로 조─금 나츠키캉 말을 나눴을 뿐."

"_____."

"『녹색 방』을 나온 기는 렘 씨하고 지룡 아가 있으니께. 딱히 이야기가 누설될 걱정은 읎지만도 뭔가 기분상 누가 있는 곳에서 비밀 이야기하는 것도 이상하제? 그러니께 장소를 바꾸어서…… 우연히 안성맞춤인 곳을 발견했데이. 그게 다."

에키드나가 가슴 앞에 손을 맞대고 "봐주래이?" 하고 갸웃했다.

그 몸짓은 예쁘장해서, 아나스타시아가 할 만한 행동 같았다. 하지만 중요한 이야기를 속이는 수법이 아나스타시아라면 있을 수 없는 수준으로 저급했다.

마치, 불편한 장면을 들켜서 수습하고자 체면만을 갖추려는 허울뿐인 말──실제로 그것은 '마치'가 아닐지도 모른다.

이 상황을 바라지 않다가 불의의 습격을 받은 것은 에키드나도 마찬가지일 터다. 그녀 쪽이 아주 약간, 스바루보다 더 일찍 행동을 일으킨 것에 불과하다.

그리고 그것은──.

"──아나스타시아 님이, 아닌 거군."

"_____."

"너의, 사정을 듣고 싶다. 더 이상 얼버무리는 것도, 숨기려는 행동도 불가능해. ──아무리 나라도 그건 간과할 수 없다.”

　희미한 망설임을 낀 채로 율리우스가 에키드나에게 정면으로 캐물었다. 그 말에 에키드나는 “그렇지는…….” 하고 한순간 반론할 자세를 보였지만.

　“──말했을 텐데. 간과하지는 않는다고.”

　그렇게 말한 율리우스가 부러진 검과 다른, 예비 기사검을 뽑아 그 칼끝을 에키드나의 하얀 목에 들이댔다.

　“율리우스, 기다려! 그건…….”

　“스바루, 너도 말해 줘. ──나는, 진실을 알고 싶을 뿐이다.”

　율리우스는 철저히 냉정하게 진실의 고백을 요구했다.

　목에 들어온 기사검에 숨을 죽이고 움직이지 못하는 에키드나. 그 연두색 눈이 도움을 청하듯 스바루를 보지만 여기서 만회할 방법은 스바루도 떠오르지 않았다.

　“율리우스, 어디부터 들었어?”

　“아나스타시아 님의 몸 이야기부터.”

　스바루의 물음에 율리우스는 잠긴 목소리로 응수했다.

　그 부분만으로도 충분히 감정적이 되어 평정을 잃어도 당연한 내용이다. 그런데도, 최소한 표면상으로는 평정을 유지하는 율리우스는 과연 대단하다고 해야 했다.

　혹은 경계선을 뛰어넘어 아예 감정적이 될 여지가 없어졌을지도 모른다.

　“──나는, 아나와 오랜 세월 함께하는 인공정령이야. 이름은, 에키드나.”

"＿＿＿＿."

"프리스텔라에서 치른 마녀교와의 싸움, 그 이후로 아나의 정신은 몸속 깊은 곳에서 잠자고 있어. 그 때문에 지금, 그 아이의 몸을 움직이고 있는 건 아나가 아니야. 내가 아나를 연기하며 오늘까지 계속 지내 왔어."

에키드나도 여기까지 오면 얼버무릴 수 없다고 여긴 것이리라.

담담히, 서두를 깔지도 않으며 그저 사실만을 읊는 어조로 설명하기 시작했다.

프리스텔라에서 일어난 마녀교와의 공방, 그 도중에 아나스타시아를 대신해 마녀교와의 대결에 임한 에키드나——. 그 뒤, 아나스타시아의 정신이 깨어나지 않는다는 것.

그 사실을 율리우스와 리카드, 『철 어금니』 구성원에게도 숨기고 돌아갈 수단을 찾아 플레아데스 감시탑을 목표로 했다는 것.

——그리고 그 사실들을 스바루만이 에키드나와 공유하고 있었던 것.

"……왜, 스바루하고만 그 정보를 공유했지?"

"이 사람이 대죄주교의 권능에 영향도 받지 않고, 가장 상황의 혼란에서 벗어나 있던 인물이었어. 그리고 인공정령인 나와 그 출신이 같은 베아트리스와 계약한 정령술사이기도 하지. 물론 처음부터 나도 털어놓으려고 마음먹은 건 아니야. 단지……."

"——단지?"

"……이 사람에게는 내가 아나를 연기하는 걸 간파당했어. 그래서, 얘기한 거야."

스바루만이 아나스타시아의 육체에 에키드나가 깃들어 있음을 알고 있었다는 경위를 설명하자 율리우스의 눈에 강한 동요가 번졌다.

에키드나가 말문이 막힌 것도 바로 그 동요를 예측했었기 때문이다.

당연하다. 스바루가 에키드나의 연기를 알아챘다는 말은――.

"관계가 희박한 외부인이라도 알아차릴 일을, 첫째 기사를 자임하던 남자가 알아채지 못했었다는 뜻인가……."

"잠깐, 멍청아! 너, 그렇게 말하면 안 되지!"

"――――."

"상황이…… 상황이 나빴던 거야! 그런 대사건이 있었고, 너는 너대로 절박했었잖아! 너만이 아냐, 리카드나 미미 남매도 그렇잖아? 내가 알아차린 건…… 뭐랄까, 아무튼, 우연이라고!"

자조하는 율리우스의 발언에 스바루가 덤벼들어 어떻게든 말로 자해하는 행위를 막으려 했다. 그러나 그럴 수 있는 말을, 첫째 기사로서의 소임을 다하지 못했다고 자조하는 율리우스를 위로할 말을 찾을 수 없었다.

하지만 실제로 율리우스가 무엇을 할 수 있었나. 책망받을 입장일까.

충성을 바친 주군에게도, 함께 주군을 옹립하고자 맹세한 동료들에게도, 오래도록 기사로서 시간을 함께해 온 전우들에게도, 그 외 다수의, 그가 여태까지 기사로서 살며 쌓은 것이 모래산처럼 무너졌는데, 그래도 일어서라고 어떻게 말할 수 있나.

의연하라고. 우아하라고. 첫째 기사답게 있으라고, 어떻게 말할 수 있나.

기사의 삶이 인간답게 상처받는 것조차 허용하지 않는다면, 기사라는 사실이야말로 율리우스 유클리우스에게는 저주다.

"그런 우연을 항상 확실한 것으로 승화하는 것이, 첫째 기사의 소임이다."

"──큭! 뭐가, 첫째 기사…… 그렇담 그딴 귀찮은 직함……."

"버리라고는, 말하지 말아 줘. 나는…… 지금의 나는, 내게서 무언가 하나 흘리는 것마저도 두려워."

스바루의 기세에 맡긴 위로 따위는 율리우스가 섬기는 기사도 앞에서 쉽사리 튕겨난다. 소리치는 감정에 목이 메여 스바루는 아무 말도 하지 못하고, 율리우스는 고개를 가로저었다.

"하던 말로 되돌아가지. ──에키드나, 당신의 목적은?"

"……이 육체를, 아나에게 돌려주는 것이야. 내가 이 플레아데스 감시탑으로 너희를 안내한 이유는 『폭식』이나 『색욕』의 피해보다 그 목적을 우선한 사정이었어."

"즉, 현재는 당신에게도 바람직하지 않은 상황이란 말이군. 그리고 아나스타시아 님을 원래대로 되돌릴 방법은 발견되지 않았고. ……가령, 당신을 베어도."

기사검을 들이민 채로 가늘게 눈을 뜬 율리우스가 서슬 퍼런 질문을 던졌다.

그 물음에 에키드나는 눈을 내리깔고 살며시 자신의 가슴을 만졌다.

"내가 나쁜 정령이고, 이것저것 구실을 달아 아나의 육체를 가로채려고 한다……. 그 추측을 부정할 증거를 나는 제시할 수가 없어. 그러니까 만약 네가 내 주장을 거짓말이라 단정해 나를 없애려고 해도 말릴 수는 없겠지."

그 대목에서 에키드나가 "다만." 하고 말을 끊으며 한 박자 띄웠다가 말을 이었다.

"아마도 그 경우, 의식이 돌아오지 않은 아나의 빈 껍질이나 남으면 다행이고…… 최악의 경우, 생명 유지에 지장이 생겨 생명을 잃을 가능성도 있어."

율리우스의 가설, 에키드나를 벤다는 의견에 에키드나는 소감을 밝혔다. 그리고 그녀는 두 손을 가볍게 들었다.

"물론, 이건 내가 목숨이 아까워서 궁색하게 둘러댄 헛소리일 가능성도 있지. 나 자신부터 내가 죽는 게 해결법이 아니라고 단언할 수 없어. 내가 죽음으로써 아나가 생을 부지할 수 있다면 그래도 상관없다는 마음도 있고. 죽고 싶지는 않지만."

"어째서, 당신은 아나스타시아 님을 위해서 그렇게까지 할 수 있지?"

"나와 아나는 불완전한 관계야. 그러니까 일반적인 정령과 정령술사의 입장에 끼워 맞추는 건 옳지 않을지도 모르지만……."

거기서 에키드나는 한 번 말을 끊고, 율리우스를, 스바루를 번갈아 바라보았다.

형태는 다르더라도 정령술사로서 정령과 바르게 계약 관계에 있던 두 사람을 선망하듯이.

"나는 아나를 좋아해. 이 아이가 아직 어렸을 적부터 내내 곁에 있었어. 그러니까 내버리고 싶지는 않고, 행복해 주길 바라지. ——그게, 내 이유다."

"_____."

"율리우스, 네게 사실을 밝히지 않은 것은 쓸데없는 혼란을 부르고 싶지 않았기 때문이야. 가능하다면 아나는 내 존재를 끝까지 숨기고자 생각했고, 실제로 프리스텔라의 상황이 있기 전까지 나를 숨기고 있었어. 억척스러운 그 아이 덕분에."

그러나 그 오랜 비밀도 마녀교와의 푸닥거리 탓에 폭로되고 말았다. 그것뿐만이 아니라 아나스타시아는 비밀의 대가로 지금도 자신의 생명이 위태로운 처지다.

"……아나스타시아 님과 당신의 관계는 이해했어."

에키드나의 목에 들이댄 기사검이 천천히 내려간다. 검은 소리와 함께 칼집에 들어갔다. 율리우스는 긴 속눈썹이 꾸미는 눈을 내리깔았다.

"모든 걸 다 믿기는 어려워. 하지만 믿을 수밖에 없지. 적어도 지금, 당신을 어떻게 하는 건 경솔해."

"그래……. 네가 이성적으로 판단해 주어서 기뻐, 율리우스. 아나도 필시 기뻐해 주겠지."

"_____."

율리우스는 기사검의 칼자루에서 손을 떼고 에키드나의 말에 대꾸하지 않으며 침묵을 지켰다.

하지만 그 침묵은 수긍과는 거리가 먼, 수치스러운 마음을 남긴 것이었을 터다. 그러나 율리우스는 그 통한을 눈 한 번 깜빡여 쫓아내었다.

"확인하고 싶다. 당신이 아나스타시아 님의 오드를 이용해 현현하고 있으면…… 무리할수록 아나스타시아 님의 몸에 부담이 가해진다. 그건 틀림없을 테지."

"그렇지. 그 인식이 정확해. 잘 먹고, 잘 자고, 적당히 몸을 움직인다……. 건강 수칙 같은 수법이지만 그게 오드의 소비량을 억제하기에는 딱 좋아."

"그렇군. 그렇다면…… 왜 2층에서 그런 무모한 짓을 한 거지?"

"───."

"그 한때가, 아나스타시아 님의 몸에 가한 부담은 결코 가볍지 않을 터. 여태까지 한 이야기 중에, 그 행위만이 당신의 주장과 엇갈리는군. 그건 어째서지?"

"그건……."

율리우스가 지적한 사실은 스바루도 의문이었다.

그 자리에서, 쓰러진 율리우스를 위해 결사적인 표정으로 행동에 나선 에키드나. 거기에 거짓도, 타산도 느껴지지 않았다.

있던 것은 분명히 순박한 우려. 그런 감정을 에키드나가 율리우스에게 보내는 것은 아나스타시아와 줄곧 함께 보낸 그녀라면 있을 수 있다──. 그게 다일까.

그러나 그런 스바루의 의문, 그리고 율리우스의 질문에 에키드나는 "미안해." 하고 바로 깊이 허리를 숙이고 사과했다.

"그건, 나도 실수였다 느끼고 있어. 뭐라고나 할까, 문외한 시각이라 부끄럽지만 전략적인 관점에서 나온 판단이었어."

"전략적인 판단?"

"그 시점에서 2층 시험관이 품은 살의의 유무는 알 수 없었지. 자칫하면 너라는 전력을 잃을지도 몰랐다는 거야. 그건 피하고 싶었어. 물론, 아나를 위해서도 그래. 게다가 이쪽에 등을 보인 레이드 아스트레아……. 그것도 내 눈에는 절호의 기회로 보였지. 잘 풀리기는커녕 도리어 폐를 끼치고 말았지만."

미안하다. 마지막에 한 번 더 덧붙인 에키드나는 천천히 몸을 일으켰다.

그 설명에 모순점은 없다. 문외한의 판단으로 섣부른 행동을 하고 말았다면 스바루에게 그 말을 부정할 근거는 없었다. 감정적인 요소를 제외하면.

그런 이야기를, 간단히 받아들일 수 있을까 보냐.

하지만 스바루가 그 점을 추궁하려 다그치기 전에.

"──알았다. 앞으로는 경거망동을 삼가 줬으면 한다. 다름 아닌, 아나스타시아 님을 위해서."

"명심하지."

"뭣?!"

알았다고, 납득한 내색을 보인 율리우스. 그 말에 끄덕인 에키드나. 두 명의 대화에 스바루는 눈이 휘둥그레져서 그게 말이 되느냐고 바닥을 찼다.

"지금 이야기로, 어떻게 납득을……."

"나는 납득했어. 에키드나도 앞으로는 경거망동을 삼가겠다고 하고. 더 이상 뭘 말하면 되지? 기묘한 엇갈림 때문에 너를 말려들게 한 것 같아 미안하다. 하나 이건 어디까지나 아나스타시아 님의 진영인 우리 문제다. 네가 마음 아파할 문제가 아니야."

문제로부터 밀어내려는 율리우스. 그 말에 스바루는 어금니를 깨물었다.

스바루가 마음 아파할 필요는 없다니, 자기 편한 소리를.

"내가, 뭘 어떻게 받아들이건 내 자유잖아!"

"그리고 네가 받아들이고, 나에게 내 문제는 받아들이지 못하게 하겠다? ……아나스타시아 님과 에키드나에 대해 말하지 않고 있던 것처럼."

"──읏."

"미안해. 말이 과했군. ……하지만, 사실이다."

꾹 억누른 목소리로 시선을 피한 율리우스가 단언했다.

그 목소리를, 고집스러운 태도를 보고서야 비로소 스바루는 깨달았다.

율리우스는 전혀 평정을 유지하지 못하고 있었다.

그 속내가 어지러운 걸로 그치지 않고 표면상까지 꾸미지 못하고 있다.

자신의 존재를 잃어버리고, 유일하게 남아 있었을 주군에 대한 충성도 허상이었다고 결과로 제시되고, 배려하는 마음에 전했을 터인 약속마저 어기는 바람에.

그런데도 감정적이 되지 못하는 것이, 율리우스라는 남자의 본질이었다.

"언쟁을 벌일 마음은 없어. 아나스타시아 님을 위해서도, 조급히 사태를 수습할 방도를 찾아낼 필요성이 있다. 에키드나, 당신에게도 본격적으로 협력받고 싶군."

"……그러지. 네게 끝내 숨기지 못한 이상, 내가 아나를 연기할 이유는 없다고 해도 돼. 물론, 아나의 모습으로 말하는 나를 네가 허용할 수 있다면 말이지만."

"그건 상관없어. 아나스타시아 님을 되찾아야만 한다고, 그 모습을 보면서 더욱 강하게 나 자신을 훈계할 수 있겠지."

지독히 매섭게 자기 자신을 상처 입힐 각오. 그 의지에 에키드나가 슬픈 표정을 지었다. 그러나 하늘을 쳐다보던 율리우스는 그 눈을 보지 못했다.

그는 거기서 처음으로 발코니에서 보이는 밤하늘에 독기가 끼어 있지 않다는 것을 알아차린 낌새로, 반짝이는 별들의 빛에 살며시 눈매가 가늘어졌다.

"오래 머무를 이유도 더 이상 없지. 안으로 돌아가자. 아나스타시아 님의 몸과 에키드나에 관해서는 내일…… 다시금, 에밀리아 님께도 말씀드려야 해."

"그래, 알았어. 나도 각오는 해 두지."

그렇게 말하고 걷기 시작한 에키드나의 손을 율리우스가 부드럽게 잡았다. 그것은 필시, 그가 아나스타시아에게 하는 것과 한 치도 다름없는 동작.

내용물이 어떻게 변하든 아나스타시아에 대한 충절은 변하지 않는다. ——설령 몸속 깊은 곳에서 잠자는 본인이 율리우스를 잊고 있어도.

"율리우스!"

그 모습에 통렬한 감정을 느낀 스바루는 순간적으로 소리를 지르고 있었다.

추억에 버림받았는데, 하지만 자기 안에만은 상대가 남아 있고, 그 마음만을 의존해 필사적으로 발버둥 친다——. 그 모습은 쓰라리도록 이해할 수 있다.

설령 잊혀도 잊을 수 없다. 그 마음만이 떠밀 때도 있다.

"————."

발길을 멈춘 율리우스는 에키드나를 대동한 채로 뒤돌아보지 않았다.

유난히 곧게 뻗은 등줄기. 아무리 마음이 부러질 지경이라도 곧게. 그 모습에 공연히 화가 치밀었다.

"너, 나한테 뭔가 하고 싶은 말 없냐."

에키드나에 관해, 아나스타시아의 몸에 관해, 입 다물고 있었다.

이날 밤 또한 『녹색 방』에서 지내는 시간을 교대한다고 약속했는데, 정작 스바루는 그 약속을 어기고 이렇게 발코니에서 에키드나와 밀담을 나누고 있었다.

변명은 할 수 있다. 이유는 있다. 악의가 있어서 그런 것은 아니다.

그런데도 악의의 유무로, 이유의 유무로, 변명의 유무로 마음은 자유로워지지 못한다.

그러니까 아예 언성 높여 욕설을 내뱉으면 족하다. 욕하며 분노를 발산하면 된다.

그것이 스바루 자신의 죄책감 때문인지, 아니면 정말로 율리우스 생각에 나온 생각인지는 모르겠다. 그리고 아마 율리우스는 그러지 않는다.

언성을 높이거나 원망을 토해내는 짓은──.

"──있지."

"_____."

"알고 있어. 네가 무슨 생각으로, 내게 사실을 감추고 있었는지는 알아. 악의가 있을 턱이 없지. 있는 것은 배려와, 염려뿐이지. 네 걱정에도 같은 의견이야. 만약 내가 그런 처지였어도 역시 나는 네게 입 다물고 있었겠지."

"_____."

"──하지만, 그래도."

하늘을 쳐다본다. 쥐어짜 내듯이, 목소리가.

"나는 아나스타시아 님께도, 네게도, 기사로서 충분치 못하다 여겨지고 싶지 않았어."

2

가짜 벽을 지나 탑 안으로 돌아왔을 때, 스바루는 혼자였다.

아나스타시아── 아니, 에키드나와 율리우스는 금세 발코니를 떠났지만, 스바루는 잠시 모래바다의 찬바람을 쐬면서 멍하니 있었다.

　직전에 나눈 율리우스와의 대화에 힘이 빠져 움직일 기력이 솟지 않았던 것이다.

　"―――――."

　솔직히, 아무 말도 듣지 않을 거라 여겼었다. ――아니, 그게 아니다.

　율리우스는 죄책감을 품는 스바루에게 욕설을 쏟아내어 편하게 해 주지 않겠거니 멋대로 믿고 있었다. 그의 고결함이 감정적으로 구는 행동을 용납하지 않는 게 아닐까 하고.

　――하지만 그리 되지는 않았다.

　마지막에 율리우스가 남기고 간 말, 그것이 가시로서 심장에 박혔다.

　원망을 듣는 편이, 듣지 않는 것보다 훨씬 낫다고 여겼다. 그렇다면 가시에 찔려 피를 흘리는 이 가슴은 왜 이다지도 차갑고 아픈 것인가.

　"――바루스?"

　"……언니분?"

　생각지도 못한 부름에 발길을 멈추니 통로 앞에서 람이 모습을 보였다. 심야, 산책 중이던 그녀는 연홍빛 눈으로 스바루를 위에서 아래까지 바라보더니 말했다.

　"퍽 추레한 표정이구나. 볼썽사나워."

　"……만나자마자 대뜸 그러기냐. 아니 그보다 이런 시간에 뭐 해?"

"그 말 고스란히 돌려줄게. ……라고 말해도 바루스가 이런 시간까지 하던 일이야 상상이 가지만."

그 말에 스바루는 얼굴이 굳었다. 스바루의 반응에 람은 어깨를 으쓱였다.

"어차피 또 렘에게 들려줘 봤자 별수도 없는 넋두리나 했던 거지? 아무리 람의 동생이 귀엽고 관용적이라도 생트집만 부려대는 짓은 그만두렴."

"……아아, 그쪽이냐. 뭐, 그렇긴 하지."

"――?"

람다운 말투에 스바루는 살짝 눈을 크게 떴다가, 쓴웃음을 지었다.

속마음을 알아맞힌 게 아니라 스바루의 평소 행동에서 예측한 말이다. 확실히 람의 말대로 평소부터 스바루는 렘 곁에서 밤을 지낼 때가 많다.

실제로 오늘 밤도 그러고 있었다. 그리고 돌아오는 길이라고 람이 생각하는 건 당연한 일이다.

그러나 오늘은 그것만이 다가 아니라――.

"청승맞은 표정 그만 짓지 못해?"

"아따."

"추레한 표정에, 청승맞은 표정에, 가뜩이나 못난 남자가 더 못나져. 그래서야 바루스를 기사로 두고 계신 에밀리아 님의 품격이 의심받아. 고치도록 해."

람의 손가락이 움츠린 이마를 딱 때렸다.

그 위력에 스바루는 눈물을 글썽이지만 심드렁하게 콧방귀를 뀌는 람의 모습에 불평은 봉인당했다. 오히려 안도를 느끼는 자신이 있었다.

"……뭐랄까, 참. 언니분은 언니 맞네."

"핫. 징그러운 감상은 그만둬."

이마를 어루만지면서 꺼낸 스바루의 코멘트에 람은 진심으로 꺼림칙한 듯 낯을 찡그렸다. 그 태도에 위안을 받는다는 점이, 스스로도 한심스럽다.

딱히 이야기를 들어 주는 것도, 무슨 일이 일어났는지를 친절하게 이해하고자 해 주는 것도 아닌데.

"람은, 이런 시간까지 뭐 하고 있었어?"

"엉큼하긴."

"노타임으로 이야기 끝내려 하지 마라. 말 좀 붙이려는 거잖아……."

말 붙일 엄두도 내지 못할 태도에 어깨를 움츠린 스바루가 가볍게 한숨 쉬고, 람의 뒤쪽—— 그녀가 걸어온 쪽의 통로로 눈길을 돌렸다.

그럭저럭 넓은 4층이지만, 이렇다 할 두드러진 시설이 있는 것도 아니다. 있는 것은 『녹색 방』과 용차에서 옮긴 짐들. 그리고——.

"……2층에 가는 계단인가?"

"————."

"설마, 위에 갔던 건 아니겠지. 혼자서."

"안심해. 그렇게까지 무모하지 않아. 이 눈으로 본 것은 아니라고는 해도 레이드 아스트레아를 혼자서 어떻게 할 수 있다 여길 만큼 자만에 취해 있지도 않거든."

꺼림칙한 상상에 입술을 뒤튼 스바루의 말에 람은 코웃음 치듯 의혹을 부정했다.

그 과정에서 미묘하게 숨기지 못하는 율리우스의 독단에 대한 불만이 보였지만, 지금 여기서 그 부분을 언급하는 건 스바루 본인에게도 가시가 쿡 박힌다.

"그래, 기사 율리우스랑 무슨 일이 있었구나. 싸웠어?"

"나 그렇게 알기 쉽나?"

"바루스가 알기 쉽기도 하고, 람이 많이 총명해서 그래. 후자의 비중 쪽이 크니까 걱정하지 않아도 돼. ……아니, 역시 전자도 신경 써. 고문당했을 때 바로 상대에게 속사정이 알려지니까."

"그 고문당하는 패턴을 상정하는 게 너무 무섭습니다만."

스바루가 자신의 뺨을 주물럭거리며 대꾸한 말에 람은 눈만 가늘게 뜰 뿐이었다. 자못 농담이 아니라고 들은 느낌이라 스바루는 몸서리쳤다.

확실히 스바루의 입장상, 왕선 혹은 에밀리아에게 적의 있는 사람이 그런 행패를 부릴 가능성도 없지는 않다. 마음에 담아 두기는 하자고 생각했다.

"그건 그렇다 치고, 그렇다면 너는 왜 여기에……."

"2층에 올라가지는 않았어. ……올라가려고, 해 봤을 뿐이지."

"……무모하지 않다고 그러고서 말이냐. 설마, 자는 틈에 습격하자는 의도로?"

수단과 방법을 가리지 않고 이기겠다는 자세라면 스바루도 싫어하지는 않는다. 람이 그 때문에 레이드가 잠이 든 시간을 노리고 숨어들었다면 이해는 가능했다.

문제는 잠자리를 덮친다고 쳐도, 애초에 잠들어 있는 정도로 그 작자를 어떻게 할 수가 있느냐다.

"안타깝지만 잠자리를 덮치는 건 무리야. 계단 중간에서 물러났어. 그만큼, 그건 규격 외의 괴물이야. 가프가 귀엽게 보이겠더라."

"정 붙인 다음의 가필은, 항상 생각보다 귀염성이 있는데……."

"행동거지가 아니라, 위험도의 이야기야."

그렇게 말하면 행동거지에 귀염성이 있는 부분은 부정하지 않는 꼴이었지만, 중요한 이야기 중이기에 그 부분은 언급하지 않으며 스바루는 눈썹을 찌푸렸다.

"확신했어. 수단을 가리지 않으면, 그쪽도 수단을 가리지 않게 될 뿐. 역시 이야기 나눈 대로 공략하려면 진지해지지 않을 정도로 만족시킬 필요가 있어."

"……그거 확인하러 일부러 혼자서 2층에 갔던 거야?"

"여러 번 말하게 하지 마. 2층에는 가지 않았어. 지금의 람에게는 너무 힘겨운걸."

람은 순수한 역량 부족을 인정하고 2층에 도전하려면 준비가 중요하다고 훈계했다. 시간을 들일 필요가 있다고 들으니 앞선 에키드나 및 율리우스와의 대화가 되살아나 스바루로서는 마뜩잖은 표정을 지을 수밖에 없었다.

"바루스?"

"응, 아니, 아무것도 아냐. ……아무것도 아니지는 않지만, 일단 지금은. 아마 내일이 되면 제대로 얘기할 거야."

"처음부터 끝까지 변죽만 울리는 발언이네."

"그만큼 질질 끌고서 뭐하지만 내가 먼저 말하는 건 아니다 싶어서. 아무래도 여기서까지 의리를 안 지키면 좀 돌이킬 수가 없어져."

지금만으로도 충분히 복구 가능한지 불가능한지 미심쩍은 균열이다. 거기서 또 쐐기를 박아 균열을 넓힐 짓은 하고 싶지 않다.

그런 스바루의 저자세에, 이해한 것은 아니겠지만 람도 물러났다.

"어쨌든 간에, 2층의…… 레이드의 공략에는 수고가 들 거야. 하다못해 샤울라가 조금 더 도움이 되는 사항을 알았더라면 좋았겠지만."

"뭐, 걔가 도움이 되지 않는 건 사실이지만 너무 그러지 마. 애초에 걔가 거들어 주지 않았으면 우리 모두 모래 밑에서 숯덩이가 되었을 테니."

애당초 샤울라를 빼서는 2층의 『시험』까지 당도할 수 없었다. 그 사실을 감안하면 탑에 들어온 뒤의 그녀의 실망스러운 현자 모습에는 눈을 감아도 되겠다 싶다.

시험관의 손을 빌려서 『시험』을 돌파한다, 그쪽이 훨씬 예외적인 경우고.

"겉만 번지르르한 말만 늘어놓아 봤자, 어디서 막힐 때가 꼭 올걸."

"나도 딱히 뭐든지 다 청렴결백이 옳다고 여기는 건 아니야. 케이스 바이 케이스…… 이번에는 특히 그에 해당하지 않을 뿐이라고."

"속도 편해. ……람은, 그렇게 느긋하게 버틸 수 없어."

스바루의 답변에 람이 불만스럽게 중얼거리고 못 말리겠다며 어깨를 으쓱였다. 그리고 그녀는 천천히 뒤돌아섰다.

"슬슬 안 자면 내일에 지장 생겨. 용차로 돌아가자."

"아ㅡ, 응. 저기, 나는……."

돌아가기 어려운 이유의 설명, 그것도 하기 어렵다. 다만 그런 식으로 말끝을 흐리자 람은 고개만 돌려서 쳐다봤다가 작게 한숨을 쉬었다.

"마음대로 해. 수면 부족을 이유로 발목을 잡는 사태가 생기면 뜯어 버릴 거야."

"그래, 미안…… 뜯다니 뭘?!"

"상상에 맡기도록 할게."

람이 손사래를 치며 아래층으로 내려가는 계단 쪽으로 발길을 돌렸다. 언급하고 싶지 않은 대목을 언급하지 않고, 자주적으로 재기하도록 맡기는 건 그녀 나름의 배려일까.

멀어지는 가냘픈 등에 스바루는 보이지 않을 줄 알면서도 손을 들었다.

"언니분, 잘 자. 내일 또 보자."

"······람은 바루스의 언니가 아니야. 그 호칭, 그만둬."

요즘은 거절 문구에도 힘이 없고, 어영부영 인정하는 것만은 거부하겠다는 수준이었다.

그런 말을 남기고 람의 모습이 사라지자, 스바루는 목뼈를 뚜뚝 꺾고 "자, 어떻게 해야 쓰나." 하고 중얼거렸다.

용차로는 돌아갈 수 없다. 『녹색 방』에도 가기 어렵다. 그리되면 아침까지 남은 시간을 천천히 쉬거나, 아니면 의미 있게 보낼 장소가 필요한데.

"그냥 자기만 할 뿐이라면 아무 방이라도 좋지만······."

첫 번째 후보는 회의 및 식사를 위해서 다 같이 모인, 창고로 쓰는 방이다.

적당히 짐을 옮겨놓았기에 침상을 만드는 것쯤은 융통성을 발휘할 수 있을 것이다. 다소 잠자리가 불편하다는 점은 인과응보로 여기고 받아들이기로 한다.

그 밖에는——.

"2층 공략, 레이드의 공략을 고민한다."

솔직히 이게 가장 건설적인 판단이기는 하다.

현재의 문제 대다수는 이 감시탑을 공략함으로써 해결할 수 있다. 그것도 확실하다고는 할 수 없지만 상황을 호전할 큰 요소임은 틀림없다.

레이드의 공략은 저녁때 다 같이 이야기한 대로, 그가 진지해지지 않도록 하며 그를 진지하게 만족시킬 수단을 찾아낸다는, 꽤 엉성한 내용이다.

하다못해 그 엉성함을 조금이라도 줄일 가망이 있으면——.

"——맞아."

거기까지 생각한 순간, 스바루는 손가락을 딱 튕겼다.

별안간 전격적으로 뇌리에 스친 발상에 스바루의 발이 갈 곳이 척 정해졌다.

"이게 잘만 맞아떨어지면……."

확실하다고까지는 못해도 상황을 크게 진전시킬 한 수가 될 수 있을 터.

그 발상에 마음이 조급해지며 스바루는 급한 걸음으로 그 장소로 향했다.

——밤의 감시탑에, 조급해진 스바루의 발소리만이 높이 울린다.

——단 한 사람의, 발소리만이.

3

——기상의 감각은, 수중에서 수면으로 얼굴을 내미는 순간에 가깝다.

꿈이라는 무의식에 잠겨 든 몸을 끌어올려 호흡이라는 형태로 현실을 전신에 순환시킨다. 그렇게 해서 천천히 의식은 되살아나고 수면을 가르며 태어나는 것이다.

잠은 죽음이며, 기상은 탄생—— 폼을 재자면 그런 표현도 가능할지 모른다.

어쨌든 그런 시적인 감상을 아랑곳하지 않고, 의식은 서서히 각성으로——.

"——스바루! 저기, 스바루 애, 괜찮니?"

"어, 으와아?!"

눈을 뜬 순간, 바로 지척에 있던 미모에 놀라서 스바루는 옆으로 굴렀다.

구르자마자 지면이 없어져 그대로 짧은 거리를 낙하, 어깨를 찧었다.

"으아악!"

"꺅! 스바루, 괜찮니?! 왜 그렇게 갑자기 굴렀어?!"

"아, 아니, 나도 딱히 갑자기 구르려고 자주적으로 판단한 게……."

부딪힌 어깨를 문지르며 가볍게 머리를 내저으면서 천천히 몸을 일으킨다. 그다음 눈을 끔뻑이다가 스바루는 곤혹에 잠겼다.

그곳은 녹색의 방이었다.

지나치게 자란 넝쿨이 온 방 안을 출렁이듯이 가득 메워서 벽은 완전히 가려졌다. 만약 넝쿨로 만든 방이라고 들으면 믿을 만큼, 엉뚱한 외관의 방이었다.

그리고 스바루는 아무래도 그 방 한복판, 풀로 엮인 침대에 드러누워 있었던 모양이다. 거기서 굴러떨어져 이 꼬락서니라고 현재 상황을 분석했다.

그렇게 냉정한 척 판단을 하는 스바루지만 거기에는 이유가 있었다.

"응, 어디 세게 부딪치지는 않았나 봐. 정말 다행이다. 하지만 엄―청 걱정했으니까 너무 놀래키지 말아 줘."

"에밀리아, 그런 식으로 말하면 스바루는 반성하지 않는 것이야. 더 따끔하게 말해 줘야 우리 걱정이 스바루에게 전달돼."

"그렇지. 자, 베아트리스도 이렇게 말하잖아? 스바루가 눈에 띄지 않는다고 황급하게 다니다 쓰러진 모습을 발견해서 울려고 그랬었으니까……."

"말하지 않아도 되는 곳까지 말하지 않아도 되는 것이야!"

바로 코앞에서 콩트 같은 대화가 펼쳐졌다.

그 흐뭇하게 느껴지는 대화에 스바루는 고개를 끄덕이다가 뒤돌아보았다. 땅바닥에 앉은 스바루 바로 뒤에, 뭔가 거대한 생물의 기척.

"―――――."

그것은 커다란 도마뱀이었다. 검은 비늘로 덮인, 말만큼이나 커다란 도마뱀. 그것이 기가 막히게도 스바루에게 다가붙어 코끝을 목덜미에 문지르고 있다.

붙임성깨나 있다고 스바루는 그 도마뱀의 머리를 다정하게 쓰다듬었다.

그리고, 한숨을 쉬었다.

"즉, 이건 그 왜."

냉정하게, 침착하게, 천천히, 숨과 함께 말을 내뱉었다.

그런 스바루의 모습에 정면에 있던 두 소녀가 갸우뚱했다.

"――스바루?"

자매처럼 호흡을 맞추며 둘이 동시에 스바루의 이름을 불렀다.

눈이 멀 것만 같이 아름다운 은발 소녀와, 요정처럼 귀여운 드레스의 여아가.

은발 미소녀와 롤 머리 소녀, 거대한 도마뱀, 식물로 이루어진 방——.

스바루는 입을 크게 벌리고 외쳤다.

"이세계 소환물이란 거냐——?!"

막간 『──오래된 기억』

──여자, 한 여자가 있었다.

여자는 감정적이었다. 여자는 항상 울고 있었다. 아픔에 민감해 항상 울고만 있었다.

서럽게 슬퍼하는 이유는 한 가지, 자신의 무력함을 용서할 수 없어서.

여자의 주위에서는 항상 다툼이, 싸움이, 쟁탈전이 끊이질 않았다.

몇 번 소리쳐도, 아무리 애원해도, 자신이 울고불고 난리를 쳐도, 그 슬픔은 결코 끝나려 하지 않았다. 그래서 여자는 운명을 저주했다.

운명을 저주하고, 저주하고, 저주한 끝에 여자는 깨달았다. 아무리 울어도 헛수고라고.

그 사실을 깨달은 여자가 다음으로 원한 것은 오로지 순수한 힘이었다.

여자는 타인을 압도하고 모든 것을 쓸어버리는 힘을 원했다. 자신을 한계에 내던져 고통을 주고, 얻을 수 있는 최대한의 힘을 얻고자, 바랄 수 있는 최대한의 강함에 도달하고자 뛰어다녔다.

필요한 것은 상처를 주는 힘이 아니다. 빼앗는 힘, 그따위 것도 아니다.

아무도 따라잡지 못할 만큼, 압도적인 강함을 추구했다. 그것이 싸움을 멈추리라 믿었다.

눈물을 흘리는 여자는 울지 않아도 될 힘을 원했다.

힘과 힘이 맞부딪치는 싸움을, 무력한 채로는 막을 수 없다.

목소리는 닿지 않는다. 소원은 이루어지지 않는다. 슬픔은 내쳐지고 설움이 하늘을 뒤덮는다.

어째서 아무렇지도 않게 있을 수 있나. 어째서 타인을 상처 입힐 수 있나. 어째서 상처 입힌 채로 살아가려 생각할 수 있나. 어째서, 어째서, 어째서, 다른 길이 있다고 생각하지를 않는단 말인가.

"어린아이가 울고 있어. 노인이 울고 있어. 남자가 울고 있어. 여자가 울고 있어. 모두 다 울고 있어. 그런데, 어떻게──!"

그것을 막기 위해 오직 힘만을 원했다.

자신을 단련해 어떤 고통에도 버티고 강철의 의지를 관철했다.

이윽고 여자는 도달한다. 무쌍의 힘에, 타의 추종을 불허하는 압도적인 경지에.

전장에 선 여자는 싸움을 그만두라고 목청 높여 외친다.

모든 힘을 힘으로 찍어 누르며, 모든 슬픔을 힘으로 찌부러뜨리고, 온갖 악의를 힘으로 때려눕혀서, 흐르는 눈물을 막기 위해서만 뛰어다녔다.

검을 쥔 자를 때리고, 마법에 의지하는 자를 걷어차고, 이빨을 드러내는 자를 깨부수고, 싸움을 추구하는 자들을 한 명도 남김 없이 분쇄한다.

하지만 여자가 저항하면 저항할수록, 강하면 강할수록 검도 마법도 이빨도 수를 불린다.

그것은 마치 나선, 싸움의 나선이다.

힘에 힘으로 대항하는 것 말고 아무도 자신을 살릴 답을 가지고 있지 않다.

그렇기에 아무도 싸워서 이기는 것 외의 길이 있음을 모르는 것이다.

"어째서——!"

그렇게 생각하는 자신도 결국은 폭력을 휘두르고 있다.

여자는 피에 젖은 주먹을 내리쳐 튀는 피에 범벅된 채로 하늘을 우러르며 통곡했다.

싸움은 멈추지 않는다. 노력도 분주도 다 헛수고로, 피아의 눈물은 결코 멈추지 않는다.

멈추지 않고 뛰어다니던 여자의 가슴에 마침내 절망이 오갔다.

눈물이 흘렀다. 넘쳐 나왔다.

멈추지 않고 흐르던 뜨거운 눈물이 아니다. 차가운 무력감과 실망의 눈물이.

그러나 동시에, 솟구치는 다른 감개가 있었다.

가슴속을 거무칙칙하게 물들이고 그 이상으로 시야가 새빨갛게, 머리가 하얘질 정도의 격정.

그 감정의 정체를 여자는 울면서 배운다.

그 감정의 이름을 알고, 그 감정의 발단을 알고, 여자는 이해했다.

자신은 줄곧 슬퍼서 울던 것이 아니다.

오로지 자신은 줄곧, 미친 듯이 화내고 있었던 것이다.

그 감정의 이름을 사람은 화라고── 아니, 이것을 사람은 『분노』라고 부른다.

눈물을 강요하는 세상에, 싸움을 그만두지 않는 사람들에게 언젠가 반드시 끝날 생명의 부조리에.

──철권을 날려 주리라.

어느덧 여자는 일어서서 더러워진 무릎의 흙을 털고 다시 달리기 시작했다.

아직 싸움을 계속하는 사람들의 한복판에 뛰어들어 그 안면을 때려 날리고 외친다.

싸움을 그만둬. 하늘을 봐라. 바람을 들어. 꽃의 향기를 맡아. 가족과, 연인과 같이 살아라.

여자의 목소리에 처음으로 전장에 동요가 퍼졌다.

대지가 깨질 정도의 주먹, 하늘이 우짖을 정도의 발차기, 그 전부가 사람을 살렸다.

상처가 아물고 비명이 그치며 온기에 무릎이 꺾여 싸움에 의미는 없어진다.

생명은 일상으로 회귀하고 울부짖는 목소리가 전장에서 사라진다.

사람들의 눈물은 그쳤다. 사람들은 여자에게 감사했다. 소리 높여 손을 흔들고 웃으며.

하지만 그때, 이미 여자의 모습은 어디에도 없다.

당연하다.

여자에게는 아직 해야 할 일이 있다. 뒤돌아볼 여유도, 발을 멈출 이유도 없다.

아무도 울지 않는, 다툼이 없는, 아무것도 빼앗기지 않는, 그런 세상을 추구해서.

여자는 달리고, 달리고, 하염없이 달려 주먹을 휘두른다.

언젠가 모든 눈물이 그칠 때까지. 자신의 뺨을 적시는 뜨거운 물방울이 그칠 때까지.

──『분노의 마녀』는 슬픔에 대한 분노를 불사르며 끝없이 달렸다.

《끝》

후기

안녕하세요! 나가츠키 탓페이 with 네즈미이로네코입니다! 아니, with가 아니지, also 네즈미이로네코입니다!

본편 22권, 함께해 주셔서 감사합니다! 지난번도 숫자 크기에 놀랐습니다만 이번에도 꽤 혼란을 일으켰습니다. 어라? 지금 쓰고 있는 게 21권이더라, 22권이더라? 그런데 요전에 쓰지 않았던가……? 같이 꼬리를 무는 의심.

권수 넘버링에 대해서는 지난번 후기에서 이야기했습니다만, 시간이 지나는 건 빠르다는 이야기를 이번에 하겠습니다. 일반 문예와 비교해서 출판 페이스가 빠른 것이 소위 시리즈물 라이트노벨입니다만 리제로도 예외가 아닙니다.

실은 여기서만 하는 말이지만, 리제로는 처음 출판된 2014년 1월부터 한 번도 페이스를 떨어뜨리지 않고 계속 출판되고 있어요. 본편으로 22권, 외전은 무려 합계 9권! 합계로 31권이나 내고 있으면, 작가로서도 다 큰 감이 있네요. 그리고 그 31권을 남김없이 사 주셨으면 당신 또한 프로 독자라고 할 수 있겠죠. 아니, 소설 30권은 읽는 것도 보통 일이 아니라고요. 정말 감사합니다.

자, 시간이 지나는 게 빠르다는 이야기를 꺼내자면, 리제로는 대략 3개월 주기로 출간되고 있습니다만…… 여러분, 고대하던 이야기가 있으시죠.

그래요! 『Re: 제로부터 시작하는 이세계 생활』 TV 애니메이션 제2기! 방송이 목전!

거—기—서—, 방송 7월로 연기! 기대해 주시던 여러분, 정말 죄송합니다! 세간을 소란스럽게 하는, 그 미운 바이러스가 원인입니다.

지난번 애니메이션에서 꼬박 4년이 경과해 간신히 뒷이야기를 보내드릴 수 있겠다 싶은 참에, 이런 사태가 되어 매우 아쉽습니다. 아니, 작가도 물론 맥이 탁 풀리고 있어요.

다만 여기까지 이야기에 함께해 주신 프로 독자 여러분께서는 아시는 대로, TV 애니메이션의 제2기에 해당하는 부분은 리제로에서 중요한 에피소드(중요하지 않은 에피소드가 있었느냐고 물으면 그건 제쳐두고).

소중히, 아주 소중히 해 주길 바라기에, 소중하게 챙겨 두는 것도 중요하다고, 애니메이션에 관계된 여러분이 용기 있는 결단을 내려 주신 결과입니다. 그러므로 애니메이션의 방송은 연기되고 말았습니다만, 그만큼 힘이 들어간 제2기를 기대해 주세요!

아쉽다고 원통하다고 떼쓰는 애처럼 떠드는 짓은 원작자에게만 맡겨 두는 것이야.

끄으으으, 억울하다, 억울해, 네 이놈, 바이러스……!

그렇게 바이러스에 대한 분노를 불태우면서, 늘 하는 인사의 말로 넘어가겠습니다.

담당자 I님, 이번에는 엄청나게 많은 일이 겹친 결과, 터무니없는 스케줄로 원고 작업을 하게 되어 죄송했습니다. 그것과는 다른 혼란이 곳곳에 퍼지는 가운데, 출간이 늦지 않아 정말 한시름 놓았습니다. 감사합니다.

일러스트의 오츠카 선생님도 이번에는 큰 고생을 끼쳐드렸습니다. 레이드는 리제로의 작품상으로도 중요한 캐릭터이기에 매우 그럴싸한 디자인을 해 주셔서 대만족합니다! 표지 일러스트 관련해 플레아데스 감시탑의 디자인도 감사합니다! 엄청난 신비의 탑이라는 느낌이라 탄복했습니다.

디자인의 쿠사노 선생님, 정보량이 엄청난 일러스트를 오려내어 깔끔하게 디자인해 주셔서 항상 감사합니다. 언뜻 봐도 제목이 파묻히지 않는 게 굉장해요.

월간 코믹 얼라이브에서는 아토리 선생님&아이카와 선생님의 4장 만화판, 그리고 노자키 츠바타 선생님의 『검귀연가』가 연재 중! 미려하고 박력 있는 전개, 항상 감사합니다!

그리고 MF문고J 편집부 여러분, 교열 담당자님과 각 서점의 담당자님, 영업 담당자님과 많은 분들께 신세 지고 있습니다. 정말, 이 힘든 사태를 다 같이 극복하죠!

그리고 끝으로는 늘 응원해 주시는 독자 여러분, 항상 고마워요.

TV 애니메이션 방송 연기라고, 아쉬운 소식을 전해드리고 말았습니다만 모쪼록 그 미뤄진 시간 동안 서적을 정주행하거나, 애니메이션을 정주행하거나, 『이세계 콰르텟』을 보거나 해서 모티베이션을 높여 주시면 기쁘겠습니다!

그럼, 문제의 애니메이션 리스펙트로 마무리 지은 22권에서, 23권은 도대체 어떻게 되는가. 그것을 부디 기대하시라는 부분에서, 또 다음 권에 만나 뵙죠!

2020년 3월 《비에도 감기에도 굴하지 않고, PC 앞에 앉아서》

스바루

Subaru

"그런고로~ 저랑 스승님의 알콩달콩 타임이 시작됨다!"

"시작은 개뿔. 여기는 소식 전달하는 곳이야! 그러니까 그것만 마치고 얼른 철수한다."

"부~! 스승님은 진짜 야박하셔요! 근데 근데요, 그런 야박한 태도가 스승님의 매력이니까, 저는 또 맥을 못추겠어요! 요, 섹시남!"

"그런 평가, 빈말로도 들어 본 적 없어! 엣, 얼른 시작이나 해!"

"쑥스러움 타지 않아도 되는데~."

"안 들려, 안 들려. 그리고 들리지 않는 채로 공지하자면, 처음에 해야 할 말은……."

"리제로, TV 애니메이션 제2기가 4월에서 7월로 연기했어요!"

"기운차게 말하지 마! 다들 맥이 빠졌고 작가도 꽤 시무룩하고 있다고?!"

"말해 봤자 사실은 안 바뀌어요. 그래서 전 미래만 보고서 신을 내는 거죠. 아―, 7월이 기대되네요. 스승님~."

"……네 그 긍정적인 면은 본받아야 할지도 모르겠다."

"어! 지금, 스승님, 저한테 새삼 반했다고……."

"그런 말 안 했어. 다음! 에―, 리제로의 스마트폰 게임화가 발표되었다!"

"오오―, 마침내 말입니까! 여기저기 출장하던 것에 비해 왜 자체적으론 안 나오지? 라고 생각했어요. 즉, 세계가 고대하던 거죠!"

"그 세계가 고대하던 스마트폰 게임이 2020년에 오픈 예정! 자세한 사정은 앞으로 발표될 테지만 『사망귀환』을 구사해 다양한 IF를 즐길 수 있다……. 이거, 나 지옥 아냐?"

Re: Life in a different world from zero

샤울라

Shaula

"역시 스승님보다 지옥이 어울릴 남자는 별로 없죠!"

"달갑지 않아! 그래서, 그런 내가 새롭게 지옥을 보는 본편 23권은 6월 발매 예정! 자기가 지옥을 볼 예고를 한다는 거, 왠지 고문 같은 느낌 안 드냐?"

"솔직히 제 눈에는 스승님의 모든 것이 반짝여 보이는 바람에 이젠 무슨 말을 해도 꼬드기는 말로밖에 안 들려요! 물론, 제 대답은 언제든 예스임다!"

"그럼, 당장 에밀리아땅이랑 교대해 줘."

"하나 거절한다!"

"제길! ⋯⋯그걸로 떠오른 건 아니지만, 작년 극장에서 개봉한 OVA 『빙결의 유대』가 스퀘어 에닉스의 『만화 UP!』에서 봄부터 연재 개시한다."

"그 도둑고양이랑, 고양이 이야기 말이죠!"

"고양이 천국인 이야기로 들리지만 에밀리아땅이랑 팩의 만남 이야기거든! ⋯⋯아무튼 그쯤에서 대충 공지는 종료야. 왠지 무지 지쳤어⋯⋯."

"아, 그럼 그럼요, 저, 스승님 마사지할게요! 그리고 그 흐름으로 엎치락뒤치락하는 자세로 끌고 가서, 이러쿵저러쿵 알콩달콩 타임으로⋯⋯."

"자, 철수! 나는 에밀리아땅이랑 베아코에게 다녀올란다!"

"앙, 정말! 스승님 몰인정해! 하지만 그 점도 확 꽂혀요!"

※일본어판 발매 당시 내용입니다.

Re:제로부터 시작하는 이세계 생활 22

2020년 08월 25일 제1판 인쇄
2022년 05월 30일 제3쇄 발행

지음 나가츠키 탓페이 | **일러스트** 오츠카 신이치로

옮김 정홍식

발행 영상출판미디어(주)
등록번호 제 2002-000003호
주소 21315 인천광역시 부평구 부평대로 283 A동 702호
전화 032-505-2973(代) | **FAX** 032-505-2982

ISBN 979-11-6524-960-1
ISBN 979-11-319-0097-0 (세트)

Re : ZERO KARA HAJIMERU ISEKAI SEIKATSU volume 22
ⓒTappei Nagatsuki 2020
First published in Japan in 2020 by KADOKAWA CORPORATION, Tokyo.
Korean translation rights arranged with KADOKAWA CORPORATION, Tokyo.

노블엔진(NOVEL ENGINE)은 영상출판미디어(주)의 라이트노벨 및 관련서적 브랜드입니다.